U0458574

面向创伤的
叙事与疗愈

卢 姗｜著

蒂姆·奥布莱恩
小说文本的
创伤叙事
及文化记忆

上海三联书店

图书在版编目(CIP)数据

面向创伤的叙事与疗愈:蒂姆·奥布莱恩小说文本的创伤叙
事及文化记忆/卢姗著.—上海:上海三联书店,2023.12
ISBN 978－7－5426－8292－5

Ⅰ.①面…　Ⅱ.①卢…　Ⅲ.①蒂姆·奥布莱恩－小说研究
Ⅳ.①I712.074

中国国家版本馆 CIP 数据核字(2023)第 221311 号

面向创伤的叙事与疗愈——蒂姆·奥布莱恩小说文本
的创伤叙事及文化记忆

著　者/卢　姗

责任编辑/吴　慧
装帧设计/徐　徐
监　制/姚　军
责任校对/王凌霄

出版发行/上海三联书店
　　　　　(200030)中国上海市漕溪北路 331 号 A 座 6 楼
邮购电话/021－22895540
印　刷/上海惠敦印务科技有限公司
版　次/2023 年 12 月第 1 版
印　次/2023 年 12 月第 1 次印刷
开　本/890 mm×1240 mm　1/32
字　数/186 千字
印　张/8.625
书　号/ISBN 978－7－5426－8292－5/I·1844
定　价/55.00 元

敬启读者,如发现本书有印装质量问题,请与印刷厂联系 021－63779028

目　录

导　论

　　美国小说家蒂姆·奥布莱恩因其小说文本中以越南战争为核心的创伤书写而享誉当代文坛，成为关于那场战争以及那个时代的一位伟大记录者。从 1973 年的《如果我在战区死去》到 2002 年的《七月，七月》，三十年间奥布莱恩的创作始终将越南作为原创性的创伤场域，关注那些经历过创伤的人们在回归日常生活之后焦灼难言的情感状态，关注以战争为核心的创伤在后续的历史与文化中如何被见证与疗愈的问题，并试图以文学的方式来理解和疏导这种紊乱压抑的情感，协助人们理性地思考战争与创伤。

　　"创伤"（trauma）一词源自希腊语"τρᾱυμα"。17 世纪末，"创伤"一词进入英语世界后用来表示身体由于受到外力攻击所受的损伤。在《牛津英语词典》中，创伤及相关的概念以"物理伤口"为核心汇集在一起。19 世纪末，创伤开始逐渐用于表示精神或者心理上的痛苦症状，意指精神或情绪上受到严重打击所导致的情绪与行为的紊乱。几个世纪以来，创伤研究历经了从生理到心理，从临床病理学到人文研究的演变进程。

　　当代创伤研究起源于创伤话语从个体病理的研究领域逐步

向历史与文化领域的过渡之中,奥地利心理学家西格蒙特·弗洛伊德的精神分析学中对于"创伤"概念的界定被视作创伤批评的理论起点,他在《精神分析引论》中指出:"一种经验如果在一个很短的时期内,使心灵受到一种最高度的刺激,以致不能用正常的方法谋求适应,从而使心灵的有效能力的分配受到永久的扰乱,我们便称这种经验为创伤的。"(弗洛伊德,《精神分析引论》,218)可以说,弗洛伊德对于创伤的类型和心理机制的研究分析为此后的创伤研究奠定了坚实的理论基础。

创伤研究第一次面对的焦点问题是在19世纪末期对于歇斯底里症的研究。1893年,弗洛伊德在与布洛伊尔共同发表的文章《论癔症现象的心理机制:初步通报》中,首次使用"心理创伤"这一术语来诠释歇斯底里症的发病机制。这种典型的针对女性心理异常的研究经由法国神经学家让-马丁·沙可、皮埃尔·让内、威廉·詹姆斯和弗洛伊德多年的临床发掘而得出相似的结论,由于创伤事件所引发的令人难以承受的情绪反应而导致患者的意识状态发生改变从而引发歇斯底里症的症状。这种由心理创伤所引发的意识状态的改变会有意识地将强烈痛苦的经历从记忆中排除,经由伪装而再次表现出来。在后来的临床研究中,研究者们发现当关于创伤的记忆被强烈的情感带回并被讲述出来之际,歇斯底里症的症状就有可能减轻。这一治疗方法后来演变为现代心理治疗的基础。由于后来见解的分歧和研究的转变,弗洛伊德开创了精神分析学,成为后代占据主流的心理学理论。在抛弃了歇斯底里症的创伤理论后,弗洛伊德专注于幻想与欲望内在变化的研究,预示了歇斯底里症时代的终结,而与之相关的心理创伤的研究也被束之高阁。

第一次世界大战所带来的前所未有的灾难不仅包括超过八百万士兵的死亡、帝国的崩塌，而且当参战的士兵面对着极端的恐惧、受困的绝望与死亡的威胁而出现反常的精神状况之时，人们不得不再一次面对心理创伤的现实。英国心理学家查尔斯·迈尔斯(Charles Myers)将这些士兵出现的症状归因于炮弹爆炸后的震荡效果，并将这种神经性障碍称之为"炮弹休克症"(又名：炮弹冲击症)，意指长期置身于暴力与死亡的精神压力下所引发的类似于歇斯底里症的神经性综合征，被认为是战争造成心理创伤的重要标志。由于受限于历史环境，当时的医生对于这些归类于炮弹综合征病例的描述也具有一定的模糊性，也没有找到普适性的缓解与治疗方法。战争结束之后的几年间，在医学和心理学层面对这一研究的兴趣日渐消散，"炮弹休克症"只是演变成了人类对于战争普遍心理反应的一个名称而已。

　　第二次世界大战爆发后，由于战时的需要，医学界不得不再一次面对这种炮火下的精神崩溃。在让饱受精神折磨的士兵尽快回到战场的目标的驱使下，医学界集中精力发展出各种治疗策略。他们所采用的以人为和药物诱发意识状态改变的方式虽然取得了部分成功，但随着战争的结束，战争创伤所带来的深远影响也渐渐淡出人们的视野。

　　1980年，由于越战退伍军人的努力，美国精神分析协会第一次将"创伤后应激障碍"(post-traumatic stress disorder)纳入其诊断范围，列在其发行的正式精神疾病的诊断手册中。从此，"心理创伤"这个在过去一个世纪中曾间接地被遗忘后又被再次发现的症状在诊断规范中再次获得了正式的承认，罗伯特·利夫顿等学者的研究推动了PTSD话语的传播和影响。

创伤理论从对越战老兵的"创伤后应激障碍"（PTSD）的研究开始，到对犹太大屠杀的关注，逐步引发各学科领域的广泛兴趣。20世纪90年代前后，以创伤为关键词的研究在美国人文研究领域大量涌现，很快就形成了通常称为"创伤研究"的领域。从朱迪斯·赫尔曼、凯茜·卡鲁斯到苏珊娜·费尔曼，杜里·劳伯，创伤研究实现了从概念到理论的跨越，形成了以历史学、社会学、精神分析学和文学批评为学理框架，以耶鲁的比较文学传统和解构主义相结合的特色方法论研究体系。

文学批评意义上的创伤理论研究追随着创伤话语从临床研究向人文领域的跨领域转移。特别是凯茜·卡鲁斯以其论文集 *Trauma: Explorations in Memory, Unclaimed Experience: Trauma, Narrative and History* 等成功地将创伤理论应用于文学批评的尝试。在《创伤:探索记忆》的导论中，凯茜·卡鲁斯便指出"越战以来，精神病学、精神分析以及社会学领域对创伤问题重燃兴趣"（Cathy Caruth. *Trauma: Explorations in Memory*. 3)，预言了人文社会学即将与创伤理论展开的对话研究。凯茜·卡鲁斯在《创伤:探索记忆》的导论中总结了产生自创伤后压力紊乱症诊断类别的关于创伤的定义，"病理学仅仅存在于它的经验结构或感受中:事件在当时没有被充分吸收或体验，而是被延迟，表现在对某个经历过此事之人的反复纠缠之中。蒙受精神创伤准确地说就是被一种形象或事件控制"（Cathy Caruth. *Trauma: Explorations in Memory*. 4-5)，而后卡鲁斯将"创伤的结构明确勾勒为历史或时间的中断"（Cathy Caruth. *Trauma: Explorations in Memory*. 13)。其实，卡鲁斯并不着力于为创伤下一个定义，她反而更加关注创伤的影响力,坚持认为"创伤事件在它发生的时刻没有被充分地体验和吸收,只能延迟地表现在它的持续和侵入式的返回上,因此按照通常途径不能记忆和解释创伤事件"(Cathy Caruth. *Trauma: Explorations in Memory*. 13)。由于创伤不同寻常的特点,关于它的记忆不会像成年人的普通记忆一样以文字的、线性的叙述被编码,所以创伤书写成为将创伤从视觉或听觉形式转化为文本形式的重要转译方式。"创伤小说"在这样的情境之下应运而生,它标志着创伤概念近年来由医学和科学话语到文学研究领域的历程,对创伤的关注体现了对人类个体或集体生存状态的思考。

探讨美国当代作家蒂姆·奥布莱恩有关越南战争的小说,"创伤"始终是一个无法绕开的话题。奥布莱恩将越南比作一个以创伤为特征的精神状态,这种状态源自于他自己的经历,并在他的作品中被多次改写。尽管越南是奥布莱恩职业生涯的起点,但他却拒绝被贴上"战争小说家"的标签,在1991年接受丹尼尔·伯恩的采访时,奥布莱恩就谈到借用越南战争的框架来讨论创伤问题的思路,"我的内容不是炸弹、子弹、飞机和战略战术。这不是越南的政治,这是关于人类的心灵和它所承受的压力的。在战争的故事中,生死攸关的关系是直接建立在故事的框架上的……所以在某种程度上,使用战争的框架是一种获得东西的捷径"(Patrick A. Smith. *Conversation with Tim O'Brien*, 71),而且由于创伤性心理状况在他的小说文本中变得更加广泛而明确的蔓延,奥布莱恩还被其研究者马尔库姆·考利称为"创伤艺术家"。

奥布莱恩"创伤的艺术"围绕深受创伤的人物组织起来进行

叙事。在叙事回溯的沉思中，他们试图重新审视自己崩溃的根源，并在其中寻求救赎。从《如果我在战区死去》的士兵奥布莱恩到《追寻卡西亚托》中的保罗·柏林，再到《北极光》中的哈维·佩里，他们中的每一个人都在自己人生正踌躇满志之时走进了越南战场，每个人都浸染于战友的死亡、战争的暴行、越南人的痛苦、个人的罪恶感以及其他不明确的痛苦记忆之中。即使作为幸存者离开了越南，他们也常常无法丢弃因为恐惧和死亡而产生的习惯和态度。

《恋爱中的雄猫》中的托马斯·奇普林教授在越南战争期间被六个绿色贝雷帽抛弃在越南的丛林中，依靠着自己强烈的求生欲望才存活下来。回归之后的奇普林教授一直生活在创伤经验的阴影之下，可以说，创伤不仅毁坏了奇普林用以认知内部自我与外在世界的图式，而且直接导致了他混乱不堪的生活。《林中之湖》中的约翰·韦德不仅走进了越南战场，更经历了美军在越南战争期间犯下最严重的恶行——美莱大屠杀。特别是在美莱大屠杀期间，约翰·韦德因为误杀越南农民而陷入到彻底的崩溃之中，为了惩罚自己抑或是净化自我，约翰·韦德延长了自己的服役期。在回到明尼苏达州开始他的政治生涯时，美莱大屠杀的噩梦也会经常闪回，更是直接毁掉了他的政治生涯和他的婚姻。

即使奥布莱恩想要在《北极光》中将他的事业和生活转移到战争之外，但哈维·佩里的回归还是将越南延伸了下去。小说并没有讲述哈维·佩里在越南的遭遇，而是以他的回归作为起点。哈维在一场战斗中失去一只眼睛后，低调地回到家乡明尼苏达州，却拒绝谈论他在战争中的遭遇。但当这位归来的越战老兵试图与他身后的世界重新建立联系之时,战争为他带来的改变发生了。战争的不确定性与这片死寂之地同样不确定的未来交织在一起。奥布莱恩通过哈维这个角色表达了没有说出口的东西,以及通过其他角色尖锐而富有洞察力的对话,质疑了美国在越南所扮演的角色和背后的动机。

创伤不仅会为受创人物带来压抑、否认和精神分裂等严重的后果,而且也会为创伤叙事本身带来延迟性、缺乏中心与秩序等困境。一方面,传统的叙述框架和认识论因为延迟的时间性而受到挑战。创伤事件在它发生的时刻没有被充分体验和吸收,只能延迟地表现在它的持续和侵入式的返回上,它所造成的影响具有延迟性,因此按照通常的途径不能记忆和解释创伤事件。另一方面,创伤经验缺乏中心与秩序,难以赋形。创伤毁坏了用以认知内部自我与外部世界的内在图式,日常事务似乎脱离了它们原有的意义,现实感也不断受到扭曲。不仅如此,创伤最后都会导致个体采用分离的方式去遗忘或压抑本身带来的痛苦。所以,创伤理论家一直在试图寻找"一种接收故事、倾听故事,将故事拉入一种解释性对话的途径"(安妮·怀特海德:《创伤小说》,8),使得创伤能够以文学的方式获得感知并寻找到叙事断裂之处的意义。

奥布莱恩的写作没有忽略创伤加之于表达的挑战。如果说创伤包含着一种令人不知所措并抗拒语言表达的事件或经验的话,那么奥布莱恩的文学叙事如何才能够成为创伤的见证呢?

奥布莱恩的文学叙事模仿创伤,首先表现为重复性。重复策略是奥布莱恩小说重要的叙事手段之一,意即创伤记忆以不同的视角和不同的方式被叙述和再叙述。在奥布莱恩的叙事中,逃跑还是参加战争的两难抉择、射杀水牛事件以及美莱大屠杀被反复从不同的角度呈现。这样的叙事策略一方面使得创伤记忆的诸多环节得以呈现,另一方面也见证了创伤记忆的持续侵扰。奥布莱恩的作品重写了同样的原始场景和经历,重复的次数如此之多,如此反复,以至于这些作品成了对创伤写作的一种无休止的重塑,不断地自我修正或者是一种永远无法治愈的创伤症状。安妮·海登怀特曾在《创伤小说》中明确指出重复策略:"能够在语言、形象或情节的层面上起作用。重复模仿了创伤的后果,因为它暗示着事件持续性的重返和叙述年代或事件的连续性中断。"(安妮·怀特海德:《创伤小说》,98)由此可见重复策略本身就暗示着一种根本性的创伤,当奥布莱恩的小说文本叙事围绕着重复观念进行建构之时,不仅是一种创伤的见证,它也充分表明无论创伤多么流离失所,都无法将其彻底掩埋。

　　不可靠叙述在奥布莱恩的创伤表征中也扮演着非常重要的角色。《恋爱中的雄猫》中的叙述者托马斯·奇普林、《核时代》中的叙述者威廉·考林都是典型的自我中心主义者,是病态的、性情多变的叙述者。对于他们来说,虽然战争作为创伤经验被揭示出来,但他们自我呈现的矛盾性,作为叙述者的不可靠性以及无所不在的精神创伤都颠覆了传统的严肃主题。奥布莱恩有意将读者的注意力引至叙述者的不可靠性上,通过自身构建的形象在彼此折射和相互阐释中形成了文本的张力,突破了创伤经验固有的局限性。

　　尽管奥布莱恩的跨越时空的叙事是以创伤为核心来进行建构的,但在创伤叙述的间歇,奥布莱恩还会以元叙述的方式就文本的主题,记忆与想象的并置以及写作的缘由进行阐释,并有脚注和旁白参与其中。一方面，元叙述指出了言说方式的重要性，另一方面，它也会带来文本叙事的复杂化。奥布莱恩以这样的方式意在指出我们对于过去的理解受制于多重因素，不仅取决于过去所发生的事实，更重要的是它还会受到言说方式的影响。在奥布莱恩的视界之中，故事的多重生产方式是基于创伤概念化和被理解之方式的影响，并指向一种新的阅读和倾听的方式。

奥布莱恩的小说也将互文性的文学策略放在了突出的位置。通过互文性地指涉自己的小说，奥布莱恩揭示了以越南战争为核心的创伤是一种萦绕不去的力量。同时，互文性也能够产生一种文学的范例，影响着每一部小说主人公的行为，主人公不得不重演历史，重演另一个人的创伤。奥布莱恩几乎每一部小说的主人公都重写了他本人在选择去越南参加战争时的道德困境，基奥瓦的死亡、射杀水牛事件和美莱大屠杀等事件，从不同的角度和不同的方式被重写为一种创伤的经历。这种不断重复的虚构过程见证了创伤与叙事的相互依赖。

与此同时，创伤经验的广泛性不只针对战争和自然灾害。越战的创伤也被《北极光》《核时代》《林中之湖》与《恋爱中的雄猫》中的私人创伤补充和扩大，童年阴影或婚姻的不幸等创伤形成了对越南战争前因后果的补充。

奥布莱恩的小说在叙事的层面上唤起了创伤的无方向感和它的症状维度，并对创伤给出了反应。可以说，奥布莱恩的文学世界既由创伤产生，又有效地重写了创伤。他将创伤重新置于小说的背景之中，重新审视创伤，将过去、现在和未来联系起来，从而将创伤重新整合到一个具有转变性的意义框架中。不仅如此，奥布莱恩还用个人的创伤与危机唤起了更有力的国家创伤，并将写作构成一种治疗性的叙事,共同构建他的创伤艺术。今天,我们将奥布莱恩的小说文本傍着创伤理论阅读,并非简单地尝试着将一种心理学或精神病学的理论去图解文本,更为深刻地是要去理解理论和文本之间相互对话展示的两种话语之间复杂的和相互补充的关系。

参考文献:

1. Cathy Caruth. Trauma: *Explorations in Memory.* Baltimore: The Johns Hopkins University Press (1995).
2. Patrick A. Smith. *Conversation with Tim O'Brien.* Jackson: University Press of Mississippi (2012).
3. 〔奥〕弗洛伊德著:《精神分析引论》,高觉敷译,北京:商务印书馆,1984年版。
4. 〔英〕安妮·怀特海德:《创伤小说》,李敏译,郑州:河南大学出版社,2011年版。

第一章　关于蒂姆·奥布莱恩

　　美国当代小说家威廉·蒂莫西·奥布莱恩于 1946 年 10 月 1 日出生于明尼苏达州东南部的奥斯汀市，是家中的长子。奥布莱恩的父亲曾经在第二次世界大战期间服役于美国海军太平洋战区，母亲艾娃·E.舒尔茨也曾于第二次世界大战期间服务于战时的妇女自愿服务队，战后两人分别从事保险推销员和小学教师的工作。在奥布莱恩 12 岁那年，他与家人搬至明尼苏达州西南部的小镇沃辛顿生活。这个后来经常出现在奥布莱恩小说文本中的小镇靠近爱荷华州和北达科他州边界，约有一万多人口，其中有超过一半的居民是德国人和斯堪的纳维亚人的后裔。小镇因为有着大量的家禽养殖场，故此还拥有"世界火鸡之都"的称号。

　　从奥布莱恩早期的成长经历来看，他是典型的美国 50 年代至 60 年代初成长于中西部的中产阶级家庭的孩子。在沃辛顿，7 月 4 日的烟火、复活节的彩蛋、罐头工厂、机械车间、哈特福德的军火库、明尼苏达州的森林还有大面积的玉米和小麦田充盈着奥布莱恩的生活。每年 9 月，这里还会举行一年一度的火鸡日游行。奥布莱恩曾经借用火鸡节的场景描述过这里的生活：

"如果你在字典里搜索'无聊'一词，你会发现一张沃辛顿的钢笔插图……每年的 9 月 15 日，在我的家乡，有一个叫作'火鸡日'的活动。火鸡节的内容是农民们把火鸡放进卡车里，开车进城，把它们扔在大街尽头的埃索加油站前，然后他们把火鸡赶到大街上，而我们，沃辛顿的市民，会坐在路边看着火鸡经过。然后我们就回家了。这是我们的大日子！你可以想象剩下的日子是什么样的。"（Patrick A. Smith. *Tim O'Brien: A Critical Companion*, 2）这里生活的一切不仅影响了奥布莱恩人生中很多重要的抉择，而且还成为他后来小说创作的素材。

奥布莱恩的成长还得益于一个重视书籍和阅读的家庭。他的父亲酷爱读书和写作，第二次世界大战期间他曾经在《纽约时报》上发表过关于硫磺岛战役和冲绳战争的个人记录，在战后还担任过沃辛顿图书馆委员会的成员。奥布莱恩从幼时起直至离家上大学，父亲为他提供了大量的书籍来阅读。从《奇迹之书》到《蒂米现在是个大男孩》再到《汤姆·索亚历险记》和《哈克贝利·费恩历险记》，阅读培养了少年奥布莱恩对文学的热爱和对写作的痴迷，并促使奥布莱恩创作了他的第一部小说《小联盟的蒂米》。母亲艾娃虽然是一名小学教师，但她特别关注奥布莱恩语言方面的能力，甚至于对标点符号的使用都要求非常严格。在接受托比·赫佐格的采访时，当被问道你的家庭生活中有哪些细节能让人们了解你作为作家的发展时，奥布莱恩就提到"我的母亲是一名小学教师，这与我对书籍、阅读、语法等方面的兴趣有很大的关系。她关心逗号、撇号和破折号的位置，这些从长远来看是对一个作家产生巨大影响的东西。"（Patrick A. Smith. *Conversation with Tim O'Brien*, 101）毋庸置疑，这些来自父母的影响奠定了奥布莱恩后来成为小说家的重要基础。

除了阅读和语言在这个家庭中的重要性外，这个家庭的成员对于重大问题、思想和时事也格外关注。奥布莱恩回忆道，20世纪60年代初冷战期间，家人的谈论经常集中在核毁灭的威胁上。一篇有关氢弹的文章可能会引发一场关于核战争迫在眉睫的威胁，以及美国中西部遭受核袭击后放射性沉降物对沃辛顿的潜在影响的讨论。尤其是在肯尼迪担任总统期间，肯尼迪更成了奥布莱恩在高中时代的偶像，他不仅欣赏肯尼迪的政治主张，而且"他的举止、他的机智、他的智慧，所有这些品质都给我留下了深刻的印象，现在仍然如此"（Patrick A. Smith. *Conversation with Tim O'Brien*, 103）。在接受托比·赫尔佐格等人的访谈中，奥布莱恩详尽地描述了他的家庭对于书籍的浓厚兴趣以及他们频繁的对政治和社会问题的探讨，他甚至认为这一点可以将他们这个有点自由主义的中产阶级家庭与沃辛顿的其他保守家庭区分开来。

奥布莱恩的青少年时期与父亲的关系颇为艰难和复杂，这也成为他后来的小说中主人公重要的创伤来源。在描述这段父子关系时，奥布莱恩指出，父亲对于他的成长"主要是积极的影响，而不是负面的影响"（Patrick A. Smith. *Conversation with Tim O'Brien*, 103）。在公众面前，父亲机智，优雅且从容。不仅如此，父亲还一直支持着奥布莱恩，和他一起打棒球，教他打高尔夫球，在卖保险的时候带他去旅行。奥布莱恩也认为父亲是他的榜样，特别是父亲对于书籍的阅读和理解的能力，以及对文学的鉴赏能力。然而，在奥布莱恩就读初高中期间，父子关系却发生了戏剧性的变化。奥布莱恩的父亲开始酗酒，在醉酒之后，父亲经常会闷闷不乐，而且经常嘲笑奥布莱恩的体重和他对父亲喝酒的反感。奥布莱恩在接受赫尔佐格的采访时曾经坦率地说道："他的酗酒深深地伤害了我。也就是说，这件事彻底改变了他的性格，使他变得非常难以相处。"(Patrick A. Smith, *Conversation with Tim O'Brien*, 103)年轻的奥布莱恩拼命想以自己的方式赢得父亲的爱与尊重，但似乎从来都没有做到，他坦言："这是一段艰难的关系，就像所有的事情一样，很复杂。一方面，我的父亲是我的模范——他的智慧，他的机智，他在公众面前的风度，一个非常时髦的人，一个迷人的男人……我们也有很多问题，我小时候经常被人欺负。从我九岁开始，直到我上大学，我被无情地嘲笑，原因我至今仍不明白。我觉得我自己对他来说永远不够好，无论我取得了什么样的成就，都永远无法让他满意。"(Patrick A. Smith, *Conversation with Tim O'Brien*, 103)后来，奥布莱恩的父亲因为酗酒而被送进了精神病院和各种救助机构，数次从他儿子的生活中消失，不仅奥布莱恩所期待的改变没有发生，父子之间的关系也更紧张了。

为了摆脱这些困惑而孤独的时期，年少的奥布莱恩开始练习魔术，魔术师无所不能的形象和看似能够颠覆现实的幻象深深地打动了奥布莱恩。从10岁起，奥布莱恩就开始认真练习，以完善自己在这方面的才能。他曾经多次跟随父亲前往纽约，参观当时著名的魔术师圣地——卢·坦南的魔术商店，每次回到沃辛顿，他都会带回一些价格不菲的魔术设备。尽管这种对魔术的兴趣维持了六七年，但对于年轻的奥布莱恩而言，当身处不被爱的感觉之中，当身处父亲的酗酒带来的痛苦和孤独之中时，魔术对他来说就是一种情感的慰藉。在采访时奥布莱恩也说道:"在那个时候,魔术对我来说是一种逃避世界的方式。在家里,那是一段可怕的时光——我感到不被爱,我父亲酗酒,我感到孤独。所以我认为这是一种逃避,试图改变这个世界,那个疯狂的世界,一点点让奇迹发生,一种赢得掌声的方式。"(Patrick A. Smith. *Conversation with Tim O'Brien*,105)不仅如此,这一时期对于魔术的痴迷也在后来成为小说《林中之湖》中的一个重要隐喻。

1964年秋,奥布莱恩来到明尼苏达州圣保罗的麦卡利斯特学院学习政治学,他的生活也随之发生了改变。虽然是一名政治学专业的学生,但奥布莱恩却选修了很多哲学课程和英语课程,他印象最深刻的是有关英语文学的课程,尤其是美国殖民文学和现代主义文学方面的课程。为此,他还专门研读了詹姆斯·乔伊斯、威廉·福克纳和厄内斯特·海明威等著名作家的小说。奥布莱恩回忆道:"我对文学感到前所未有的兴奋。我小时候读过很多书,对一般的书都很感兴趣。但我喜欢他们的故事,以及他们对我情感上的影响。但在大学里,小说的技术层面让我第一次感到兴奋。我有一种感觉,如果我没有上那些课,没有那些伟大的导师,我就不会是今天的小说家。"(Tobey C. Herzog. *Tim O'Brien*. 10)可以说,这些课程不仅点燃了奥布莱恩少年时期的文学热情,也驱散了因父亲的酗酒所造成的痛苦的阴霾。

在大学期间,奥布莱恩还对很多政治和认识论问题着迷,这些问题后来在他的作品中都占据了突出的位置。麦卡利斯特学院还以另外一种方式激发了奥布莱恩对写作的兴趣。1967年的夏天,作为国家间友好学生项目的一部分,麦卡利斯特学院给与了奥布莱恩在捷克斯洛伐克的布拉格学习的机会。然而,奥布莱恩并没有按照项目的惯例做政治学或经济学方面的研究项目,而是选择了写一部小说来满足这个项目的要求——一部带有浓厚政治色彩的怪异间谍小说。尽管在后来作为小说家的奥布莱恩看来,这是一部糟糕的作品,但它却开创了奥布莱恩真正的写作时代。

不仅如此,奥布莱恩还深受新型的政治激进主义的影响,根据奥布莱恩的描述,1964 年至 1968 年的麦卡利斯特学院"它不是一所激进的学校,也就是说,那里不全是共产主义者和争取民主社会的学生",但这是一所政治意识较强的学校。奥布莱恩将他在这一时期的政治观点描述为"一种老式的自由主义态度"。(Tobey C. Herzog. *Tim O'Brien*. 11)大四的时候,作为学生会主席,奥布莱恩将注意力转向了学生和学术生活的问题,他还推动了麦卡利斯特学院分级政策的改革以及在生活公寓建立图书馆的项目。

作为麦卡利斯特学院的学生领袖,奥布莱恩还将他的政治活动集中在反对越南战争的问题上,因为在他看来这场战争不仅考虑不周,而且是完全错误的。为了反对战争,奥布莱恩还参加了几次小型的和平守夜活动和校园辩论。作为他反战活动的一部分,奥布莱恩还是尤金·麦卡锡总统的坚定支持者,1968年竞选期间,他甚至跑到威斯康星州去参加支持活动。奥布莱恩支持麦卡锡是因为当时这位参议员是唯一在政治上反对战争的候选人。"我记得在他宣布竞选总统后不久,他就去了麦卡利斯特学院的投票站,那里挤满了支持者。这是一个令人兴奋的时刻,我充满了希望。在我的灵魂深处,我是一个儿童十字军。

我非常希望战争结束,但我希望通过合法的政治手段结束它。"(Patrick A. Smith. *Conversation with Tim O'Brien*,107)然而,奥布莱恩并没有看到他的愿望成真,反而这成了他与越南战争长期联系的开始。随后,奥布莱恩以优等生的成绩从麦卡利斯特学院毕业,不久之后,他就收到了越南战争的征兵通知。

在收到征兵通知之前,奥布莱恩与越南战争仅有的接触是麦卡利斯特学院校园里的战争抗议、全国政治辩论和媒体的报道。其实,奥布莱恩本身并不是一个纯粹的和平主义者,相反,他认为某些战争是正当而且是必要的,比如第二次世界大战。作为一名二战老兵的儿子,奥布莱恩从小就崇拜父亲的战争勋章,也热衷于各种战争游戏。然而,在1968年的夏天,奥布莱恩却强烈地反对这场战争。因为在他看来,一场合法的战争需要某种正当的理由,而不是把一个国家的意志强加于另一个国家的欲望的战争。"从政治、人文的角度,而不仅仅是从政治的角度。这似乎是一场野蛮、不人道的战争,一场出于不明原因而发动的战争。战争,在读了很多阿奎那的书的我看来,需要某种正当的理由,比如二战……我的想法是,越南战争背后没有一个明确的、正当的理由。这是一场包含了无数模棱两可的战争:法律的、哲学的、道德的、历史的,以及事实的模棱两可。"(Patrick A. Smith. *Conversation with Tim O'Brien*,108)不仅如此,作为参加过第二次世界大战的老兵,奥布莱恩的父母也坚决地反对这场战争,他回忆道:"总的来说,我的父母都对战争持怀疑的态度……我不知道他们怀疑的程度。我知道我一入伍他们就对战争持怀疑的态度。我一到那里,他们就希望战争结束。"(Tobey C. Herzog. *Tim O'Brien*.13)奥布莱恩后来在他的战争自传《如果我在战区死去》中，用一个简短的章节描述了他在毕业之时接到入伍通知后那个具有决定性的夏天。可以说，在越南战争的问题上，各种道德、法律、哲学、历史和事实的不确定性为是否参加战争这个问题蒙上了一层道德选择的阴影，让奥布莱恩走进越南变得更加艰难和复杂。

尽管奥布莱恩在哈佛的研究生项目将于那年秋天开始，尽管发自内心地反对这场战争，但奥布莱恩还是选择在 1968 年 8 月 14 日这一天加入军队。在接受托比·赫佐格的采访时，奥布莱恩说道："我没有服兵役的历史，也没有宗教背景。我的想法集中在三种可能性中的一种：上战场，去加拿大，或者进监狱。这是三种看起来可行的可能性。"（Patrick A. Smith. *Conversation with Tim O'Brien*，108）正是这一选择将奥布莱恩拉入了万劫不复的深渊，无论是在后来的访谈中，还是在他的小说创作中，奥布莱恩都会选择用不同的方式表达自己的内疚和自责："就我而言，我犯下了不可原谅的懦弱和邪恶的行为。我加入了一场我认为是错误的战争，并参与其中。我扣动了扳机，我在那里，在那里我是有罪的。"（Patrick A. Smith. *Conversation with Tim O'Brien*，113）后来，奥布莱恩无论是在他的虚构和非虚构作品中都会借用主人公的立场从不同的角度反复考量他生命中这个决定性的选择——逃跑还是战斗，而这一道德选择的困境也在后来成为他小说主人公最为重要的创伤来源。

奥布莱恩一加入军队就在华盛顿路易斯堡开始了基本步兵训练。由于他所受的大学教育，他对战争的看法以及他对参战兴趣的缺乏，奥布莱恩始终觉得自己与其他入伍的士兵格格不入。在军队中，羞辱行为和严格管制以及身体上的束缚使得奥布莱恩开始鄙视整个训练过程。随着八周基础训练的结束，奥布莱恩感到越来越沮丧。后来，他被分配到路易斯堡步兵部队的高级训练营（AIT），不可避免地接受了赴越南作战的命令。此时，他又面临着另一个重要的决定——是逃离军队还是赴越南作战？在《如果我在战区死去》中题为"逃离"的一章中，奥布莱恩描述了 AIT 期间的这种道德困境及解决方案。但在最后一刻，奥布莱恩却选择拒绝穿过加拿大边境飞往瑞典，这个不情愿的士兵于 1969 年 2 月抵达越南，开始了作战任务。

当奥布莱恩最终接受自己在军队的命运时，他怀着天真的乐观以为自己会被分配到一个厨师或者职员的位置，结果在越南，奥布莱恩却成为了美军第 46 步兵师第五营阿尔法连第三排的一名士兵，在广义省附近执行任务。此时，孤独的奥布莱恩开始审视他的新环境以及新的感受：淡淡的霉味，黎明的曙光，他的恐惧和末日即将来临的感觉。在阿尔法连，绰号为"大学生乔"的奥布莱恩担任了大约两个月的步枪手，在此期间他受伤并获得了紫心勋章，后来又转去做无线电操作员（RTD）。由于 RTD 是一种信息渠道，对未来将要作为故事讲述者的奥布莱恩来说这无疑是幸运的，因为他有机会听到未经过滤的战争故事。这份工作持续了大约 5 个月后，奥布莱恩又得到了一份士兵们梦寐以求的工作，在营总部担任文职。

在越南战场上，奥布莱恩曾因被手榴弹爆炸的弹片炸伤而被授予紫心勋章，也曾因为在战斗中救助同伴而获得青铜英勇勋章，然而这些事情奥布莱恩既没有在他的小说中提及，也没有在采访中讨论过。奥布莱恩的战斗行为值得关注的还有 1969

年在平克维尔附近的战斗活动，其中也包括在美莱村一带的巡逻任务。这一地区是奥布莱恩在他的战争叙事中经常使用的背景，《追寻卡西亚托》中"世界上最伟大的湖国"，《林中之湖》中约翰·韦德羞于提及的过往，《士兵的重负》中的"美莱大屠杀"都是基于 1968 年发生在这里的大屠杀事件的创作。1994 年 2 月奥布莱恩携当时的伴侣凯特再次访问了这个地区。作为战争结束二十四年之后，唯一重返越南的越战老兵，当被问及他对这个地方的记忆时，奥布莱恩描述了平克维尔这个地方的情况，尤其是 1968 年臭名昭著的美莱大屠杀一年后的美莱村和美溪村，以及越南居民的情绪状态。他回忆起由于美军的多次袭击而伤痕累累、惨不忍睹的村庄，由于多年的炸弹、凝固汽油弹的袭击、炮火，居民们对美军士兵的敌意。他还描述了部队在平克维尔地区执行任务时的恐惧。在战后接受托比·赫佐格的采访时，奥布莱恩满怀愧疚地谈到这场战争对越南人造成的伤害："我们有 5.9 万美国人死亡，天知道有多少人受伤。但这些都无法与越南人所遭受的苦难相比。……战争对越南人造成的破坏并没有被美国所面对。"（Patrick A. Smith, *Conver-sation with Tim O'Brien*, 113 - 114）奥布莱恩在平克维尔地区的经历极大地促进了他在战场上的誓言，他要在回到美国后讨伐这场战争。而后，他又延长了 12 个月的服役期，在这期间，他在一个相对安全的后方地区做文职。

　　1970 年 3 月，奥布莱恩中士回到了美国的明尼阿波利斯，如同《北极光》中的哈维·佩里一样，他没有遇见欢迎回家的游行，没有彩带，更没有庆祝的派对，只有奥布莱恩的父母和兄弟拜访了他。他们很少问起奥布莱恩关于战争的经历，而他也没有透露更多的细节。奥布莱恩曾在明尼阿波利斯市议会做过一段时间的城市规划研究员。战后的春秋两季,他把读书和旅行当作假期,然后进入哈佛大学肯尼迪学院攻读政治学研究生,专注于研究美国的军事干预。在此期间,奥布莱恩在越南战场上的经历被详尽地记录下来,要么写在他的回忆录里,要么嵌在结合了事实与虚构成分的小说和短篇故事里。

奥布莱恩自称对平民生活的情绪调整很容易,不会像一些越战老兵一样出现噩梦闪回以及战争的负罪感。到 1970 年的夏天,奥布莱恩已经习惯了他在越南所犯下的罪行,因为他在参战之前就已经有了这样的负罪感。除了对自己参与战争的行为怀有这种特殊的道德和政治上的罪恶感之外,作为士兵的奥布莱恩就像在《士兵的重负》中的士兵一样,还携带了战争所赋予的无形的东西,后来这些东西也融入了他的小说。

在越南战争结束后的那年夏天,奥布莱恩以哈佛大学政府部门博士生的身份入学,然而他的学术追求经常被紧张的个人写作和偶尔跳槽到新闻行业的工作打断。在去越南之前,奥布莱恩从来没有想过将写作作为他的终身职业。事实上,在 1968 年的春天被哈佛录取的时候,奥布莱恩是决定到研究生院学习政治学的。在越南期间,奥布莱恩曾经在明尼苏达州的报纸和《花花公子》发表过几篇关于越南的文章,而后在越南的经历让他逐步走上了作家这条道路,奥布莱恩在接受采访时告诉拉里·麦卡弗里:"我开始写作是因为战争。当我从越南回来时,我有话要说。我目睹了一些事情,闻到了一些味道,想象出了一些事情,这些事情以各种方式让我感到震惊,恐怖和有趣。" (Patrick A. Smith. *Conversation with Tim O'Brien*, 5)虽然越南战争是他成为作家的动力,但奥布莱恩却拒绝被认定为战争小说家。我们也逐渐意识到,将奥布莱恩仅仅归为越南战争作家是不公平的和过于简单化的,他的小说中有一些更普遍性的东西存在。

在哈佛读书期间,奥布莱恩曾在《华盛顿邮报》进行暑期实习,并于1973年至1974年在《华盛顿邮报》国家事务部门担任全职总编记者。在哈佛大学和《华盛顿邮报》的学习和工作期间,奥布莱恩于1973年与利特尔布朗出版社的编辑助理安妮·韦勒结婚,这段婚姻为他的写作和学术追求提供了稳定的支持。在这段时间内,奥布莱恩陆陆续续地创作了《如果我在战区死去》和《北极光》以及《追寻卡西亚托》等作品。1979年《追寻卡西亚托》击败了当年最受欢迎的约翰·欧文的《盖普眼中的世界》和约翰·契弗的《故事》,获得了美国国家图书奖。《追寻卡西亚托》的出版正值越南对美国人的心理影响进行较多的探索的时期,它不仅获得了美国国家图书奖,并使奥布莱恩与菲利普·卡普托、迈克尔·黑尔和大卫·哈伯斯塔姆等作家一道,成为最有力地唤起越南经历的作家。从此,奥布莱恩的写作事业一路高歌猛进,先后在《纽约客》《大西洋月刊》和《美国最佳短篇小说》等全国性的刊物上发表文章。尽管《士兵的重负》取得了惊人的成功,《林中之湖》也获得了评论界的好评和商业上的成功,但奥布莱恩的职业生涯却在1994年出现了转折,当时他考虑彻底放弃写作,这种自我放逐持续了几个月的时间。

在1995年的一次采访中,奥布莱恩详细阐述了他目前对于写作兴趣的变化,指出他以前对于写作的兴趣几乎完全消失了。这一段时间之内,奥布莱恩面临着与妻子结束22年婚姻的痛苦,面对着抑郁症的治疗,甚至还要抵抗自杀的风险,奥布莱恩曾回忆说:"昨晚我想到了自杀,不是是否自杀,而是如何去做。今晚,我又想起它了,现在是 6 月 5 日凌晨四点,安眠药没有起作用。我穿着内衣目不转睛地坐在电脑前,试图用文字表达一些可怕的事实。"(Patrick A. Smith. *Conversation with Tim O'Brien*, 7)同时,奥布莱恩也面临着与哈佛大学研究生凯特的多年恋情即将结束的痛苦。在 1995 年接受赫尔佐格的采访时,奥布莱恩将自己的这一段的生活描述为"混乱,充满抑郁和个人痛苦",直到两年之后,他才渐渐走出情感的困境。1996 年,奥布莱恩发表了短篇小说《信仰》,这是他重新燃起写作热情的一个迹象,据奥布莱恩所说,这个故事是他正在创作的小说的一部分。

　　1994 年 2 月,奥布莱恩利用两个星期的时间,重访了二十多年前曾经深刻地改变了他的那片土地——越南。《纽约时报》杂志的一篇长篇报道描述了奥布莱恩在这一年的早些时候和哈佛大学的研究生凯特一起回到越南的故事。奥布莱恩一生中最引人入胜的特点之一是,这位喜欢生活的谜团和不确定性的作者,在个人生活和职业生涯中花了很多时间来处理一场充满困惑和怀疑的战争。但奥布莱恩在 1994 年回到越南后出版的小说,《恋爱中的雄猫》(1998)和《七月,七月》(2002)显然没有那么关注越南战争对人物的影响。2004 年底,奥布莱恩开始活跃于研讨会和演讲之中,同时还在德克萨斯州立大学圣马科斯分校的艺术硕士课程中教授创意写作。

　　现在,奥布莱恩在德克萨斯州奥斯汀市重新组建了家庭,他也开始公开谈论了作为父亲的乐趣和挑战。2004 年底,奥布莱恩给他 16 个月大的儿子写了一封信，信中充满了辛酸、苦乐参半的味道，他写道："通过我写的小说和故事，我定义了自己，不管是好是坏。我在句子中寻找自己。我爱自己的程度，就像我爱一个章节、一个场景或一段对话……我怀疑即使在我 28 岁或者 38 岁的时候，我也会如此愿意——如此渴望——放下工作来给你暖奶瓶。"（Patrick A. Smith. *Conversation with Tim O'Brien*，9）如今，奥布莱恩和他的儿子居住于德克萨斯州中部，每隔两年就会在德州做全职教师，为 MFA 学生开设创作型写作课程研习班，而他的作品也被封存于德克萨斯大学的兰塞姆人文科学研究中心。

参考文献：

1. Patrick A. Smith. *Tim O'Brien: A Critical Companion.* West post: Greenwood Press (2005).
2. Patrick A. Smith. *Conversation with Tim O'Brien.* Jackson: University Press of Mississippi (2012).
3. Tobey C. Herzog. *Tim O'Brien.* New York: Twayne Publishers (1997).

第二章　关于奥布莱恩的写作

　　奥布莱恩的写作开始于十岁左右的时候,由于对棒球的兴趣以及对《少年联盟拉里》的阅读,奥布莱恩在这个时候写下了他的第一部小说《小联盟的蒂米》。而后在读书期间以及在越南服役期间,奥布莱恩从断断续续的即兴随笔逐渐在回归之后将写作视作终身职业。在谈到这一选择时,奥布莱恩提到了从伟大作家的长处中学习的重要性。奥布莱恩认为莎士比亚戏剧中的主题以及巧妙地使用闪回,海明威凝练的句子以及道德哲学,福克纳结构的模糊性和复杂性,康拉德的主题都对他的创作产生了深远的影响。

　　1994 年 10 月 2 日,奥布莱恩的第五部小说《林中之湖》刚刚出版,《纽约时报》就刊登了奥布莱恩的自传体文章,证明了他作为美国著名越战作家的地位。奥布莱恩对此却有着不同的看法,他认为越南战争在很大程度上为他提供了生活的素材和一个熟悉的领域,并产生了内在的激烈冲突和真情实感:"如果没有战争,我不会有这些素材,我不可能写出这些书。就像康拉德如果没有海洋经验就写不出《水仙黑鬼》《吉姆勋爵》和《胜利》一样。"(Patrick A. Smith. *Conversation with Tim O'Brien*, 114)

因此，作为一个作家，他不需要在故事中创造这些元素，反而可以去探讨更深层次的道德、政治和人类心灵的问题，去探讨一个人与良知、绝望的关系，一个人的道德困境与自我发现等问题。然而，奥布莱恩同时也指出他作为作家的目标是"被几个世纪阅读"，而不是被当作战争小说家来看待。他对人们经常为他贴上狭隘的标签感到气愤，"这就像称托尼·莫里森为黑人作家，称莎士比亚为国王作家一样"（Tobey C. Herzog. *Tim O'Brien*, 23）。虽然奥布莱恩的大部分作品都与越南有关，但他却并不认可自己作为战争小说家的地位，反而认为在他的小说中童年事件的影响、英语语言的背景、想象力及父子关系等问题同样重要。

在越南服役期间，奥布莱恩写了大量的个人日记，其中包括一些轶事、个人感受和小插曲。与诺曼·梅勒，约瑟夫·海勒等人不同的是，奥布莱恩并没有打算根据自己的经历来创作一部终极的战争小说。相反，他只是更喜欢写这些充满了自怨自艾和恐惧的随笔。在这期间，奥布莱恩把其中的一些片段寄回家，发表在当地的《明尼阿波利斯星报》和《沃辛顿环球日报》上，后来正是这些虚构与非虚构故事的集合成就了一部又一部的经典文本。

从回忆录《如果我在战区死去》到现实主义小说《北极光》《核时代》，再到《追寻卡西亚托》，喜剧《恋爱中的雄猫》以及实验小说《士兵的重负》和《林中之湖》，每一部都聚焦在一个在越南战争中受损的人物身上，一个受伤归来的老兵，一个逃避兵役的人，以及一个参与战争罪行的人。在深入挖掘人物的内心和思想同时，奥布莱恩会去分析他们生活的道德观、他们的选择、他们的欲望,他也会将人物置于紧张冲突的环境中:基础军事训练,暴风雪中的意外遭遇,对越南村庄的袭击,美国的战争抗议或者激烈的政治竞选,并记录了人物在各种情况下的挣扎,以及他们如何努力地理解自己。对奥布莱恩来说,"他的故事成为认识论的工具,成为从多个不同的角度和视角看待战争、世界和讲述战争故事的方式的多维窗口"(Tobey C. Herzog. *Tim O'Brien*, 27)。作为一名小说家,他的目标不是为与这些相关的主题提供答案,而是迫使读者从不同的角度来审视它们,共同探索人类思想的复杂性。

1970年的夏天,当奥布莱恩从越南归来后,他在《花花公子》(1970年7月)杂志上发表了非虚构故事《轻装上阵》(*Step Lightly*)。在哈佛读研究生的第二年,奥布莱恩又在《华盛顿邮报》上发表了非虚构的小插曲《美河的敌人》(*The Enemy at My Khe*)。同样是在1972年,作为他研究生学业的间歇,奥布莱恩重新修改了已经发表的这些非虚构的故事,将他们与未出版的材料结合在一起,然后,"很快——我的意思是说在一个月左右的时间里——我把它们(手稿)缝合成一本书(《如果我在战区死去》)并寄出"(Patrick A. Smith. *Conversation with Tim O'Brien*, 37)。尽管出版商西摩·劳伦斯对这本书的隐喻情绪有所保留,但奥布莱恩的战争自传还是在1973年出版了,它的全称是《如果我在战区死去,把我装起来,送我回家》,这是陆军在进行基础训练和高级步兵训练中演唱的行军歌曲。奥布莱恩强调说,《如果我在战区死去》是一部自传性的作品,它记录了他在战争中的直接经历,虽然名字被更改,对话被重新创造,场景被重新设计,但这种对经验真实性的坚持表明了这本战争回忆录是非虚构的。他甚至还声称，关于他个人战争经历的一切值得写的东西都可以在《如果我在战区死去》中找到。

对于这本回忆录，奥布莱恩指出，与越南战争中充斥着的爱国体验不同，他希望自己的书是关于战争现实的，以履行他在战场上反对武装冲突的誓言："我想写一本关于步兵经历的书，通过一个士兵的视角，他承认一个显而易见的事实：我们杀害平民的数量超过了我们杀害敌人的数量。这场战争在最基本的方面是漫无目的的，也就是说，漫无目的是指没有目标可以瞄准，没有敌人可以射击，没有目标可以杀死。他们在人民之中。……我想写一本书来触及这一点，这样我就能感觉到我在做什么。"（Patrick A. Smith. *Conversation with Tim O'Brien*，112）奥布莱恩甚至还笃定地认为他的写作起到了与去华盛顿参加反战示威游行同样的作用。

《如果我在战区死去》中有 23 个小插曲，因为奥布莱恩已经在杂志和报纸上单独发表了这样的故事，所以每一个章节都可以作为独立的故事，或者一个角色的素描，每一个故事都有一个明确的开始、中间和结尾。在接受拉里·麦克弗里的采访时，奥布莱恩说道："我试着把章节编成独立的故事……我可以在杂志上以故事的形式发表章节。这样做的好处是可以赚钱，也可以进行测试，得到杂志编辑和读者的回应。另一个更重要的原因，与章节为什么是章节有关。我一直在想，为什么那么多章节都是随意结束的。用一个小分辨率来结束章节会更好。在一章结束时，读者应该发出一声叹息，这声叹息意味着他意识到这是一个自然的结局，这一章有一个内在的完整性。"（Patrick A. Smith. *Conversation with Tim O'Brien*，11）这种在每个章节中对诸如背景、日常生活的细节和行动等小分辨率的强调在奥布莱恩后来的小说中也很明显。

在这本回忆录中,奥布莱恩并不是严格按照时间的顺序来进行叙述的,他描述了自己在明尼苏达州沃辛顿的成长经历,详细描述了1968年那个决定他命运的夏天,记录了他在步兵基础训练和高级步兵训练中的心路历程,并在书中花了很大一部分的篇幅讲述了他对战争的经历和观察。在非虚构故事系列中,奥布莱恩讲述了各种各样的话题,包括他作为一个不情愿应征入伍的准士兵的个人困境,还探索了普通士兵的心灵和思想,越南战争的荒谬本质以及陷入这场战争的越南平民的命运。

作为回忆录,它的特点是痛苦的个人发展,主人公奥布莱恩的经历与作者有着异曲同工之处。他在20世纪60年代末被平庸的美国中产阶级打击后,从麻木中醒来,被扔进了战争的恐怖之中,而后获得一种来之不易的顿悟。在后来的小说中,奥布莱恩有意识地将《如果我在战区死去》中的23个非虚构部分与蒂姆·奥布莱恩从不同角度呈现的主题和事件联系起来。读者也会根据奥布莱恩不断变化的观点来看待这场战争,甚至在这本书中也会遇到诸如战斗还是逃跑、想象还是现实等在后来的小说中反复出现的主题。

在《如果我在战区死去》中,奥布莱恩还将自己描述成一个讲故事的人。从一开始,奥布莱恩就直接或间接地谈到他讲故事的艺术和目的,这也是他后期作品中一个突出的主题"我会写军队,揭露战争的残暴不公、愚蠢和傲慢,以及参加战争的人"(Tim O'Brien. *If I Die In A Combat Zone*, 96)。同样重要的是,奥布莱恩后期作品的风格和结构的鲜明特点也出现在这本战争的自传中。对于经历过战争的士兵来说,奥布莱恩认为战争的价值就在于可以赋予他们讲故事的能力。在一次采访中,奥布莱恩指出:"讲故事是人类必不可少的活动。情况越困难,就越重要。在越南,人们不断地互相讲述战争的故事。我们的部队在美莱村失去了很多人,但他们讲述的故事在他们死后仍然流传。我要是不把我知道的故事讲出来,那我一定是疯了。"(Tobey C. Herzog. *Tim O'Brien*,41)就这样,在奥布莱恩的娓娓道来之中,越南的荒原也在我们面前展开。

奥布莱恩的战争自传不只是由一个标题、宏大的背景和主题连接起来的松散故事集合。在《如果我在战区死去》中,奥布莱恩作为越南战争的参与者、旁观者和内疚的老兵,试图通过简短的人物描述、叙述、忏悔和评论来捕捉越南经历的许多特征。通过描述战斗中的身体和心理状态,奥布莱恩从一个战争参与者的内心审视转向了对越南战争、越南人民以及其他参战士兵的内心和思想的外在审视。奥布莱恩还在他的独白段落中穿插了一些与个人经历有关的小插曲,揭露了越南战争的荒谬。偶尔,奥布莱恩也会在书中记录下人类精神闪光的一面,如战场的同情和兄弟情谊。

勇气是这本自传忏悔部分的中心焦点,尤其是奥布莱恩在战争中的勇敢和怯懦。然而,奥布莱恩并没有通过这些不同的关于勇气的观点向读者布道。相反,他在探索角度,迫使读者思考一些实质性的问题。正如奥布莱恩所指出的:"小说,尤其是战争故事,通常都具有道德功能,但不是给你教训,不是告诉你如何行动。相反,他们向你提出哲学问题,然后要求你以某种方式对它们做出裁决。"(Patrick A. Smith. *Conversation with*

Tim O'Brien, 10)对于奥布莱恩来说,这种讲述故事的过程和目的,首次出现在他的战争自传中并将塑造他后来所有的作品。最终,越南在奥布莱恩那里变成了一个充满想象力的地方,一个时而痛苦时而讽刺的沉思之地。

1973年至1974年间,奥布莱恩在《华盛顿邮报》担任国家事务的总编记者,他利用工作之余创作了第一部真正意义的小说《北极光》。奥布莱恩并不看好这部小说,严厉地批评:"那是一本糟糕的书。我为此感到尴尬,很难去谈论它。这是我尝试写的第一部小说,不幸的是它被出版了。"(Tobey C. Herzog. *Tim O'Brien,* 64)奥布莱恩也曾经多次公开提及,他想修改这本小说,删掉大约80页的内容,其中包括一些内心独白以及不必要的重复。尽管这本小说并没有获得过高的评价,但它却为一系列有趣的研究提供了肥沃的土壤,包括象征主义、神话、文学模仿、宗教典籍以及原型主题等。评论界可能不会认同"糟糕"这个标签,但会同意这是一部有缺陷的处女作,是一位年轻的小说家寻找自己的位置感、风格、视野和叙事声音的作品,并认为是奥布莱恩所有小说中独一无二的。与《如果我在战区死去》相比,这本小说的内容在出版之前并没有出现在其他出版物上,因此也很少受到评论界的关注。即使在出版之后,《北极光》在评论界依旧不温不火,理由是它平淡无奇的结尾,文学上的矫揉造作,过长的篇幅以及过于做作的互动。罗杰·赛尔更是认为,奥布莱恩虽然在某些地方表明了自己是一个真正的作家,但就奥布莱恩在小说中海明威式的描述和相似的人物关系而言,《北极光》的主要缺陷在于,"它明显地起源于海明威的《太阳照常升起》"(Tobey C. Herzog. *Tim O'Brien,* 65)。然而,随着奥布莱恩逐渐成为美国当代文坛最杰出的作家,一些学者开始重新回归这部小说,继而追溯奥布莱恩的主题和创作手法的演变。

根据奥布莱恩的说法,这本小说呈现的不是政治和社会评论,而是一个关于人的简单故事,"围绕着人格的起源,一个人道德观念的起源展开"(Patrick A. Smith. *Conversation with Tim O'Brien*, 13)。除此之外,奥布莱恩还引入了《如果我在战区死去》中的记忆、想象力、勇气、控制和承诺等问题,并探讨了人物与生者、死者、土地和自我联系等主题,这些主题将在他后来的小说中得到发展。

《北极光》通过保罗·佩里的第三人称叙事展开,背景是1970年的明尼苏达州的锯木厂小镇,这是一个濒临消亡的木材小镇,但核战争的威胁和越南战争的余波还是侵入了一些人的生活。书中的核心人物是30岁的保罗·米尔顿·佩里,他从神学院辍学,是联邦政府在当代农场的推广人员,妻子名叫格蕾丝,保罗的弟弟哈维刚从越南战场归来,一只眼睛受了伤。小说里的人物还有弟弟的倾慕对象艾迪。佩里兄弟的父亲是大马士革路德教会的一名传教士,在他去世后的几十年间,他的价值观和悲观预言依旧笼罩着佩里兄弟的生活。奥布莱恩还着重讲述了佩里兄弟寻求自我意识、接受与父亲的关系、理解勇气和英雄主义的过程。

就整体而言,小说在第一部分向读者展示了两个主要人物,他们将在小说的第二部分接受身体和精神上的考验,并解释了他们为什么都迫切需要这样一段旅程。在第一部分中对海明威的模仿最为强烈,其中包括《太阳正常升起》中的人物、对话和情境以及《永别了,武器》中弗雷德里克·亨利和凯瑟琳之间的关系。小说的第二部分几乎占据叙事内容的四分之三左右,包含了一段类似于《太阳照常升起》中潘普洛纳斗牛节的越野滑雪之旅。在描述这次户外冒险时,奥布莱恩借用了海明威式的象征主义。在越野冒险中,佩里兄弟测试自己的技能和耐力,试图在混乱的生活中重建秩序和舒适,并将浪漫主义的自然视作精神的向导和指引。

从《如果我在战区死去》中对士兵心灵和思想的探索,到《北极光》中普通人灵魂的审视,奥布莱恩再次证明了他的格言:任何人都可以有战争经历,但他并不一定要参加军事冲突才会有相同的感受并面临一些类似的决定。像奥布莱恩的其他核心人物一样,《北极光》中的佩里兄弟也面临着逃避还是战斗这一经典的存在主义困境。在小说颇为乐观的结局中,尽管保罗在这条道路上的未来旅程仍然充满了各种挑战和可能性,但保罗·佩里还是成了奥布莱恩笔下的英雄人物之一。在他后期的作品中,奥布莱恩将从全新的角度回到父子、逃离还是战斗、勇气、秩序和爱的问题上来。

1978 年,随着《追寻卡西亚托》的出版,奥布莱恩这位士兵出身且年仅 32 岁的作家便凭借着第二部小说蜚声美国当代文坛。更出人意料的是,在 1979 年这部小说击败了当时备受青睐的约翰·欧文的《盖普眼中的世界》和约翰·契弗的《故事》,获得了美国国家图书奖,震惊了评论界。

其实,从 1975 年开始,奥布莱恩就接连发表了几篇短篇小说,经过或大或小的改动后加入《追寻卡西亚托》这部小说之中。在评论这部小说在他自己作品中的地位时,奥布莱恩提到了《追寻卡西亚托》代表了他在文学写作方面第一次真正的努力。但对于奥布莱恩来说，这部小说并不是他战争经历的重述，而是《如果我在战区死去》的另一个全新的视角。小说的中心人物保罗·柏林在《如果我在战区死去》中的士兵蒂姆·奥布莱恩停止战斗之时，就开始了他的想象之旅。在《追寻卡西亚托》中，奥布莱恩思考了战斗还是逃离的两难境地的"如果"，并利用另一个自我保罗·柏林和其他角色的行动和白日梦来分析逃离战争的过程和后果：人们逃离战争会经历什么？他们能承受这样的后果吗？除了与奥布莱恩的生活所拥有的联系之外，这部小说与作者的其他作品在主题和结构上也有一些联系，也需要处理奥布莱恩的核心问题——逃离还是战斗。在叙事中，奥布莱恩通过第三人称的视角探索了保罗·柏林的内心和思想，他所面临的道德困境，控制恐惧的努力以及对秩序的渴求。

在这部小说的 46 个章节中，有十个章节被称为"观察哨"，作为叙述的支点。现在，在保罗·柏林十二个月的越南之旅中，他利用在南中国海六个小时的夜晚执勤时间，回忆自己的战争经历，想象着逃离越南的可能。保罗的回忆占据了十六个章节，包含了保罗·柏林对越南战场的混乱记忆。剩下的二十章讲述了柏林的巴黎之行，这是由柏林所在的排追捕逃兵卡西亚托的场景演变过来的。这段精心设计的奇幻之旅能够使保罗·柏林从一个全新的角度审视自己的越南经历。

尽管小说充斥着混乱的环境，但奥布莱恩还是将这些看似杂乱无章的过去、现在和未来结合起来，深入研究了柏林的内心和思想，以及对各种控制的追求。在杂乱无章的外表下，奥布莱恩巧妙地控制住了结构，通过叙事策略、主题、图像、文字和时间的介入，将内容连接起来。通过整合的结构和内容，与越南战争的混乱和无序形成了鲜明的对比。

当读者在回忆、观察哨与巴黎之旅的章节之中来回跳跃之际，我们会发现保罗·柏林从午夜至凌晨六点的思想成了叙事的支柱。在六个多小时的时间里，想象了卡西亚托带领第三排的士兵在亚洲和欧洲的许多国家进行了为期六个月，长达8600英里的长途跋涉。很多评论家依据这段旅程而将《追寻卡西亚托》定义为"魔幻现实主义"，奥布莱恩自己却认为，这些章节既不是魔幻的，也不是超现实的，它们就是真实的存在，因为它们准确地描述了这名士兵的思想是如何运作的，而柏林也利用这段延伸的想象解释了他在服役期间所经历的死亡和恐惧，并探索了经历过战争的自己在未来生活的可能性。

奥布莱恩曾经在他的战争自传中详细阐述了对明智的勇气和责任的看法，在《追寻卡西亚托》中柏林的思想和行动似乎更符合《如果我在战区死去》中对勇气的定义——明智的忍耐。奥布莱恩曾经在一次访问中谈起对于这部小说的评论以及现实生活中他自己"要么逃跑要么战斗"的选择时说道："我的结论基本上是，保罗·柏林幻想中的巴黎执行将是一次不愉快的经历——这与他的背景、性格和信仰不符……我发现我无法用自己的方式书写一个幸福的结局，就像我无法用自己的方式生活一样。"(Patrick A. Smith. *Conversation with Tim O'Brien*, 7)奥布莱恩对于约瑟夫·海勒在《第二十二条军规》中为主人公约瑟连设置的结局并不是特别的欣赏，认为其过于简单化地处理了关于选择的问题。或许最重要的一点是，奥布莱恩有意营造出与柏林的选择相关的模糊性和复杂性，正如他在接受访问时所回答的那样,问题不在于判断一个角色,而是"想用故事来提醒读者注意一系列道德问题的复杂性和模糊性"(Patrick A. Smith. *Conversation with Tim O'Brien*, 21)。

犹如卡西亚托带领柏林等人的朝圣之旅一般,奥布莱恩也带领着读者们踏上了一段探索士兵心灵和思想的旅程。只不过他所面临的问题是如何在一个虚构的框架中捕捉越南经历的特征,并提供统一连贯的视角和意义。在另一个层面上,小说的内在统一和意义平衡了奥布莱恩在讲述柏林的故事时所呈现的混乱与无序。在叙事中,他通过控制并列或混合三重叙事线索,建立起结构、隐喻和主题的联系。毋庸置疑,奥布莱恩凭借自己的想象力成功地创作出了一部错综复杂的小说,并拓展了战争小说的形式和内容,同时也预示了在奥布莱恩的下一部越南战争故事《士兵的重负》中的主题和叙事结构。

1985 年,在奥布莱恩出版关于越南战争时期后方的漫画小说《核时代》之后的五年里,他在记忆和想象中重温了《如果我在战区死去》和《追寻卡西亚托》的情境,并创作了一个短篇小说《提到勇气》。原本它是为《追寻卡西亚托》而设置的章节,但因为它所讲述的战后老兵的故事与卡西亚托的逃亡之旅关联性不大,所以后来被奥布莱恩删去了。结果,它却成就了奥布莱恩的第三部越南战争叙事作品《士兵的重负》(1990)。这部小说不仅是 1991 年美国国家书奖提名的五本书之一,也是同年的普利策文学奖入围作品之一。

在这部小说为数不多的负面评论中,部分评论家认为尽管越南在奥布莱恩的小说中扮演了相当重要的角色,但这片土地上也只有少数的当地居民出现在《士兵的重负》中,因为缺乏充分发展的越南视角而具有种族主义的倾向。奥布莱恩在接受采访中对其作品中出现排斥越南声音的批评作出回应，认为不去呈现越南人的原因更多的不是忽视的问题，而是不知道的问题。"文化问题、语言问题，以及不了解文化背后的历史问题，使这种不了解他人的问题变得更加复杂，由于在越南存在着各种各样的无知，对我来说，跳入另一个人的心理和性格中去是非常冒昧的。"（Patrick A. Smith. *Conversation with Tim O'Brien*，84）奥布莱恩也是在以这样的方式批判美国政府在文化和军事上的无知与傲慢。

凭借着《士兵的重负》这部小说，奥布莱恩第二次将他的力作列入了有关越南题材的必读书目的候选名单之上。奥布莱恩称赞这部小说的一个原因是它的形式。"在这本新书中，我强迫自己尝试创造一种形式。我以前从来没有发明过的形式。"（Patrick A. Smith. *Conversation with Tim O'Brien*，60）《士兵的重负》是一部包含 22 个章节的综合小说，充满了故事、自传、回忆录、忏悔、轶事、人物小品和抒情散文诗的段落，所有这些都由 43 岁的士兵作家蒂姆·奥布莱恩的叙述声音结合在一起。一个由作者奥布莱恩创造的一个士兵兼作家的叙述者——蒂姆·奥布莱恩，由他来讲述自己的生活和越南的经历，讲述从其他士兵那里听到的战争故事，评论讲故事的艺术，并邀请读者共同探索战争故事的形式和内容，以及与真相、谎言和记忆、想象相关的问题。

这部小说和他早期的两部战争小说一样，是一部多层面的战争故事，审视了奥布莱恩作品中反复出现的主题，包括勇气、恐惧、记忆和想象的相互作用、战争故事的本质、独立的和平以及士兵的心灵和思想。因此,这部小说中描绘的战争和之前的叙述有许多相同之处——相同的问题,相同的人物,相同的事件和相关的问题。然而,所有的这些都是从不同的角度来看待的,并经过修改以获得难以捕捉的战争真相。

奥布莱恩曾经在公开场合指出,《士兵的重负》应该被当作回忆录来阅读,因为这本书中的一切都是通过蒂姆·奥布莱恩的眼睛、记忆和想象过滤出来的。奥布莱恩曾经在接受采访时谈到《士兵的重负》时指出,如果整本书有一个主题,那就是故事可以拯救我们。在接受坦巴斯基的采访时,奥布莱恩就说道:"故事可以拯救我们……写故事就是这样做的一种方式……在小说中,我们可以改变事物,然后它们可以复活……我的意思是在精神层面上,故事可以在道德上拯救我们,让我们在生活中免于犯罪。故事有一种表现人类行为得体和不得体的模式。故事可以包含对我们的警告。在我关于越南的小说中,我确实尽我所能地提出了战争的警示信号,要小心卷入战争。"(Patrick A. Smith. *Conversation with Tim O'Brien*, 150)所以在《士兵的重负》中,对于作家奥布莱恩和叙述者奥布莱恩来说,最重要的是这些故事可以让逝者和生者在读者和听众的脑海中鲜活起来,这样,记忆、想象和语言就结合在一起,在脑海中形成了灵魂。这样的故事讲述目标便将奥布莱恩与所有伟大的故事讲述者联系在一起。

在《追寻卡西亚托》出版七年之后,奥布莱恩的第三部小说《核时代》(1985)又将读者带回了《北极光》中熟悉的领域:末日的铭文和后院的防空洞,一个人对核战争的极度恐惧,以及他随后努力警告所有愿意聆听的人关于现代生活的现实。此外,小说还继续了奥布莱恩对于越南战争的思考,但这次是从一个全新的角度——一个位于美国大后方,涉及反战运动的情感、知识和政治的战场。

在《核时代》中,奥布莱恩自己的生活再次被作者的想象改变,并借以探索了人类对于未知的恐惧。正如卡普兰所言这部小说中著名的核弹成了"人类存在中所有未解之谜的隐喻"。奥布莱恩努力创造一个黑色喜剧的模式,在一个新的情境下探索了中心人物威廉·考林在混乱的生活中寻求控制、稳定和理解的历程。

根据一篇关于《核时代》出版历史的背景文章所述,在这七年的时间里这部小说的创作十分困难,问题并不在于写作上存在什么障碍,而在于总是在不断的重写,据奥布莱恩回忆他大概重写了有 30 遍之多。这部小说曾先后在三家出版社出版,最终作者做出了合理的出版安排,与阿尔弗雷德·A.诺普夫出版社签订了长期的出版合同。在小说出版之后,《核时代》与《北极光》一样遭遇了评论界的负面评价。大多数的负面批评集中在奥布莱恩的角色设定上,评论家为他们贴上了"不温不火的卡通人物"的标签,特别是批评奥布莱恩将中心人物威廉·考林描述为"一个疯子,一个相当无聊的疯子"。与此同时,他们也对奥布莱恩精心设计的散文、支撑性结构和心理洞察力给予了好评。

也许对于一部分读者和评论家来说,这部小说远不如《追寻卡西亚托》和《士兵的重负》那样令人满意。但这其中最令奥布莱恩恼火的是,评论家们普遍不承认小说的整体喜剧意图,无法欣赏他故意扭曲角色以创造的卡通效果。他认为《核时代》是"尽管有许多的负面评论,但我仍然喜欢的一本书,……这部喜剧没有在这么多评论中被提及，这让我怀疑自己或别人的幽默感"(Tobey C. Herzog. *Tim O'Brien*，127)。毋庸置疑，小说中的部分事件、人物关系和人物描述确实是幽默和夸张的，讽刺的情节转折也增加了故事的滑稽性，但这部小说的大部分内容都是以严肃的态度对待重要的政治和道德问题。因此，评论家和读者也有理由认为这部小说并不是一部纯粹的喜剧作品。

但奥布莱恩对于《核时代》的有力辩护却反映出他与这部小说的主题——越南战争和核时代在情感上的联系。与奥布莱恩的其他作品相比，这部小说和它的中心人物都来自于奥布莱恩自己的一些经历，特别是他对于核战争的恐惧和担忧。1979年，奥布莱恩曾经为《特色》杂志写过一篇文章描述类似的担忧和焦虑。在这篇文章中，奥布莱恩有意无意地介绍了1985年出版的这部小说的精髓。"今年9月，在经历了十多年的核噩梦之后，我去了堪萨斯州，寻找这一切恐惧的根源。我寻找了洲际弹道导弹，跟踪神秘的泰坦 II 导弹。这次长途跋涉的目的很简单：进入核时代。"(Tobey C. Herzog. *Tim O'Brien*，128)奥布莱恩将事实转化为小说，将他的生活转化为艺术，所有过去的事件都出现在与冷战、越南战争以及考林反对核战争有关的重要人物、日期和事件的历史背景下。最后，在典型的奥布莱恩的风格中，作者通过迭代和重复的基本叙事技巧，在主题上将故事的三个主要部分以及专注于过去和现在的个别章节联系起来。

主人公考林似乎满足了奥布莱恩对英雄的核心定义，被认为"我写过的唯一的英雄"。考林成长的第一个阶段是从他12岁一直到大学毕业，他了解这个世界不安的现实，并承认生活在其中的严重性，而且这时的他必须要在参加战争或者逃避兵役之间作出选择。考林在第二个发展阶段遭遇了反复出现的道德和政治困境,在这种境况之下,考林的选择迫使他经历了逃亡的生活。在第三阶段中,理智、可控的考林进入了战后一段不关心政治的冷静和深思熟虑的时期,而后作出关键性的决定。在女儿的感召之下,选择了生而不是死,选择了理智而不是疯狂。在小说的结尾,考林作为一名经历过"生死之战"的老兵,经历了天真、磨练和反思的道路,他的这段旅程,就像保罗·佩里和保罗·柏林一样,仍然充满了各种可能性。当读者在思考威廉·考林的未来时,其实也在面临着自己生活的各种不确定性。

　　1993 年,奥布莱恩在《时尚先生》杂志上发表了短篇小说《Loon Point》,描述了没有激情的婚姻,以及婚姻中的谎言和不忠,奥布莱恩从这些故事中借鉴了主题和场景,并将它们作为约翰·韦德和凯茜·韦德婚姻的突出特征引入小说。在 1974 年《阁楼》杂志的一篇文章《和平囚徒》中,奥布莱恩预测了《森林之湖》的形式,将基本训练和战斗中虚构场景与越战老兵的适应问题,特别是涉及 PDST、毒品、酒精、失业和犯罪问题结合起来,融入这部充满同情的小说。1979 年,奥布莱恩在为《时尚先生》撰写的一篇更为乐观和截然不同的文章《暴力老兵》中,批评了电影和电视行业广泛存在的对于越战老兵的刻板印象。1981年,奥布莱恩又在《受伤的一代》中发表了一篇关于越战老兵的文章,在文中他继续驳斥了大量越战老兵存在调整问题的观点。奥布莱恩哀叹说,这些老兵太容易忘记越南战争的惨痛教训,这些都明显地影响了《林中之湖》的关键部分,尤其是当它们涉及约翰·韦德从越南回归之后的适应问题。然而,这部小说最吸引人的背景是奥布莱恩在 1994 年为《纽约时报杂志》撰写的文章《我心目中的越南》。它讲述了奥布莱恩在战争结束后的第二十五年重返越南的经历，因书中有部分章节是这篇自白文章的前奏从而被奥布莱恩视作《林中之湖》的姐妹篇。

《林中之湖》是奥布莱恩的第五部小说。自出版以来，这部小说获得了普遍的好评。评论家称赞了它实验性的叙事结构、元小说元素、对中心人物心灵和思想的不确定描绘，以及小说的道德主题，甚至有评论家认为，这部小说通过流行的婚姻、谋杀、政治和战争的主题吸引了广泛的读者。《时代》杂志授予它为"1994年出版的最佳小说作品"，1995年的詹姆斯·费尼莫尔·库珀奖授予它为最佳历史题材小说。这部小说也是奥布莱恩在商业上最成功的作品，它被指定为"每月书社精选"，精装书的销量远远超过了《追寻卡西亚托》和《他们携带之物》。Hallmark娱乐公司还将这本小说改编成电视电影，于1996年3月在福克斯电视网播出。

当然对这部小说的评论也包括"奥布莱恩迄今为止最凄凉的小说""像惊悚小说一样扣人心弦""令人惊叹的雄心壮志""认识论冒险"和"一个唤醒神秘心理状态的大师"。还有一些负面评论集中在这本书的碎片化本质上，"永不奏效的叙事烟火"、无结论性的结尾、女主人公性格发展不足，以及书中核心人物缺乏独特的存在等。尽管这部小说是否可以成为奥布莱恩迄今为止最好的作品还有待商榷，但是无论从形式、叙事策略还是从事实与虚构的结合等方面来看，这都是他最具野心和实验性的小说，同时也是奥布莱恩最具争议的作品。

虽然奥布莱恩认为写任何一本书都是一个缓慢而痛苦的过程，但我们知道《林中之湖》的创作特别困难。在《核时代》出版后,他推迟了其他方面的工作,而专注于《士兵的重负》的写作,用奥布莱恩的话来说,因为"我知道《士兵的重负》会受到好评……我害怕这样做,害怕写一本没有结局的书——或者看起来没有结局。对于一个四、五年才出版一次的作家来说,这是真正的恐惧。最重要的是,写关于欺骗的文章,我知道我会用自己的生活做注脚——我不想面对它"(Tobey C. Herzog. *Tim O'Brien*,145)。1990 年,奥布莱恩开始拍摄《林中之湖》,此后的四年里,他面临着无数的个人危机:婚姻破裂,一阵阵的沮丧和内疚,姐姐的重病,1994 年 1 月他的老朋友兼出版商西摩·劳伦斯去世。此外,在小说出版的大约 8 个月之前,他踏上了一段广为人知且充满忏悔之情的越南之旅,紧接着结束了与一位哈佛研究生四年的恋情,这本 1994 年出版的精装版小说就是献给这位研究生的。这些累积的事件带给了奥布莱恩情感上和身体上的伤害,这也可能造就了小说发自内心的忏悔本质,奥布莱恩甚至还在小说出版的最后一分钟对最后一章进行了重要的修改。

在叙事中,奥布莱恩利用重建事件、历史证据和个人对事件的心理反应,对越南战争中一个可耻的小插曲进行了野心勃勃的有罪处理,而这正是许多艺术家竭力避免的。奥布莱恩把战争的残酷写成了小说,在这个主题上写出了最精彩、最艰深的作品。流行文化可能通过把越南变成一种娱乐工具而吸引大众的眼球,但在奥布莱恩的作品中,这场战争仍然是深刻的、直接的、不可挽回的。不幸的是,一些评论家狭隘地认为这部小说只不过是奥布莱恩的另一部战争小说,用明尼苏达州的湖泊和森林来比喻越南的丛林,还有人将小说的多个主题简化为一个。显然，这样的描述对于《林中之湖》来说过于局限，它不只是奥布莱恩试图写的一本越战余波小说，更是奥布莱恩跨越更广泛的道德和心理体验领域的尝试。

故事由一位不愿意透露姓名的叙事者来讲述，他是一名越战老兵，1986年秋天，约翰·韦德和他的妻子凯茜·韦德失踪，他们在森林之湖大约失踪了一个多月。从1989年到1994年，自己定位为"传记作家、历史学家和媒体人"的作者经过近五年的采访、研究和对各种可能性的思考，完成了一项艰巨的任务，即重建约翰·韦德和凯茜·韦德的生活，并推测了与他们失踪有关的各种情况。

这个故事中已知的事实相对较少，1986年明尼苏达州民主党参议员初选接近尾声时，一名候选人向媒体揭露了竞选领先者约翰·韦德在越南战争期间参与美莱大屠杀的事实。根据这个故事，韦德是威廉·卡利中尉连队的一员，1968年他们的连队在卡利的直接命令下，在美莱地区杀害了大约500名手无寸铁的越南平民。这一事件的揭露不仅摧毁了韦德的政治命运，而且还进一步破坏了他早已摇摇欲坠的婚姻。在输掉竞选之后，约翰和妻子凯茜前往位于森林之湖边的小木屋，以躲避媒体的关注。九月的一个早晨，约翰发现凯茜神秘地消失了，故事以许多悬而未决的问题和各种各样的可能性结束。

在小说叙事的真相中，我们可以看到奥布莱恩当下的"生者之战""他心中的自杀"，对抑郁症的治疗，对"小时候被拒绝的一些相当痛苦的感觉"的回忆，以及《如果我在战区死去》和《士兵的重负》中描述的内疚和痛苦的主要来源。就像他在《林中之湖》中的主角一样，奥布莱恩是出于对爱的需要，为了得到家人和国家的爱而选择去参加战争，这一选择成为他自己版本的越战创伤后应激障碍的主要来源。因此，《林中之湖》不仅可以作为一种窥探士兵兼作家奥布莱恩灵魂的方式，也是一扇了解约翰·韦德及其故事叙述者内心和思想的窗口。

《林中之湖》广泛地概括了奥布莱恩的文学影响、主题和创作手法，所以对这部小说的研究是对奥布莱恩的生活和作品进行评论的一个恰当的结论。这部小说的最后一章也带领读者更深入地了解了身为士兵和作家的蒂姆·奥布莱恩的内心世界。此外，奥布莱恩指出，这部作品为他近 25 年的写作生涯画上了句号，这为他之前创作的共六本小说创造了重要的互文性，正如在《如果我在战区死去》中所言："当我完成了《林中之湖》时，我有一种感觉，我的职业生涯以一种有趣的方式结束了，就像你正在组织这本书的想法。即使我真的要再写一部小说，这一部也有一种终结感。"(Tobey C. Herzog. *Tim O'Brien*，144 - 145)

1994 年 10 月 2 日，奥布莱恩的第五部小说《林中之湖》作为封面故事刚刚出版，《纽约时报》杂志就刊登了他的自传体文章《越南在我心中》，从而证实了奥布莱恩作为美国著名越战作家的文化地位。这篇文章讲述了奥布莱恩 1994 年 2 月在同伴凯特·菲利普斯的陪同下回到越南的故事，以及那年夏天晚些时候在马萨诸塞州剑桥的经历和后来两人分手的经历。该杂志的封面复制了一张 1969 年的照片，照片中奥布莱恩赤膊上阵，不戴头盔，这个形象占据了整页的篇幅，把奥布莱恩塑造成一个典型的在越南的美国士兵。其间穿插着奥布莱恩在 1994 年回国时遇到的越南人的照片，这种标志性的并置反映了作者的书面记录。对于读者来说，奥布莱恩不仅仅是一个越战老兵，也是这场战争中最受尊敬的小说家。在文章中，奥布莱恩描述了和平时期广义省的居民，同时回忆起他和他的战友们在战争的那一年是如何在这片土地上度过的。奥布莱恩是战争结束后的25年来第一个访问这里的美国士兵，他的重返不仅仅是赎罪，也是他作为一名作家的回归。1995年4月2日，《越南在我心中》再次出现在《星期日观察家》杂志上，作为纪念美国越战结束20周年特刊的一部分。

《越南在我心中》是奥布莱恩在他出版的第一本书《如果我在战区死去》之后唯一明确的自传性作品。到目前为止，奥布莱恩作为小说家的职业生涯是依靠着一系列对越南战争的重新想象构建而成的。这篇文章分为18个独立的标题部分，其中14个以在每个部分中重建场景的地点和日期为标题。其中9次发生在越南，5次发生在剑桥。这两个不同的时间和地点内有意将过去和现在、越南和美国、战争的创伤与爱的创伤进行并置。在奥布莱恩逐渐打开的回忆中，美莱从一个难以启齿的战争罪行，进而演变成一对恋人之间不言而喻的焦虑，并最终导致他们在四个月后分手，也加剧了战争作为精神现实的存在。

这篇文章的地点在越南和美国之间交替出现，但最终的设定是在精神上的。在《越南在我心中》中，越南与亲密关系的破坏性融合贯穿在奥布莱恩的作品中，延续并复杂化了奥布莱恩的实际经历。在战争期间以及战后很长一段时间内，奥布莱恩的痛苦有很多的来源——战友的死亡、战争的暴行、越南人的痛苦、个人的罪恶感和其他不确定的糟糕记忆。这些回忆让他在重返越南后与伴侣产生了疏远和分离，甚至产生了自杀的念头。7月4日回到剑桥后，奥布莱恩确信他已经失去了凯特，但也让他下定决心走出创伤。如果我们要问，是什么在 7 月 4 日自杀式的抑郁中产生了希望，答案一定是文章的写作。

奥布莱恩的返回令人极度不安。1969 年，他曾经在广义省当兵，当他重温过去的战场时，唤起了可怕的回忆：战争的恐怖、战友的死亡、杀人的恐惧、美国士兵犯下的暴行。而在剑桥的场景则是一位被抛弃的作家正在服用药物对抗威胁他生命的自杀的绝望。在文章中，奥布莱恩把自己描绘成一个深受困扰的人，他在二十多年的时间里饱受噩梦的折磨，而回到越南又使他陷入自我毁灭的境地。这种几近崩溃的局面不仅仅是战争的结果，失去他心爱的女人似乎也是一种危及生命的经历。奥布莱恩的双重创伤被罪恶感进一步加深："我为了爱做了坏事，为了保持被爱做了坏事。凯特就是一个例子，越南也是。"（Mark A. Heberle. *A Trauma Artist*，3）在奥布莱恩的书写中，他将越南明确定义为精神的范畴，所以《越南在我心中》不仅仅是有意的虚构，而且也是强大的自我揭示。

在经历了《林中之湖》中令人痛苦的不确定性和心理紧张之后，奥布莱恩成功地创作了他的第一部喜剧小说《恋爱中的雄猫》，并于 1998 年出版。奥布莱恩曾经为这部小说取名《爱的字典》和《为托马斯·奇普林辩护》，虽然这两个标题后来被舍弃，但它们仍然是《恋爱中的雄猫》描述和结构的基础。托马斯·奇普林是创造他的作者的最新虚构的版本，奥布莱恩的离婚，失去伴侣凯特·菲利普斯的情感创伤以及越南战争对他心灵的持续伤害，这些都是虚构奇普林故事的基础。奥布莱恩坚持称自己并没有放弃早期小说中处理的主题，而是找到了探索这些主题的不同方式。

《恋爱中的雄猫》并没有像《林中之湖》那样凄凉的悲剧情节，相反，它有一种卡通的特质，与主人公相对的滑稽相符合。角谷美智子认为《恋爱中的雄猫》是"一团糟"，她对这部小说的不满，就像她之前对《核时代》及其"乏味、长篇大论的主人公"的不屑一顾一样，谴责叙述者"不仅是一个粗人"，而且是"一个大傻瓜"。简·斯迈利却很感激奥布莱恩，称赞他的冒险为新千年创作了一部喜剧小说，英国小说家菲尔·惠特克也称赞《恋爱中的雄猫》"复杂而迷人"。对于奥布莱恩来说，《恋爱中的雄猫》的基调与之前的作品有着明显的不同，叙事带有喜剧的基调，而且带有浓重的讽刺意味。

《恋爱中的雄猫》是奥布莱恩自《北极光》以来最完整的一部小说，在这里越南战争以黑色喜剧的形式回归了。小说共有 37 个章节，每一章都对奇普林支离破碎的生活提供了一个快照，几乎每个章节的标题都是一个词，这些碎片构成了一个整体，详细描述了奇普林模糊的自我意识以及对现实的概念。脚注为奇普林的故事提供了一种类似于学术的评论，并增加了小说的幽默。小说的时间线索类似于《核时代》，不断地从现在到过去，再回到过去，并用离题的方式连接过去和现在，同时也在用过去解释奇普林现在的行为。

小说的主人公托马斯·奇普林是一个喜剧角色，他不断地思考语言、历史、爱和失去的机会。奇普林完全通过自己的经历来定义这个世界，很少考虑他人的想法和感受——是这部小说的主要焦点。小说的叙述从 1952 年明尼苏达州一个闷热的早晨开始，由自诩战争英雄的语言学家托马斯·奇普林（七次获得休伯特·H. 汉弗莱教学奖提名）以自我吹捧的口吻讲述他的经历。在奇普林为劳娜·苏的离开而不明智的复仇过程中,小说的喜剧潜质在与奇普林的控制感相矛盾的事件中一点点展现出来。他向看门人讲述他的越南经历,他在课堂上被赫比和劳娜·苏的大亨丈夫打了屁股,他被指控教授《麦克白》是败坏了年轻学生的道德,他作为儿童电视节目的主持人暴力地从节目制作人手中夺取了节目的控制权,并绑架了一些儿童。当奇普林回到童年的家中,并与独自住在房中的库肖夫夫人开展一段婚外情之时,过去侵入了现在。

在叙事中,越南的情节对奇普林角色的形成非常重要。在越南战争期间,奇普林被一群绿色贝雷帽遗弃在荒野之中,在荒野中迷失了方向之后差点丢了性命。他在闪回中对这段事情的回忆部分地解释了奇普林现在的所作所为。可以说越南的幽灵一直或隐或显地困扰着奇普林,直至小说的结尾。奇普林日益疯狂的复仇阴谋构成了《恋爱中的雄猫》中一个连续的行动。在小说的结尾,奇普林穿上了他30岁时的战斗服,准备对他的妻子和她的姻亲实施报复。

和《林中之湖》一样,《恋爱中的雄猫》是一个充满创伤的故事,融合了童年、爱情、婚姻和战争的危机。最后,奇普林用各种各样的方式解释了他最终的崩溃,不仅因为他在越南的一次战斗任务,还因为他童年的一次模拟轰炸,一次十字架受难,一次童年之吻,劳娜·苏关于猫的谎言,战场上一次勇敢的错误以及他七次未能获得休伯特·H.汉弗莱教学奖的经历。

《恋爱中的雄猫》是1994年开始创作的作品,奥布莱恩完成了这部小说,不仅用一个故事再次拯救了自己的生命,而且对他之前的作品和他自己也进行了最原始的修改。它将荒诞与严肃、滑稽与愤怒惊人地融合在一起,使之成为奥布莱恩情感上最全面的作品。就像《林中之湖》一样,它以一种完全不同的基调,融合了童年、越南和爱欲的创伤。奇普林的喜剧性恢复,以及他极度兴奋的、赤裸的忏悔,自我辩护与约翰和凯茜·韦德的悲剧收缩的、痛苦重建的创伤叙事形成了鲜明的对比。在叙事中,被掩盖和被压抑的片段最终被揭露出来,奇普林终于厘清了自己的一切,并与罗伯特·库肖夫夫人在"斐济"有了一个新的开始。

　　小说《七月,七月》的灵感来自《时尚先生》的小说编辑鲁斯特·希尔斯给奥布莱恩的一项杂志写作任务。希尔斯要求他写一篇短篇小说,奥布莱恩给了他一篇 600 字的故事,这个故事成功到足以鼓励作者在他的第七部小说中加入其他片段。奥布莱恩把这些与《时尚先生》系列相似的片段,用一种拼凑出人物共同经历的方式连接在一起,看作是对他在《士兵的重负》和《核时代》中所面对的矛盾心理的一种挑战。评论家艾伦·戴维斯称赞奥布莱恩在故事中有强大的写作能力,他说:"这些故事,有的令人难忘,有的荒谬可笑,共同讲述了一个关于一代人的故事,这一代人可能是极端理想主义的,也可能是荒谬愚蠢的。"(Patrick A. Smith. *Tim O'Brien-A Critical Companion*,148)奥布莱恩的经历或许使他比大多数的当代作家更能领会越南一代的创伤,他以自己最好的笔法描写了一个战后充满哈哈镜的美国。雅德利总结道:"在从越南搬到美国的过程中,奥布莱恩并没有超出他的能力范围——他已经提供了足够的证据来证明他对人性和人心有着深刻的理解……"(Patrick A. Smith. *Tim O'Brien-A Critical Companion*,149)虽然雅德利是在阅读了奥布莱恩早期作品的背景之下阅读了《七月,七月》,并对奥布莱恩的野心给予了很高的评价,但并不是所有的评论家都对奥布莱恩的尝试持友好的态度,所以,这部小说并没有像《林中之湖》和《士兵的重负》那样获得太多的赞扬。

《七月,七月》是奥布莱恩以角色为主导的作品,缺乏《追寻卡西亚托》和《士兵的重负》那种令人惊叹的结构的复杂性,更加类似于《核时代》。过去和现在融合在交替的章节中,十个人物讲述了十个不同的故事,呈现了一个更完整的画面。虽然这部小说没有《追寻卡西亚托》的魔幻现实主义特征,也没有《士兵的重负》中真实与虚构的超现实融合,但它确实有类似的碎片化结构,详细描述了小说中的每个主要人物从大学时代到现在的生活。

2000年7月7日,星期五,一群朋友回到芝加哥郊外的达顿霍尔学院的体育馆,参加他们的第30次聚会。他们的名字,有些让人想到中西部的传统,可能是20世纪60年代末大学年鉴上的任何一群朋友,他们的故事可能是任何在战争阴影下长大的年轻人的故事。在朦胧的回忆中,学生们正在排练和表演他们成年生活的第一章,当他们重新在一起时,他们的思想立刻转向了他们共同拥有的经历——越南。战争记忆构成了小说开篇和结尾,故事在循环中重聚,指出了战争对当事人的残余影响。在重逢之后的离开之时,他们知道他们可能再也见不到对方时,气氛变得阴沉起来,他们年轻时参与的战争与继续困扰他们心灵的战争形成了鲜明的对比。他们的故事主要通过对话来讽刺地评论时间的流逝,详细描述了主要人物三十年间的生活变迁。在体育馆的喧闹声中,老朋友们谈论着死亡、婚姻、孩子、背叛、失去、悲伤和疾病。故事于7月9日周日凌晨3点11分结束,在某些情况下,朋友们结成了伴侣,而另一些人则分道扬镳,回到了各自的生活。

就小说的整体结构而言,奥布莱恩并没有采用在《追寻卡西亚托》和《士兵的重负》中所采用的复杂的叙事结构,而是以达顿霍尔学院体育馆的聚会作为叙述的现在时态,呈现主要人物的精神状态,也对现实的情况做注解。尽管没有多重的叙事线索及现实与虚构的消弭等叙事策略,但奥布莱恩却突出了他一贯的主题——讲故事。通过故事的讲述,不仅见证了一代人的创伤,也使得创伤的疗愈成为可能。

在奥布莱恩看来,写小说的目的是探索道德的困境。所以,从《如果我在战区死去》到《七月,七月》,奥布莱恩的创伤书写从越南出发,围绕着老兵的战后生活、童年阴影、婚姻与父子关系等多重维度展开,探讨了生活中的种种事件所带来的创伤以及人们对于它的理解、认知与反思,从对生活的书写过渡到对创伤的书写。

参考文献:

1. Patrick A. Smith. ***Conversation with Tim O'Brien.*** Jackson: University Press of Mississippi (2012).

2. Tobey C. Herzog. ***Tim O'Brien***. New York: Twayne Publishers (1997).

3. Tim O'Brien. ***If I Die In A Combat Zone: Box Me Up And Ship Me Home.*** New York: Broad Books (2014).

4. Mark A. Heberle. ***A Trauma Artist—Tim O'Brien and The Fiction of Vietnam.*** Iowa City: University of Iowa Press (2001).

5. Patrick A. Smith. ***Tim O'Brien-A Critical Companion.*** Westport. Greenwood Press (2005).

第三章 理解奥布莱恩

越 南

自1968年夏天奥布莱恩收到越南战争的征兵通知起,他的余生便与越南紧密地联系在一起。在接受丹尼尔·伯恩的采访时,奥布莱恩说道:"战争带给我的不仅仅是素材,而是一场个性的革命。我一直是个学者和知识分子,而越南战争改变了这一切。"(Patrick A. Smith. *Conversation with Tim O'Brien*, 69)正如康拉德会一次次地回到大海,用船上的微观世界去构建他的小说一样,奥布莱恩也会不断地在越南和生活的关注点中寻找新的故事和新的意义。

越南世界的教化深刻地改变了奥布莱恩。与同时代那些怀揣着约翰·韦恩的英雄梦和被流行神话影响的年轻人不同的是,奥布莱恩是迫于道德上的无奈才选择走进越南的。在战争回忆录《如果我在战区死去》中,奥布莱恩详细地叙述了由于传统和懦弱而不得不屈从于政府的意志,在一场他并不认同的战争中去拿生命冒险的艰难抉择。在越南,在大多数情况下,奥布莱恩所在的步兵部队只是跌跌撞撞地从一个地点走到另一个地点，从一个村庄走到另一个村庄，从一个山谷走向另一个山谷。据奥布莱恩回忆，他们很少知道自己在哪里，或者为什么在那里，或者应该完成什么。"我们不懂那里的语言。我们不了解这片土地，我们不了解那里的文化。我们不知道哪些村民是友好的，哪些是不友好的，哪些是漠不关心的。整个战争——就是一个谜。"（Patrick A. Smith. *Conversation with Tim O'Brien.*, 193）而这些不确定性又因没有坚实的道德基础，没有目的感和成就感，没有正义的使命感而加剧。更为重要的是，越南的经历让奥布莱恩见证了战争所带来的死亡与恐惧——战友的死亡、越南士兵的死亡、无辜平民的死亡以及自己随时被死亡吞灭的恐惧。

尽管在越南战场奥布莱恩曾经因为自己救助同伴的行为而获得过紫心勋章和青铜勋章，但在1970年回国后他却鲜少提及自己曾经在战场的经历。在按部就班的战后工作生活中，越南似乎只出现在奥布莱恩的作品之中。直到1994年2月，奥布莱恩利用两个星期左右的时间在同伴凯特·菲利普斯的陪同下重返当年这片曾经深刻改变他的土地——越南。奥布莱恩在接受斯蒂芬·卡普兰的采访时曾这样描述他的返回："我作为一个人的关注点和作为一个艺术家的关注点在某种程度上相交于越南——不仅仅是物质上，而且是精神上和道德上。它们在越南相交，就像菲茨杰拉德的中西部和普林斯顿的线性生活与第一次世界大战的余波相交一样……我总是会回到那里，如果我不回去，我一定会疯。"（Patrick A. Smith. *Conversation with Tim O'Brien*, 62）越南，不仅是理解奥布莱恩人生的关键词，也是读者阅读他小说文本的起点。正如奥布莱恩所言,"越南的地理位置对我来说是神圣的"(Patrick A. Smith. *Conversation with Tim O'Brien*, 88)。生活会赋予我们不同的地理和情感地带,它赋予康拉德以海洋,赋予福克纳以约克纳帕塔法,同样它也赋予了奥布莱恩以越南,他并没有因为参与战争而选择逃避责任,相反在战争的灰烬中奥布莱恩创造了自己独特的创伤艺术。

在从越南返回后,奥布莱恩的精神没有因为战争而萎缩,相反找回那段历史并重新审视它,让奥布莱恩作为一名小说家充满了活力,让他可以在接下来的五年或十年里以各种方式进行写作。在接下来的 30 年里,奥布莱恩花了很多时间来探讨关于越南的问题,从 1973 年出版的回忆录《如果我在战区死去》到 2002 年的《七月,七月》,他所创作的八部小说文本均不同程度地与越南经验相关。

越南对奥布莱恩而言意味着道德的抉择和困境。《如果我在战区死去》中的主人公、《士兵的重负》中的蒂姆·奥布莱恩、《追寻卡西亚托》中的保罗·柏林、《核时代》中的威廉·考林、《林中之湖》中的约翰·韦德都曾面临着逃避兵役还是赴越南作战的两难抉择和尴尬处境。这其中除了《核时代》中的威廉·考林外,所有人最后都屈从于政府的意志,选择去参加了一场他们并不认同的战争。这一道德上的困境在奥布莱恩的小说中反复出现,成为他小说叙事中最普遍和反复出现的创伤来源。

越南对奥布莱恩而言也意味着罪责与反思。奥布莱恩曾坦言:"我参加了一场我认为是错误的战争,我积极地参与其中。我扣动了扳机,我在那里,因为我在那里,所以我有罪。"(Patrick A. Smith. *Conversation with Tim O'Brien*, 113)不仅如此,奥布莱恩笔下的每个主人公在战争期间也都背负着沉重的内疚与罪责,并最终导致了他们的崩溃。《士兵的重负》中的诺曼·鲍克因难言的自责而选择了自杀,《林中之湖》中的约翰·韦德因隐藏了参与美莱大屠杀事件而毁掉了自己的仕途与婚姻。在《追寻卡西亚托》叙事的字里行间中,我们能够见到保罗·柏林在因滥用暴力的残暴行径而导致的无法解决的负罪感和被压抑的无能之间的困惑的情绪摆荡。更重要的是,这种内疚与罪责催生了奥布莱恩随后支离破碎的叙事,也构成了奥布莱恩关于越南创伤记忆的重要表征。

越南也让奥布莱恩见证了美国政府的无知与傲慢。在《追寻卡西亚托》中奥布莱恩就表达了这样的观点,他认为作为士兵保罗·柏林等人"不了解这里的语言,不了解这里的人民,他们不知道这些人的爱憎好恶……不了解这里的语言就不知道该信任谁,分不清笑容背后的善恶……也分不清敌友,他们不知道这是否是一场深得民心的战争。他们不了解这里的宗教、哲学和关于正义的理论。他们的情感、信仰、态度、动机、目的和希望,所有的这一切,阿尔法连的人都无从知晓"(Tim O'Brien. *Going After Cacciato*, 263)。当保罗·柏林和他的队伍掉进去往巴黎途中的深洞并与越南少校黎旺学遭遇时,柏林的疑问得到了少校的回答:"土地,士兵不过是土地的代表,土地才是你们真正的敌人。土地、天空,甚至宗教,它们有着许多内在的牵连和含义。但在本质上,人们的精神已经与这片土地融为一体,这里曾经是他们的祖先休养生息的地方,是谷物生长的地方,土地才是你们的敌人。"(Tim O'Brien. *Going After Cacciato*, 86)正是由于这样的无知与傲慢,美国政府不仅为越南人民带来了无尽的痛苦,也为参加这场战争的美国士兵带来了道德上的内疚与自责。

历史学家汤因比将越南战争失败的根源总结为:骄傲,个人的和国家的骄傲。他们自信地认为"美国对'落后'国家的剥削,不仅会使该国家获得商业繁荣,而且最终还会给它带来政治上的民主"(霍顿等著:《美国文学思想背景》,297)。可以说,文化上的无知孕育了道德上的荒谬。在奥布莱恩的叙事中,以保罗·柏林为代表的困惑,不仅是认知或话语上的,更是心理和精神上的。士兵们普遍对当地的文化和历史,宗教和其他差异一无所知,这种国家的无知和士兵进入越南时的症状是一样的。奥布莱恩用自己的写作有力地"表达了对一个国家由于无知和膨胀的意志而发动的战争及所有可能发生事情的厌恶和愤怒"(Patrick A. Smith. *Conversation with Tim O'Brien*, 112)。

在准备 1994 年 2 月返回越南之前,奥布莱恩在华盛顿特区的国家档案馆利用大量的时间查阅了他的部队在 1969 年和 1970 年期间在越南的活动记录,特别是在美莱地区的行动。在向一位采访者解释他为什么要进行这项研究时,奥布莱恩说道:"在我看来,找到文学生长的土壤对一个人来说是一件很重要的事情。和大家一样,我已经忘记了自己的许多历史。为了恢复一些历史,一些土地——需要重新审视它,重新审视它才能使我成为一名作家。"(Tobey C. Herzog. *Tim O'Brien*, 4)对于奥布莱恩而言,越南战争为他的写作提供了一个熟悉的道德领域。当他背负着越南服役的罪恶感归来后便决定用自己的书写在主流媒体的哑然失声中为这一代人保留关于越南的"记忆之场",并为其注入个人记忆的活力。奥布莱恩以这样的方式表明了至少对这一代人而言,战争的梦魇并没有随着战争的结束而停止,它仍然在这个时代中继续,也值得被这个时代所记忆。

明尼苏达州

奥布莱恩于 1946 年 10 月 1 日出生于明尼苏达州的奥斯汀,在他 12 岁的时候举家迁往沃辛顿小镇生活。在走进大学校园之前,奥布莱恩一直生活于此。在《如果我在战区死去》中,奥布莱恩这样谈到他对明尼苏达州的感恩之情:"21 年来,我生活在它的法律之下,接受它的教育,吃它的食物,喝它的水,晚上睡得很好,开车穿过它的公路,呼吸它的空气,沉浸在它奢华的馈赠之中。"(Tim O'Brien. *If I Die In A Combat Zone,* 18)如果说越南是阅读奥布莱恩小说的起点,那么对于明尼苏达州的认识则有助于我们更好地了解奥布莱恩的人生选择及小说中出现的道德困境。

奥布莱恩在回忆录中还介绍到,这里曾经是印第安人的土地,距离苏城 90 英里,距苏福尔斯 60 英里,距切罗基 80 英里,距离灵湖 40 英里。挪威人、瑞典人和德国人从苏族人(印第安土著民族)的手中夺走了这片土地,现在这个城镇变成了工薪阶层的聚集地。这个曾经自我标榜为"世界火鸡之都"的地方在每年 9 月都会举办盛大的庆祝仪式,"州长和一些国会议员来到镇上。人们关闭了他们的企业,从他们的农场来到这里。我们一起看着长号和铺着绉纸的花车沿着主街移动。乐队和花车代表了谢耳朵、泰勒、西布里、杰克逊和其他十几个邻近城镇。火鸡节的高潮是农民们驱赶着 10 亿只趾高气扬、臭气熏天、眼尖的火鸡沿着镇中心一路而下……羽毛、粪便和爆米花混合在一起，向小镇和草原致敬。"（Tim O'Brien. *If I Die In A Combat Zone*，14）小镇里的奥卡宾纳湖、弗雷德咖啡馆、奇克酒馆、棒球联盟到处都留下了奥布莱恩生活的痕迹。奥布莱恩在接受采访时曾说"中西部对我来说不仅仅是一个甜蜜的背景，我在这里的天真和浪漫主义中成长。"（Patrick A. Smith. *Conversation with Tim O'Brien*，80）在后来奥布莱恩的创作中，明尼苏达州便成为了除越南之外另外一个不可或缺的存在，它是奥布莱恩及其笔下的主人公的成长和创伤之地，更是一部分人的回归之地。

其实，奥布莱恩很少将明尼苏达州的概念和一个地理意义上的地方联系在一起，而是更多地与这个地方的记忆和传统相联系。从《如果我在战区死去》中的主人公，《士兵的重负》中的叙述者奥布莱恩，到《北极光》中的哈维·佩里，《核时代》中的威廉·考林，再到《林中之湖》中的约翰·韦德，《恋爱中的雄猫》中的托马斯·奇普林，几乎他笔下的所有人物都是从明尼苏达州出发而走进越南战场或反战运动的。尽管他们在走进越南之前都对这场战争的正义性与必要性产生过不同程度的怀疑，但最终大都选择了加入战争。在奥布莱恩看来，他们的选择并非由于自愿而是大多受制于生于斯长于斯的这片中西部的土地，在接受丹尼尔·伯恩的采访时，当被问到是否在你的小说中，爱荷华州和明尼苏达州的小镇风景似乎和越南的风景一样重要时，奥布莱恩答道："我知道中西部的事很重要，我也知道为什么重要……一方面是我对小镇的共和党人、聚酯纤维、白腰带、基瓦尼美国人的怨恨。那些投票和参与公民活动的人，那些建造游乐场和支持我们建图书馆的人，转身就变成把我们送入战争的人，而他们这样做常常出于完全的无知。"（Patrick A. Smith. *Conversation with Tim O'Brien*，80）这里祖祖辈辈头脑简单的爱国主义，傲慢的无知，毫无思想的默许将一群年轻人送入了战场，而后出现在奥布莱恩小说叙事中的明尼苏达州不再是一片美丽的草原，它以一种独特的方式卷入了越南战争。

明尼苏达州也是奥布莱恩及其小说文本中主要人物的创伤之地。它带给了奥布莱恩及其作品中人物焦灼难言的痛苦，造成了他们人生中最难以摆脱的道德困境。奥布莱恩在接受采访时曾经说道："我对自己在美国中西部这个地区长大的记忆，主要是一种沸腾的、克制的愤怒。我小的时候就感觉得到小镇里的八卦和这些地方的价值观。当我回到马萨诸塞州的时候，在我的日常生活中，我并没有感觉到这些东西，这些愤怒。但当我回到中西部的时候，这些怨恨和愤怒的情绪就会重新浮现出来。"（Patrick A. Smith. *Conversation with Tim O'Brien*，81）1968 年的夏天，当奥布莱恩大学毕业后收到越南战争的征兵通知的时候，他就对这场战争的正义性和必要性产生了怀疑并拒绝服兵役。在《如果我在战区死后》、《士兵的重负》以及《核时代》中，主人公也都面临着与奥布莱恩同样的两难境地。除《核时代》中的考林外，奥布莱恩和他笔下的主人公最后都被迫走进了战争。在奥布莱恩看来，他们生活的中西部和中产阶级所赋予这些年轻人的传统和价值观让他们在人生的抉择面前不得不选择了屈从于政府的意志。在《士兵的重负》中，奥布莱恩在描述他的道德困境时，这样谈到他逃避兵役后小镇的反应："我的家乡是高原上一个保守的小地方，一个非常在意传统的地方。

不难想象，人们围坐在主街上那家经营多年的高博乐咖啡屋的桌子旁，咖啡杯端在手上，话题慢慢地集中到了奥布莱恩年轻的孩子身上，那个没有男子汉样的小子竟然跑到加拿大去啦。"（蒂姆·奥布莱恩：《士兵的重负》，35）在后来奥布莱恩的写作中，他便将自己与小说主人公的痛苦部分地归结于小镇那种压倒性的无知和自满。奥布莱恩也曾经在接受采访时谈到，"我所有的痛苦都与我对美国中产阶级无知的仇恨有关。这些人不知道我的情况，不知道越南——胡志明的政治，不知道亚利桑那州州长的政治……他们对法国的殖民主义一无所知，对基本历史一无所知。"（Patrick A. Smith. *Conversation with Tim O'Brien*，80）不仅是无知，而且"这里还有一种懒惰和自满，一种清教徒式的所谓虔诚正直……所以当我写中西部的时候，我写它的部分原因就是出于愤怒，真正的愤怒和合理的愤怒。"（Patrick A. Smith. *Conversation with Tim O'Brien*，81）然而，奥布莱恩对于明尼苏达州的情感并未止步于此，这个地方也是小说中大部分人的回归与救赎之地。

在战争结束后，飞机带着这群年轻的士兵飞过正在消失的积雪，飞过黑色的玉米地，飞向空虚、无知、冷漠、纯净、永恒的寂静，"大草原伸展开来，傲然不变。"（Tim O'Brien. *If I Die In A Combat Zone*，208）《北极光》中保罗·佩里在明尼苏达州森林的越野滑雪之旅中重现找到了自己，经过普利尼池塘的洗礼后做出了改变生活的决定。《核时代》中的威廉·考林从古巴的反战组织回到明尼苏达州后也选择了相对平和的生活，放弃了在家中的后院建造防空洞并炸毁它的执念。在《林中之湖》中，约翰·韦德和凯茜·韦德最后也消失在明尼苏达州北部的荒野之中，这里被视作奥布莱恩为其构建的最后的乌托邦。即使在战争结束后的四十几年后，奥布莱恩依然坚定地认为"在中西部，我指的是巴比特乡村，那个与世隔绝、伪善、八卦、专制的美国，它把世界简化到了把一切都变成卡通的地步。这种态度在我小时候就激怒了我，在我年轻的时候也激怒了我，现在在我年事已高的时候它仍然会激怒我。"(Patrick A. Smith, *Conversation with Tim O'Brien*, 186)带着这种复杂的情感，奥布莱恩将明尼苏达州和越南交叠在记忆和想象之中，在关于明尼苏达州和越南的记忆沉淀中，构建起了关于创伤的缓慢累积的叙述。

事实与虚构

1994 年 11 月，蒂姆·奥布莱恩访问了印第安纳州克劳福德维尔的沃巴什学院，他以一个人的战争故事开启了他的晚间演讲。奥布莱恩首先描述了 1968 年的夏天，那时他刚从麦卡莱斯特学院毕业，随后即收到入伍通知。他讲述了自己日益严重的道德困境：是逃亡加拿大还是选择加入军队，冲突在他前往明尼苏达州和加拿大边境的雷尼河之旅中达到高潮，奥布莱恩要在这里决定他的未来。他以如此细节和多愁善感的方式讲述他的故事，以至于那些不熟悉他小说的听众都被他的故事深深吸引住了。在故事接近尾声之时，沃巴什的观众纷纷表示接受了奥布莱恩决定参加战争而不是逃亡加拿大的决定。令人始料未及的是，奥布莱恩却在这个时候告诉这里的听众，以上所讲述的整个故事都是编造的，此时坐在大家面前的奥布莱恩只不过是模仿了他小说中的虚构角色而已。奥布莱恩的此举也许会令沃巴什的观众大失所望，其实他也经常在大学课堂、采访以及自己的小说中说出类似的谎言，令采访他的人不知所措。在1989年的一次采访中，奥布莱恩坚持认为《士兵的重负》中的角色诺曼·鲍克和某件事件是真实发生过的，后来他又很快承认一切都是编造的。在阅读过奥布莱恩的小说文本后，我们很快就会发现这种模糊虚构和事实之间的界限或者故事的真相与发生的真相之间的界限对于奥布莱恩的写作来说确是常见的现象，他的写作经常会陷入在这种或为真相与事实或为虚构的相互矛盾之中。对于读者来说，这也成为了理解奥布莱恩的必经之路。

与当时想要听到真实的战争故事，了解真实的蒂姆·奥布莱恩的听众想法不同的是，奥布莱恩公开认为他的生活事实与书中的人物和事件的历史准确性并不重要。在小说文本的创作中，奥布莱恩还会通过互文性、不可靠叙述和迭代等叙事策略的使用不断制造事实和虚构的模糊性。在回忆录《如果我在战区死去》中奥布莱恩就创造了一种独特的"故事·真相"与"事实·真相"之间的复杂辩证法。作为回忆录，它缺乏严格的时间叙事，相邻的章节也没有叙事上的关系，大多依靠主题联系在一起。不仅如此，作为回忆录，它的大部分叙述并不发生在真实的战场上，而是发生在叙事者奥布莱恩的想象与记忆之中，奥布莱恩对于构成回忆录的人物和场景不仅有直接的观察叙述，也有虚构的想象。就这样依靠着叙事的策略，奥布莱恩尽可能模糊了事实与虚构之间的界限，回忆录也开始呈现出小说的模式，他甚至还会邀请读者走进故事的场域之中，并将其置于阿尔法连的位置去想象他们对于战争的反应。

尽管这样的叙事策略会为阅读带来一定的障碍，但不可否认的是，这是奥布莱恩有效地向读者传递他作品中混杂着事实、历史、虚构、真相、谎言、记忆和想象的方法。因为在他看来"故事的真实性不是由真实发生的事情或事实的真实性来衡量的，而是由虚构的真实性来衡量的，而虚构的真实性如果做的好，比事实的真实性更重要。"(Patrick A. Smith. *Conversation with Tim O'Brien*，147)小说《士兵的重负》中的混乱就能很好地诠释奥布莱恩对于真实性的理解。在《士兵的重负》的叙事中不仅包含着奥布莱恩自己真实的战场经历，而且还混合了虚构的想象和欺骗的记忆。他虚构了雷尼河畔是逃往加拿大还是奔赴越南的艰难抉择，也真实记录了大学毕业后接收到入伍通知时的道德困境。他虚构了自己的情感故事，却真实记录了叙述者奥布莱恩的情感创伤。奥布莱恩甚至还使用了多重视角以及迭代的叙事策略讲述了战友基奥瓦的死亡，尽管每次的讲述都不尽相同，读者甚至无法在其中勾勒出基奥瓦死亡的真相，但这样的方式却从不同程度强化了基奥瓦的死亡为其他士兵所带来的恐惧与内疚。

在这部小说中，奥布莱恩更是直接提出了"如何讲述真实的战争故事"的问题，真实的战争故事不在于记录发生的事实，而在于故事所带来的情感的真实，并且情感的真实是可以用各种各样不同的方式，包括回忆、辩论、解释以及重复和评论等方法来进行生产的。在其中的一个章节《好的形式》中，奥布莱恩还解释了在事实中掺杂虚构的原因，"这不是游戏，这是一种形式。此时此地，当我虚构自己时，我也考虑着所有想告诉你们的事，即关于本书以如此面貌呈现的原因。"(蒂姆·奥布莱恩:《士兵的重负》，142)同时，奥布莱恩也解释了模糊事实与虚构之间界限的目的,"我想让你感受到我的感受,我想让你知道为什么故事的真相有时比偶然发生的真相更真实。"(蒂姆·奥布莱恩:《士兵的重负》,142)所以,奥布莱恩认为读者应该将理解的重心放在他小说或故事中所制造的情感的真实上。正如《圣地亚哥联合报》的评论所言,尽管《士兵的重负》是一部想象的杰作,但"我们所有的人,只要拿起奥布莱恩的这部小说,就能接近越南和真实。"(蒂姆·奥布莱恩:《士兵的重负》,9)

在《林中之湖》中,为了对约翰·韦德的悲剧追根溯源,奥布莱恩不得不通过更广阔的创伤棱镜重构了韦德之前的生活,试图去理解他在道德上和情感上崩溃的根源,甚至以魔术作为隐喻来模糊事实与虚构的界限。对韦德的无序重构尽管扭曲了小说的真实叙述,但在叙事中约翰·韦德与父亲的关系,美莱大屠杀,选举的失败以及凯茜的失踪等四条线索相互贯穿却构成了韦德之前生活的场域。约翰·韦德的生活被呈现为一系列不同步的片段,既重现了过去创伤性的崩溃,也加入了叙述者的想象和重构。除此之外,奥布莱恩还在名为"证据"的章节中有意地唤起互文性的叙事策略去模糊事实与虚构之间的界限,从情感、创伤、文化等不同的角度加深了对约翰·韦德悲剧性的理解。不仅如此,文中还包含136个脚注,内容涉及美国历史、人类历史、文学与传记的研究论述,这一切也在不确定性之间摇摆。无疑这样的情节建构能够生产出一个更为全面也更为综合的事实性陈述。

奥布莱恩重构约翰·韦德过去生活的过程在叙事中起到了媒介的作用,它并不是要如实地再现过去所发生的事情,而是要告诉我们如何思考这些事件并赋予这些事件的思考以不同的情感价值。奥布莱恩曾经在接受安东尼·塔姆巴基斯采访时谈到他对于事实与虚构之间界限模糊的看法，他认为"我不是绝对主义者，从来都不是。我是一个到处都能看见模棱两可的人，道德模糊、心理模糊、甚至记忆模糊……对我来说，这个世界似乎并不稳固。它是可塑的，非常灵活多变。"（Patrick A. Sm-ith, *Conversation with Tim O'Brien*, 147）正是由于这样的视角与观点，所以奥布莱恩在写作中，会将事实与虚构的模糊作为重要的叙事策略在小说文本中运用，不仅表述了情感的真实，而且也在叙事中模仿了创伤的矛盾性，这成为解读奥布莱恩作品的关键。

记忆与想象

如果说事实与虚构的模糊是为了创造情感上的真实的话，那么对奥布莱恩而言，记忆与想象的并置则是在小说文本中探索可能性、解决问题、做出选择和创造故事的重要途径。

小说《追寻卡西亚托》记述的是美军士兵保罗·柏林在南中国海的瞭望塔哨上从深夜到黎明单独执勤六个小时中的沉思、记忆与想象。叙述以观察哨的现在时为基点，由保罗·柏林一边回忆近六个月以来的战场经历，一边幻想着跟随体弱多病的科森中尉追寻逃跑的卡西亚托的巴黎之旅。《追寻卡西亚托》一经问世，其叙事中关于"虚构与现实之间具有渗透性这种曲高和寡的信念"便引起评论界的广泛关注。托比·赫佐格的《越南战争故事——天真的失落》、托马斯·梅尔的《排头兵——关于越南战争的美国叙事》等关于越南战争文学的评论性专著中都对《追寻卡西亚托》中呈现的记忆与想象的并置进行了专门的评述。毋庸置疑,记忆与想象的并置作为叙事的策略支撑起了文本结构的内在和谐张力,从而形成对战争荒诞本质的理解。

在《士兵的重负》中,记忆与想象的并置占据着重要的位置。一方面,叙事建构在记忆的基础之上,在由 43 岁的叙述者奥布莱恩所讲述的 22 个短篇故事中,他经常以"我记得""我还记得""我清晰地记得"等语言行为将过去的人与事从昏暗繁杂中上升至明确清晰的当下叙事之中,而且通过记忆本身的复现与转换,它演进为一种生成性的力量,通过叙事的发展,个体记忆与集体记忆交融在一起共同赋予叙事以明确的价值。正如《纽约客》杂志对于《士兵的重负》的评价,"奥布莱恩的叙述引人入胜,在事件循环往复的回忆与复述中,我们深深地感到了事实的鲜活与记忆的生动"(蒂姆·奥布莱恩:《士兵的重负》,1)。简而言之,奥布莱恩的叙事就是基于记忆的追溯过往经验的努力,并在不断回忆各种人物之间的行为并解释这些行为的动机。

然而,叙述者奥布莱恩并不是在忠实地讲述记忆的世界,这其中也包含了想象的介入。想象的力量根植于奥布莱恩自己的生活中,构成他创作的另一基础。在明尼苏达州沃辛顿的高尔夫球场上,奥布莱恩时常想象在生命中某个重要时刻勇气的特征,后来,想象使他能够整理出 1968 年夏天不参加战争或 1969 年 2 月不去越南的可能性和后果。在越南,想象不仅可以加剧奥布莱恩及其同伴对看不见的敌人的恐惧,想象与记忆的结合也使他能够预测到 1994 年 2 月回到越南之后会是什么样子。所有现实生活中记忆和想象共存的例子,都构成了后来奥布莱恩成为一个作家的力量源泉。值得注意的是,奥布莱恩的想象并不是天马行空般的自由发挥,而是在现实与回忆,感觉与真实的天地间,从模糊的记忆与直觉的预感中生发出来的。

小说《核时代》与奥布莱恩的其他作品相比,更加接近《追寻卡西亚托》的叙事模式。奥布莱恩以正在挖掘的防空洞为现在时的基点,以1962年的古巴导弹危机、1964年的东京湾战争的升级和1968年的入伍通知为时间线索进行回忆,其中的部分内容和中心人物都来自于奥布莱恩自己的经历和记忆。同时,叙事也依靠想象避免混乱并为威廉·考林的行为探索各种可能性。在奥布莱恩看来,想象是一种启发式的工具,是到达真理的手段。在接受纳帕斯塔克的采访时,他就断言"锻炼想象力是寻找真理的主要方式。"(Patrick A. Smith. *Conversation with Tim O'Brien*, 10)可以毫不夸张地说,想象在奥布莱恩的作品中是一个有力的向导,它帮助个人解决问题或者选择行动路线。正如奥布莱恩所言,人类并不总是基于理性分析来决定行动。相反,想象成为人们探索行动潜在结果的一种方式。为了减轻父母对他行为的担忧,青春期的考林在想象中与萨拉·斯特劳奇进行了长时间的电话交谈,试图在自己的生活中建立外在的常态。最后,想象还发挥了积极的作用,使得他能够看到过去和未来的差距,"我知道我的极限。我也知道我的心。"(Tim O'Brien. *The Nuclear Age*, 219)最终在想象的指引下,主人公威廉·考林发现了他对家庭的爱,非暴力和安全的价值观与他的地下生活并不一致,他两次勇敢地采取行动,恢复了对自己生活的控制。

在《恋爱中的雄猫》和《七月,七月》中,叙事同样是交织在主人公的碎片化记忆和想象之中。奥布莱恩对于记忆和想象之间的联系以及它们与文学创作之间的联系很感兴趣,这导致了他小说的另一个显著特征——作者通过叙述者和人物来探索讲故事的技巧。记忆与想象的并置作为奥布莱恩的小说中呈现出很多后现代主义的叙事策略之一，不仅是形式上的突破，更有深刻的心理渊源，并且与越南战争这一背景密切相关，从而使得奥布莱恩的作品成为美国创伤后文化最丰富和最复杂的表征。

参考文献：

1. Patrick A. Smith. *Conversation with Tim O'Brien.* Jackson: University Press of Mississippi (2012).
2. Tobey C. Herzog. *Tim O'Brien*. New York: Twayne Publishers (1997).
3. Tim O'Brien. *If I Die in A Combat Zone: Box Me Up And Ship Me Home.* New York: Broad Books (2014).
4. Tim O'Brien. *Going After Cacciato*. New York: Delacorte Press (1978).
5. Tim O'Brien. *The Nuclear Age.* New York: Penguin Books (1996).
6. ［美］霍顿(Horton, R.)，爱德华兹(Edwards, H. W.)著:《美国文学思想背景》，房炜，孟昭庆译，北京:人民文学出版社，1991 年版。
7. ［美］蒂姆·奥布莱恩:《士兵的重负》，刘应诚、丁建新译，上海:上海译文出版社，2010 年版。

第四章 故事·真相"与"事实·真相"的对峙——《如果我在战区死去》

关于《如果我在战区死去》的创作

1968 年在明尼苏达州沃辛顿苦苦挣扎,纠结于是逃避兵役还是参加战争的青年学生蒂姆·奥布莱恩在经历了两年战争的洗礼之后,带着伤痕与罪责从越南战场返回。值得庆幸的是,奥布莱恩并没有逃避参加战争的责任,归来后他决定采用回忆录的形式来记录这场战争。其实早在越南服役期间,奥布莱恩就撰写了大量的个人随笔,其中有虚构的故事,也有个人的经历与感悟。与他的前辈厄内斯特·海明威和诺曼·梅勒的雄心壮志不同,奥布莱恩此时并没有打算根据自己的战争经历去书写一部关于战争的终极小说,相反他更喜欢去记录那些充满了自怜和恐惧的随笔性质的东西。在越南期间,奥布莱恩也曾将其中的几个短篇随笔寄回家乡,在当地的明尼阿波里斯星报和沃辛顿环球日报上发表。1970 年 7 月,奥布莱恩在《花花公子》杂志上发表了一篇非虚构的短篇小说《轻装上阵》,在就读研究生的第二年在《华盛顿邮报》上发表了另一篇非虚构小说《美河的敌人》,同样是在 1972 年的这段时间里,作为他研究生学习的一个休息期,奥布莱恩将已经出版的非虚构小说与未出版的相关材料结合起来,便促成了 1973 年《如果我在战区死去》的成书及出版。

　　这本书的出版如此的不合时宜。此时,虽然美国在越南的战争刚刚结束,但美国公众早已厌倦了这场战争,甚至渴望忘记这场战争,然而奥布莱恩在回归之后却坚持要用写作的方式来记录这场战争,在他看来"我希望读者能够感受到我年轻时在战场上的感受。当然我们都知道战争是可怕的。我们都知道战争是一种被批准杀人的礼貌称呼。我们都知道,综合利弊,我们宁愿吃一块好牛排,也不愿朝一个人的脑袋开枪。然而,对于我们大多数人来说,这样的知识是抽象和乏味的。"(Tim O'Brien. *If I Die in A Combat Zone*,219)在这本战争回忆录中,奥布莱恩将他个人的历史数据塑造成一种叙事,从一个明尼苏达州的青年、大学生、冷漠的应征入伍者、士兵以及讲故事的人的不同身份进行了复杂的个人探索。在他的叙事中,奥布莱恩不仅寻求确立哲学、精神或文学的标准来定义自己,而且也在寻求一种稳定的历史叙事来描述这场战争在美国历史中的角色。正如奥布莱恩所言:"所有的作家都会重新审视地域。莎士比亚对国王如此,康拉德对海洋如此,福克纳对南方也如此。这是生活赋予我们的情感与地理之间的联系,而越南就像我的童年一样。"(Patrick A. Smith. *Tim O'Brien-A Critical Com-panion*,9)在这之后的小说创作中,奥布莱恩精心描绘着关于越南的创伤,记录着美国对越南所犯下的种种罪行。

　　《如果我在战区死去》共有二十三个章节,看似是由叙述者奥布莱恩在越南战场的所见所闻组织起来的松散故事集,实际上由一个标题、越南宏大的背景和战争的主题联系在一起。故事的情节基于年轻的士兵蒂姆·奥布莱恩的生活,记录了他在越南及其前后的活动。威廉·蒂莫西·奥布莱恩在明尼苏达州的沃辛顿长大,1968年5月以优异的成绩从圣保罗的马卡莱斯特学院的政治学专业毕业,并于同年8月应征入伍。在路易斯堡军事基地接受了基本和高级步兵的训练,而后于1969年3月赴越南参战。在越南服役期间,奥布莱恩是美国第198步兵旅阿尔法连队的步兵和无线电通讯员,他曾经在平克维尔地区因救助同伴而受伤,并因此获得紫心勋章,但在随后的生活和写作中,奥布莱恩从来没有提到过这个奖项,也很少提到受伤的事情。作为参与者、观察者和充满负罪感的士兵,奥布莱恩试图通过简短的人物素描、故事叙述、忏悔和评论来捕捉越南战争的许多特征,并思考了士兵在战争中的困惑,以及在困惑和混乱中试图获得个人和集体意义的努力。可以说,奥布莱恩的声音呈现了一个重要的战争视角,平衡了媒体、历史学家、政府和国内民众对于越南战争的观点。

回忆录与小说之争

评论界对于奥布莱恩第一本书的评价总体上是较为中肯的,认为它"用痛苦和激情描写了战争的本质,以及战争对参战士兵的影响。"(《华盛顿星报》)并"唤起了人们对现代灾难日常现实的怜悯和恐惧。"(《纽约时报书评》)只是,他们对这一本书的体裁经常感到困惑,在1979年和1987年出版的两个版本中,它分别被划为小说和非小说的两个类别之中,而且它也常常会被贴上诸如"小说"、"非小说"、"传记"或者"寓言"的标签。

由于这部作品在时间上更接近于奥布莱恩直接的战场经历,部分代表了他在越南的真实经历,因而具有明显的自传性。奥布莱恩也多次将《如果我在战区死去》描述为"基本上是纯粹的自传",因为书中所有的事件都曾经真实发生过的。在1984年接受施罗德的采访时,奥布莱恩就曾经明确表示:"《如果我在战区死去》大部分是自传。书中所有的事情都真的发生过;从某种意义上说,它是一部战争回忆录,从未打算成为小说。"(Patrick A. Smith. *Conversation with Tim O'Brien*,22)菲利普·贝德勒在《美国文学与越南经历》里也指出"这是一本真正的回忆录,从完全文学的意义上讲,它很快在越南文学叙事中确立了自己的地位,成为该流派的典范……它让人想起惠特曼、麦尔维尔、克兰和海明威对战争中男人的描写;同时,它也是美国精神自传的核心传统,也是爱德华、伍尔夫、富兰克林、梭罗和亨利·亚当斯的传统。"(Philip D. Beidler. *American literature and the experience of Vietnam*,100)通过回忆录的形式,奥布莱恩试图揭露自己在人生关键时期的行为,并以文学的方式为自己的行为承担责任。

同样无法否认的是,《如果我在战区死去》也不可避免地具有虚构性作品的特质。首先,作为回忆录,它没有严格的时间叙事,相邻的章节之间也缺乏叙事上的联系。从整个叙事的架构来看,奥布莱恩只有在《白天》和《夜晚》之间的两个越战之前的章节中提供了具体而连续的自传细节。在其他有关战场叙述的典型性场景中,读者几乎无法通过叙述去了解关于奥布莱恩的一切。不仅如此，回忆录的大部分情节并不是发生在越南战场上，而是发生在奥布莱恩的想象与记忆之中。菲利普·比尔德为此评论道，"这里没有情节，没有沿着某些连续的进化线发展的'角色成长'，相反，这本书像是一系列相互关联的顿悟，是一组意义，包括其本身的意义以及它们之间重要关系的各种可能性。"(Tobey C. Herzog. *Tim O'Brien*, 41)奥布莱恩对于构成他战争记忆的人物和场景不仅有直接的观察，也有虚构的想象，这些零星散落的情节需要依靠主题上联系才能构成一个整体。

其次，《如果我在战区死去》的叙事并不是简单地记录奥布莱恩所在的阿尔法连的战争经历，它还具有内省的性质，回忆录最有意义的地方恰恰是内化最多的地方。在叙事中，奥布莱恩的作家身份在反思或沉思中得到了充分的发展，士兵的身份却在逐渐淡化。在讲述战争经历的时候，奥布莱恩经常会完全地离开战争，由讲述战斗行动演变成自己的思考，叙述也就逐渐变成了奥布莱恩自己的反思，在从参与者到观察者身份的变换中，回忆录也开始呈现出小说的特质，再加上奥布莱恩对场景、人物、象征和对话的关注，也使得作品具有了虚构的氛围。有时，奥布莱恩还会邀请读者走进故事的场域之中，将其置于阿尔法连的位置去想象他们对于战争的反应。

可以说《如果我在战区死去》所具有的这些元素使得它作为虚构性作品的特征可以得到清晰的辨识。激烈的描述和反思的场景交替出现，图像的讽刺性并置，事实与虚构的融合，奥布莱恩用尽所能模糊了真实和虚构之间的界限，并创造了一种独特的"故事·真相"与"事实·真相"之间复杂的辩证法。不仅如此，《如果我在战区死去》中的内部叙述还主要依赖奥布莱恩扮演的双重角色,在回忆录中这两种功能都复杂化了,并最终取代了回忆录表面上和传统上的士兵身份。由是观之,《如果我在战区死去》中的自我表现已经预示了文学性的发展,也正是在这个意义上,奥布莱恩的研究者马尔科姆·考利认为,1973年出版的《如果我在战区死去》一直是关于越南战争最有价值的文学著作之一。

奥布莱恩的写作不仅是对越南战争的文学式记录,也是对传统的类型写作的挑战。其实,不管是作为回忆录还是作为虚构性的小说,奥布莱恩并不是特别关注体裁的发展,相反,讲故事本身才是他认为的书中最重要的主题。在接受赫尔佐格的一次采访中,奥布莱恩指出"讲故事是人类最基本的活动。情况越困难,它就越重要。在越南,男人们经常互相讲述战争的故事。我们的部队在美莱失去了很多人,但他们讲述的故事却在他们死后一直流传。如果我不把我知道的故事讲述出来,那我就会疯掉。"(Tobey C. Herzog. *Tim O'Brien*, 41)所以,在《如果我在战区死去》乃至在后来的小说创作中,奥布莱恩都会不遗余力地通过回忆、辩论、解释和直接的故事讲述来生产故事。在这一点上,奥布莱恩讲故事的意图与本雅明所强调的讲故事的重要性有着异曲同工之处,二者都认为讲故事是一种交流经验的能力,对于经验代代相传具有重要意义,因为"故事不耗散自己,故事保持并凝聚其活力,时过境迁仍能发挥其潜力。"(汉娜·阿伦特主编:《启迪——本雅明文选》,101)甚至在奥布莱恩看来,故事比真实发生的事情和实际的经验更有价值,因为它不仅会使幸存者的创伤具有意义,也会令小说家的创伤书写更具价值。

创伤之源——道德选择的困境

奥布莱恩以一个具有象征意义的章节"日子"开始了这段故事的讲述。这是越南丛林中平庸、反英雄主义的生活现实中最典型的一段小插曲。奥布莱恩断言，这里既没有经典标准的故事也没有普遍的故事，在把越南这片新的荒地描绘成被蹂躏、被夷为平地的行动和信念的框架之后，奥布莱恩开始不断地敲打过去，以寻求个人的定义。在与同伴的简单交流中，他们概述了战争中无法控制的力量，并挣扎着在迫在眉睫的死亡和无聊的日常生活中保持清醒。接下来的章节中，奥布莱恩解释了他为什么会来到越南以及他生于斯长于斯的明尼苏达州小镇的人情世故。叙述者小威廉·蒂莫西·奥布莱恩在第二次世界结束后一年出生于美国明尼苏达州南部，在沃辛顿长大。奥布莱恩的童年生活完美地对应着诺曼·洛克威尔对美国中产阶级的写照：少年棒球联盟、七月四日的烟火、高中乐队的演奏以及习惯于将年轻人送入战争的所谓爱国情怀。1968 年，奥布莱恩毕业于圣保罗的马卡莱斯特学院政治学专业，同年的夏天，小镇迎来了征兵的通知，从那一刻起奥布莱恩就开始使尽浑身解数抗拒走进这场战争。他在父母家的地下室写下污言秽语，制作反战标语，最终，在经过大量的内部辩论后，奥布莱恩决定屈从于政府的意志，坚持在一场他认为是错误的战争中去冒生命的危险。

在华盛顿路易斯堡的军事训练基地里，奥布莱恩接受了关于战争的教育，学习战争的规则和士兵的语言，学习战场上必要的生存技能，并在训练的过程中一直在寻找一种可以接受的模式来解决他内心的冲突。在这里,奥布莱恩结识了与他同样反对战争,柏拉图式的对话者,埃里克·汉森。埃里克的出现成为奥布莱恩通过叙事来进行道德演变的手段,他与奥布莱恩一样努力将个人的恐惧与更广泛的哲学和政治决心区分开来。两位朋友在研究第一次世界大战的现代主义的历史教训时,埃里克认为庞德在《休·塞尔温·莫伯利》所做出的判断非常适用于他们的困境,他们对于战争的进入并不是因为哲学或者意识形态上的原因,而是“因为害怕社会的责难”。与埃里克的友谊成为奥布莱恩在路易斯堡唯一的精神寄托,在埃里克的指引之下,奥布莱恩将之前抵抗战争的抽象思考转变为从西雅图到加拿大再到瑞典的详细的逃离计划。遗憾的是,这一详细且周密的计划最终没有付诸实施,奥布莱恩作为一个懦夫选择参加了战争。

从《伏击》到《五月的美莱》再到《泻湖》,奥布莱恩不仅描述了美军士兵在越南战场的常规操作及他们所制造的惨无人道的暴行,还展现了以越共尸体上的耳朵作为信物的疯狂的马克,被奥布莱恩视作明智的勇气的代言人约翰森上尉以及战争狂魔卡利克利斯少校的形象。在叙述的间歇,奥布莱恩还借约翰森中尉的形象探讨了明智的忍耐与勇气的问题。结尾部分写到了奥布莱恩服役期满后的归来。越南的经历彻底改变了奥布莱恩,当飞机飞过美国边境和熟悉的明尼苏达州的风景时,这种变化更加明显,这片土地现在带给奥布莱恩的感觉是“无知、冷漠、空虚和永久的寂静。”(Tim O'Brien. *If I Die in A Combat Zone,* 203)当归来后的奥布莱恩试图用写作驱走战争的恶魔时,他却发现参加战争的怯懦所带来的后果却永远挥之不去。

在《如果我在战区死去》中,奥布莱恩明确了战争作为精神创伤的领域,也成了他写作职业生涯的起点。他用道德困惑、死亡恐惧与暴力构建了创伤性的场域,并在叙事中谋求策略以实现创伤的救赎,这是奥布莱恩控诉这场战争的开始,也是他后期作品重要的文学地图,为奥布莱恩后来的小说确立了形式和内容的方向,也为读者提供了一个研究奥布莱恩小说中不可或缺的背景和事件的机会。

在奥布莱恩的所有作品中,人们都在追求生活中的秩序和控制,这是一个非常重要的主题。随之而来的就是一个人面对困境时选择逃离还是面对。这是一个决定性的时刻,无论是在他的个人生活中还是他小说中虚构人物的处境中都是奥布莱恩自我陈述的核心。这种道德困境在美国现代许多以战争为题材的小说中如多斯·帕索斯的《三个士兵》、海明威的《永别了,武器》、约瑟夫·海勒的《第二十二条军规》,以及迈克尔·黑尔的《快件》中都曾经出现过,且意义重大。它不仅仅是战争文学中一个传统主题的延续,在越南战争期间,它还是一个高度敏感的政治、社会和道德的问题。无论从个人还是国家的角度来看,最终成了美国在越南战争时期一些最具有分裂性和创伤性时刻的催化剂。

西奥多·赫斯伯格神父是 1974 年宽大计划管理委员会的成员,他在圣母大学关于越南的一次会议(1993 年 12 月 3 日)上指出,不到 2% 的美国大学毕业生在越南服役,他观察到,对于那些有机会接受教育和职业延期的美国年轻人来说,是否参加一场不受欢迎的战争的道德和政治冲突变得尤为尖锐。1968年从麦卡利斯特学院毕业并被哈佛大学研究生项目录取的奥布莱恩就属于这类人。

在《如果我在战区死去》中，奥布莱恩叙述了三次面对逃离战争的抉择困境。从消极的内心反抗到一步步制定详细的逃离计划，读者需要在奥布莱恩支离破碎的叙述中，从不情愿入伍的平民、抵抗征兵的人、正在接受训练的新兵和在战斗中开小差的士兵等多个角度构建起他的心路历程，同时也见证着创伤如何一步步走向深入。从《如果我在战区死去》之后奥布莱恩的所有作品中，主人公自我表现的核心都是逃离或者选择服从的两难抉择以及随之而来的涉及勇气、怯懦、责任、尴尬和承诺的问题。最为重要的是这一真实事件后来也成为奥布莱恩在《追寻卡西亚托》《士兵的重负》及《核时代》中主人公的尴尬境地，每个人都必须在这一时刻作出选择。

第三章《开始》的叙述是奥布莱恩道德创伤的开始。在这一章中，奥布莱恩为了论证自己的决心精心绘制了道德的版图。为了支持参加战争的决定，在柏拉图和苏格拉底的帮助下，奥布莱恩提出了公民对国家、家庭和城镇负有责任和义务的观点。而如今，这个中西部小镇所赋予的一切成长的力量反而成为他抵抗战争最大的羁绊。小镇的情感与观念牵引着许多和奥布莱恩一样的青年走向了越南战场，即使他们清楚地知道战争的构想是错误的。奥布莱恩在后来的访谈中说道："在中西部，我指的是巴比特乡村，那个与世隔绝、伪善、八卦、专制的美国，它把世界简化到了把一切都变成卡通的地步。这种态度在我小时候就激怒了我，现在也依然可以激怒我。我只是听天由命，我知道无论我说什么，做什么都不会有所改变。"（Patrick A. Smith. *Conversation with Tim O'Brien*, 186）奥布莱恩还引用了舒适的论据，即他渴望在生活中维持一种舒适的秩序，并避免逃离战争后所引发的各种不可避免的动荡。"我不想成为士兵，甚至不想成为战争的观察员。但我也不想打破我所熟悉的秩序，我所认识的人以及我自己的私人世界之间的一种特殊的平衡。这不仅因为我看重秩序，我也害怕与之相反的，不可避免的混乱。"(Tim O'Brien. *If I Die in A Combat Zone*，22)事实证明，像奥布莱恩一样的青年根本无法与历史的重压抗衡，无法打破彼此相识数代的家庭惯性，也无法打破履行义务的城镇传统，选择参加战争无法避免。

在内心深处，奥布莱恩认为逃离美国是对一场非正义战争的正确回应，于是他用柏拉图的《克里托》来测试自己的情感和素养，开始区分出个人的恐惧和普遍的反对。为了支持逃离的决定，奥布莱恩提到了他对战争的反对——战争是复杂而模糊的命题，它的细节"部分被隐藏在人们的脑海里，部分在政府的档案里，部分在被埋葬的、无法挽回的历史里"（Tim O'Brien. *If I Die in A Combat Zone*，18）。奥布莱恩无法确认这场战争的必要性，他可以确定的就是人们可能会因此而死亡。所以，在奥布莱恩看来"当你的国家处于战争状态时，什么是最有效的生存方式，这才是值得思考的问题"(Tim O'Brien. *If I Die in A Combat Zone*，21)。在等待应召入伍的日子里，奥布莱恩时而希望战争在他就职之前就结束，时而试图忘记当时的情况，似乎只有通过简单的不作为才能解决奥布莱恩这种身体上和智力上的僵局。

在奥布莱恩的讲述中，第二个意图逃离的事件发生在第五个故事《山下》中。现在作为一名在华盛顿路易斯堡接受基础训练的士兵，奥布莱恩质疑自己能否参加越南战争，他努力保持自己的独立性,不受其他受训人员的影响。为了不让他的灵魂被军事机器吞噬,在被压迫、被管制的环境下,奥布莱恩结识了一位柏拉图式的灵魂对话者埃里克·汉森。奥布莱恩与同样来自小镇、同样面临是否参加战争的道德困境的埃里克组成了联盟。在路易斯堡训练的日子里,他们谈论诗歌、哲学与旅行,在灵魂上拒绝成为越战的一部分。奥布莱恩写道:"我们的私人谈话是抗争的基石,也许是因为用谨慎、诚实的语言谈论基本训练本身就是对军队教育的侮辱。仅仅是思考、交谈和试图理解就足以证明我们不是牛或者机器。"(Tim O'Brien. *If I Die in A Combat Zone*,35)只不过这仅留存在头脑中的逃离最终淹没于战斗的呐喊、假装的奴性和赤裸裸的服从之中。

奥布莱恩最后一次提出逃离是在《逃脱》这一章节中,在与爱德华兹上尉和牧师关于战争必要性的争论过后,奥布莱恩用详细的计划取代了之前抽象的思考。他设计了从西雅图到加拿大温哥华再到瑞典的逃离路线,开始学习瑞典的历史、文化和语言,并给家人、老师和朋友写信解释了自己的立场。在一切准备就绪后,他却在西雅图的一家旅馆内,因发烧和恐惧无法坚持下去。在这里,责任的重量和对秩序的渴望及对社会责难的恐惧再次阻止了奥布莱恩的计划,他烧掉了写给家人的信。"一切都结束了。我根本无法让自己逃跑,家庭、家乡、朋友、历史、传统、恐惧、困惑、放逐:我无法奔跑……我是一个懦夫。"(Tim O'Brien. *If I Die in A Combat Zone*,68)因未能建立单独的和平而自责为"懦夫",奥布莱恩似乎以这样的行动和自省回答了在一场人们认为是错误的战争中参加战斗的勇气和怯懦的问题。

挣扎在逃离与抉择之间,奥布莱恩决定选择用碎片化、跳跃迂回的方式来呈现这段心路历程。在结尾之处,奥布莱恩对战争的道德拒绝已经完全被经验证实,又由于他是一名参与者,使得情况变得更加复杂。奥布莱恩尽最大的努力在越南这片土地上生存而不受它的影响,当他离开的时候却发现自己已经吸收了这片土地的许多特征。他用矛盾的情绪对比了越南和明尼苏达州大草原的风景,当飞机在明尼阿波利斯市的机场着陆后,奥布莱恩脱下制服,在洗手间换上运动衫和蓝色牛仔裤,却发现因为没有替换而只能穿着军鞋回家。他自嘲道:"尽管你很讨厌它,但你没有便鞋。应该没有人会注意到,赤脚回家是不可能的。"(Tim O'Brien. *If I Die in A Combat Zone*,205)在这里,奥布莱恩暗示着没有一个人可以把在越南发生的一切抛诸脑后,可以毫发无损地回到从前的生活。不置可否的是,那些像奥布莱恩一样去过越南的年轻人已经被这段战争经历彻底地改变了,无论结果如何,他们的经历都将伴随着他们前往下一个目的地。

道德上的模糊性和复杂性是奥布莱恩讲故事的重点,也是他在后期作品中多角度思考的动力,更是他后来作品中最普遍的创伤来源。即使在 25 年后,奥布莱恩在《越南在我心中》的结尾仍不忘写道:"我以前写过一些,但我必须再写一遍。我是个懦夫,我参加了战争。"奥布莱恩在道德上的困惑从未得到真正的解决,无奈之余,他选择用文字将这种困境记录下来,后来在他的职业生涯中这一困境被多次改写,从而将个人道德上的困惑变成了更有意义的事情。在这一章的结尾,他把对自己的嘲讽转向了一个新的方向。"现在,战争结束了,我所剩下的只是简单的、不深刻的真相碎片。恐惧会伤害和羞辱人,勇敢是艰难的,我们很难知道什么是勇敢。"(Tim O'Brien. *If I Die in A Combat Zone*, 31)也许,奥布莱恩没有办法为勇敢去下一个完美的定义,但我们可以清晰地看到他在战场上没有践行的勇敢在他的文学创作中终于得到了实现。

创伤之源——死亡恐惧

除了道德上的困境,死亡的恐惧也是奥布莱恩创伤书写的来源与后期小说创作的主题,被反复地改写并创造了一种穿越自己作品的互文模式。作为士兵,他们恐惧死亡以及一切可能导致死亡的东西,阴郁的稻田、肮脏的迷宫、错综复杂的隧道,以及充满敌意的面孔。从初到越南就见到的嶙峋的群山到沙土里渗出的红色,从牧师眼中的怜悯到卖可乐的女孩眼中的愤怒,战争的荒诞与混乱无时无刻都在增加着死亡的可能性。在《如果我在战区死去》的后记中,奥布莱恩自己也坦陈:"那时我还年轻,我吓坏了。甚至黄昏也使我害怕,因为我知道黑夜即将来临,夜晚充满了我可能死去的各种生动的画面。"(Tim O'Brien. *If I Die in A Combat Zone*, 211)奥布莱恩还在《轻装上阵》一章中提到了一份关于地雷的目录。他在其中列举了地雷的名称、越共使用的技巧及它们可能带来的伤害。从 M-14 杀伤地雷、反坦克地雷、克莱莫地雷到最让人恐惧的跳动的贝蒂,奥布莱恩在简单的物品列表中注入了叙事的力量,这样的列举技巧成为后来的《士兵的重负》中重要的叙事策略。在这一章节中,奥布莱恩那位来自奥兰多的黑人朋友奇普就因为误入树篱而触发了一枚105炮弹的爆炸。"他死得如此惨烈,我们甚至不知道他被烧成了什么颜色,尸体就被裹在了塑料袋里。我们随后放了烟雾弹,一架直升飞机就带走了他。"(Tim O'Brien. *If I Die in A Combat Zone*, 123)奇普的意外身亡令幸存的士兵无时无刻生活在恐惧之中,奥布莱恩这样形容道:"这就像在癌症病房里醒来,没有人有雄心去迎接新的一天,对于到来的白天,没有人觉得有义务、有计划、有希望甚至有梦想。"(Tim O'Brien. *If I Die in A Combat Zone*, 9)奥布莱恩的知己埃里克甚至将这种恐惧之后的绝望比作英国诗人艾略特笔下的《荒原》。"四月是最残忍的月份,哺育着丁香,在死去的土地里,混合着记忆和欲望,拨动着沉闷的根芽,在一阵阵春雨里。"埃里克在写给奥布莱恩的信中写道:"《荒原》的第一行让我想起的不是英国,而是你们,在这里,在越南。"(Tim O'Brien. *If I Die in A Combat Zone*, 104)《如果我在战区死去》中最重要的主题对奥布莱恩之后的小说是必不可少的,其中之一就是夜晚和死亡的联系。奥布莱恩记录了他们在夜间巡逻时,周围的风景是如何让他们"害怕迷路、害怕与他人分离、害怕独自在可怕的、闹鬼的乡村过夜"(Tim O'Brien. *If I Die in A Combat Zone*, 87)的。一名19岁,在战场待了八个月的士兵对奥布莱恩说道:"在你的脑海中萦绕的不仅仅是对死亡的恐惧",这里还有"确定性与不确定性的荒谬结合"(Tim O'Brien. *If I Die in A Combat Zone*, 124),你确定自己是走在地雷覆盖的区域,但"你的每一个动作的不确定性,用什么方式转移你的重心或者在哪里坐下"都会决定着你是否被炸得粉身碎骨,你确定你是在越南的土地上,但却没有能力来区分一个漂亮的越南女孩和致命的敌人,因为她们通常是一个人。

在死亡恐惧的重压之下，那些幸存下来的美国士兵早已将狂妄与自大、鲁莽与勇敢抛掷脑后，他们深知自己的处境，陷入了一种不自然的平静之中，"疯狂的马克"就是这样一个典型的形象。奥布莱恩解释说，这种"疯狂"不是那种歇斯底里的、濒于崩溃的疯狂，相反，他异常冷静，甚至从不表现出恐惧。他身穿虎皮迷彩服，以一种瘦长、轻松、沉默且无畏的步伐行走在战场上，对人的态度就像中央情报局的特工，随身携带的却只有一把猎枪。在这种波澜不惊的平和之中，猎枪却泄露了马克的疯狂。因为"这种武器在超过五十码远的地方既不精确也不致命"（Tim O'Brien. *If I Die in A Combat Zone*，81），在战场上，你要足够接近，近到可以看清敌人的肤色和眼睛才可以命中目标。疯狂的马克固执地践行着他的狩猎艺术，直至受伤被送回国内。

创伤之源——暴力的滥用

对暴力事件的呈现被奥布莱恩视为作家义不容辞的责任。不断的恐惧也变成了对无名敌人的仇恨，奥布莱恩也几乎变成了他极其鄙视的那种人。他以观察者的身份呈现了美军士兵在越南的暴力行径。作为士兵，他们毫不理会战争的意义或目的，其理念只是杀死或者避开所谓的敌人。他们会掀翻村民小屋的地板，踢翻米罐子，踢乱猪圈里的稻草，会把沙子倒进井里，他们也会用无线电呼叫直升机烧毁整个村庄，在曳光弹的照耀下感受猪、狗、牛羊和人的死亡气息。

暴力的滥用是美军士兵在越南所犯下的罪恶，也是他们宣泄恐惧的方式。奥布莱恩记录了美军士兵对一个越南老人的欺辱。一个双目失明的越南农民正在为美军士兵洗澡,其中一个金发大肚子,脾气暴躁且笨手笨脚的美军士兵抓起一盒牛奶,无缘无故地从十五英尺开外朝老人扔去。"打得他满脸通红,牛奶喷进了老人的眼睛里,他向前猫着腰,摇摇晃晃地想要保持平衡",稍作调整后,"他那双看不见的眼睛直直地盯着前方,盯着那个愚蠢的士兵的脚。他的舌头稍微动了动,想去舔一下伤口,尝了一下血和奶混合的味道,没有人动起来帮忙,孩子们很安静。……他一动不动,最后终于笑了。他拿起水桶,身上沾满了仁慈的残迹,他把鲜血浸在井里,浸出水来,开始给下一个士兵洗澡。"(Tim O'Brien. *If I Die in A Combat Zone*,102)此时的奥布莱恩既是事件的叙述者也是事件的见证者,他选择用不加修饰和评判,甚至不带情感色彩的语言将其记录下来,仿佛完全置身事外。这种举重若轻的叙述不仅能够唤起读者的道德想象力,也暗示着创伤性的情感压抑。在这段叙述中,奥布莱恩就将创伤隐藏在叙事之中,他以牺牲自我内心为代价允许这样的行为发生,从而构成了独特的创伤叙事。

文本中除了用轻描淡写和半虚构的场景来揭露士兵的暴行外,奥布莱恩对象征和隐喻的使用也在道德上剖析了这场战争。《如果我在战区死去》的第八章中,奥布莱恩写到了疯狂的马克从越共的尸体上割下来的耳朵。"疯狂的马克盘腿坐着,打开一捆布,在黄色的灯光下晃着一大块棕色的,刚割下来的人耳朵。有人不禁咯咯地笑了,耳朵上没有血迹。它滴了一点水,就像是刚从浴缸里冒出来一样……它看起来还动着,它看起来会在疯狂的马克的手里动起来,它好像会为自由而扭动。"(Tim

O'Brien. *If I Die in A Combat Zone*，83)不仅如此，他们还要把耳朵展示出来，传递给每一个人进行抚摸，奥布莱恩甚至也被邀请参与其中。残缺的耳朵不仅是战争暴行的例证，也记录了这些年轻的美国士兵不断扩大的暴行，最终促成了奥布莱恩在道德上的崩溃。

射杀水牛事件也可以作为暴行的例证。水牛是越南农村生活的象征，也是村民最重要的财产。在平克维尔附近的一个村庄，阿尔法连站成一排向放牛的男孩和水牛开枪射击。"男孩们逃跑了，但有一头奶牛站在原地不动。子弹打在它的身体两侧，炸开一块块肉，钻进它的肚子里。那头牛和士兵们平行站着，侧面很好看。它移开视线，朝着一个方向，一动不动。"（Tim O'Brien. *If I Die in A Combat Zone*，139)这一事件在后来的《追寻卡西亚托》《林中之湖》和《士兵的重负》中被反复改写，被奥布莱恩赋予了各种创伤体验的想象意义。在这样荒谬、混乱与无知的背景下，奥布莱恩间接地面对了美国卷入这场战争中最黑暗、最广为人知的事件——美莱大屠杀。他还直接探讨了士兵们在战争中犯下暴行后所带来的邪恶和道德上的困境。在后来的小说《林中之湖》中，奥布莱恩重新审视了美莱村事件及其政治和道德后果。

对暴行的自责与愧疚也是奥布莱恩创伤经验的重要来源。在约翰森上尉带领的一次伏击中，奥布莱恩第一次见到了活着的敌人，并扣动了步枪的扳机，射中了其中的一个人。奥布莱恩自责道，我没有想到他会死，我既不恨他，也不想他死，我只是害怕他。后来证实，这个越南人没有携带武器，只是穿了一身绿色的制服，随身携带了一些粮食。"我不会看的。我不知道另外两个人,那两个幸运的人,在我们伏击之后做了什么?我不知道他们是否停下来帮助了那个死人,他们是对他的死感到愤怒,还是只是害怕自己会死。我想知道这个死去的人是谁的亲戚,如果是的话,把他扔在稻田里算怎么回事呢?我不希望死者叫李。"(Tim O'Brien. *If I Die in A Combat Zone*, 98)奥布莱恩的自责与愧疚通过接下来对美军士兵死亡的书写而呈现出来。就在军官们兴奋于击中越南人,而其他人松了一口气之时,奥布莱恩写道:"我的朋友奇普和一个叫汤姆的班长在第三排扫荡村庄时被炸得粉碎,这是阿尔法连最成功的一次伏击。"(Tim O'Brien. *If I Die in A Combat Zone*, 98)在《攻击》这一章的结束之时,当从收音机里听到美军士兵在夜晚的突袭中被杀死时,一个中尉甚至领着士兵们唱起了歌。"一首朗朗上口的、欢快的、欢庆的歌:叮咚,恶女巫死了。我们唱得很和谐,听起来像唱诗班。"(Tim O'Brien. *If I Die in A Combat Zone*, 111)奥布莱恩在轻描淡写中书写的死亡既是创伤情感的压抑,也充斥着满腹内疚的无奈。与其说这是对越南战争的常规性描述,不如说是奥布莱恩对于战争罪责的深刻反思。

美国的越南文学在很大程度上忽略了越南人,奥布莱恩对越南的介绍并不像人们想象的那样充满敌意。泻湖,阿尔法连曾经在这里扎营。士兵们自认为"我们是来保护这里的,我们是来为这个小村庄提供安全保障的"(Tim O'Brien. *If I Die in A Combat Zone*, 163)。在这个曾经与世无争的小村庄里,村民们过着循规蹈矩的生活,男人出海打渔,女人在家劳作。"即使有泻湖怪兽潜伏在附近,这个地方也是很安静的。"(Tim O'Brien. *If I Die in A Combat Zone*, 164)然而,这支由男人和武器装备队组成的队伍来到这里后显得格格不入，他们将这里变成了战争的村庄和难民营。棚屋变成了营房，周围是新型的军用铁丝网，铁丝网外是地雷，蹦蹦跳跳的贝蒂也散落在沙滩上。在马丁上士和大兵彼得森被炸死后，泻湖更是遭受了无情炮火的攻击，罪责被分摊后，遇难者也只是获得了最多33美金90美分的赔偿金。奥布莱恩在这一章的结束时写下："即使是有怪兽的泻湖也没有现在这样恐怖。"（Tim O'Brien. *If I Die in A Combat Zone*，168）奥布莱恩用大量的篇幅描述了平克维尔地区类似事件的发生，他没有更多谴责，只是邀请读者置身作者的位置来想象他们的反应。

叙事的疗愈

战争对奥布莱恩而言是一个具有讽刺意味的成长之地。他曾经是学者和知识分子，但越南改变了这一切。奥布莱恩在谈到自己写回忆录的决定时曾说，越南带给我的与其说是素材，不如说是一场革命。在有关越南的创伤即将在历史中消失之时，奥布莱恩用文字将它带了回来，并在叙述中寻求治疗性的策略，似乎只有在这种放逐的历史中创伤才能够得到救赎。在《如果我在战区死去》中，为了把在越南的个人经历作为对勇气和牺牲等问题的检验，奥布莱恩进行了复杂的探索。他提出了对于勇气问题的思考。在越南冷寂的月光之下，在无虫无鸟的静谧之中，什么才是明智的勇气呢？

经历了越南战争的历练，奥布莱恩认识到勇气的复杂性。"勇气是美德的四个部分之一。在那里还有节制、正义和智慧，所有的部分都是崇高的人必需的。"(Tim O'Brien. *If I Die in A Combat Zone,* 140)在奥布莱恩看来,勇气既是对特定历史环境的理解,也是基于判断的行为。勇气不只是责任,它是气质,更重要的是智慧。战前,奥布莱恩最喜欢的英雄都是虚构的人物,尤其是弗雷德里克·亨利,亨利之所以能够离开战争,是因为他在战争中表现得很好,很勇敢,但他并不怀念恐惧和杀戮,并不被勇气迷惑。他知道这只是美德的一部分,而爱和正义是另一部分。在越南战场,奥布莱恩与参与抵抗的角色为他提供了新的英雄主义的标准。

在由道德困境、死亡恐惧与暴力滥用所构成的创伤性场域中,奥布莱恩竭尽所能地在叙事中寻求策略以期获得创伤的救赎。在叙述中,奥布莱恩研究了士兵们应对这些不安全感和恐惧的方法以及他们在存在中建立秩序的努力。哪怕只是瞬间的秩序、控制和舒适就可以将他们从暂时的恐惧和焦虑无助中解脱出来。作为士兵的奥布莱恩选择用想象来驱赶无尽的恐惧,他会在头脑中想象一个女孩的存在,然后去试着想象她的脸,并在想象中为她添加上修饰和限定的词语,"微笑""厚的头发""沙色""神秘的""永恒的",并试着将其勾勒为一幅图画,在想象中将她置身于不同的情境之中。

有时候这种心灵的外在导向不足以建立内心的支配,这时,一些参与者就变成了空想家,逃避到了想象与记忆之中。然而,想象和记忆的失控也会导致恐惧和无助。"我们会紧紧闭上眼睛。我们看不到的,我们想象。只有这样我们才能看到敌人。我们在脑海中看见了查理:涂着油,像幽灵一样,与乡村和土地的一部分融为一体。"(Tim O'Brien. *If I Die in A Combat*

Zone，36)"有一段时间,我们只是坐在那里……让我们的想象力去做其余的事。"(Tim O'Brien. *If I Die in A Combat Zone*, 38)想象让士兵获得暂时的平静与安宁,似乎这是战场唯一可以自救的方式,他们在记忆和想象中的不同角色在后来成了《追寻卡西亚托》的核心。

除了用想象构建起与现实的距离之外,在越南奥布莱恩还在尽最大的可能保持着与战争、与同行的士兵的距离。其实早在路易斯堡的军事训练基地里,奥布莱恩就努力保持着与战争的距离。"在机器人的丛林中,不可能有找到友谊的希望;没有人能理解这个地方的残酷,我不想要朋友,这就是最后的结果。他们谈笑风生,谈论家乡,……我不喜欢他们,也没有理由喜欢他们。"(Tim O'Brien. *If I Die in A Combat Zone*, 33)作为士兵,奥布莱恩甚至是带着激情、悲愤、绝望的恨才学会了行军,在目瞪口呆中见证着路易斯堡的愚蠢和傲慢,奥布莱恩仍然认为自己是优越的,并在保持沉默中坚持着自己的信仰。

在叙述中,奥布莱恩的主体地位是观察者和反思者,而不是战斗行为或者暴行的发起者和参与者。他也经常会从士兵的角色转变为自我意识的观察者和道德反思者,虽然会使他与那些如影随形的士兵产生隔阂,但却可以用他的观察和思考唤起读者的道德想象力。即使被卷入其中,奥布莱恩也会设法将自己从战斗中剥离出来,不再专注于战斗本身,而是专注于自己的思考。可以说,在以越南为核心的章节中,奥布莱恩都扮演了观察者的角色,见证了美军士兵对越南人的暴力和蔑视,奥布莱恩的超然也暗示了他在道德上挥之不去的耻辱。第九章的标题是"伏击",但它的大部分内容是奥布莱恩在夜间伏击位置的个人思考，他的记忆、幻想以及对战争的反思，还包括与一位北越军官关于战争的探讨。在奥布莱恩看来，记忆和想象中的东西比伏击更真实、更有价值，因为伏击通常都是以无果告终，而想象至少可以让士兵们暂时忘却死亡与恐惧。在这一章的结尾，奥布莱恩叙述了五月的一次伏击，这是奥布莱恩在越南期间唯一的一次杀戮，但也仍然是一次反思而不是庆祝。

可以说，从第五章到第二十三章中，整个叙述最有意义的地方就是奥布莱恩的反思。奥布莱恩作为观察者的身份在反思或冥想中得到了充分发展，而他作为士兵的身份则在不断地被淡化。正是这样的观察者的身份"以一种清晰、轻松、犀利、有意识的冷静的风格，将越南的荒原展现在我们面前"（Tim O'Brien. *If I Die in A Combat Zone*, 41）。除此之外，奥布莱恩还可以随时从战斗中剥离出来，就正义、勇气和罪恶等问题进行专门的论述，埃兹拉·庞德、柏拉图、苏格拉底、海明威和对话者埃里克也会经常参与其中。

尽管越南战争改变了作为士兵和作家的奥布莱恩，但当他飞回明尼苏达州的大草原时，他的精神并没有因为战争而萎缩，而且关于这段经历的叙事还在事实与虚构的消解之中，在记忆与想象交替之间呈现出一种新的历史质感。在回忆录中，奥布莱恩审视了自己所失去的和所获得的一切，提出了一个独特的告别，并在后续的作品中继续着关于越南问题的思考。

参考文献：

1. Tim O'Brien. *If I Die in A Combat Zone: Box Me Up and Ship Me Home.* New York: Broad Books (2014).

2. Patrick A. Smith. *Tim O'Brien: A Critical Companion.* Westport: Greenwood Press (2005).

3. Patrick A. Smith. *Conversation with Tim O'Brien.* Jackson: University Press of Mississippi (2012).

4. Philip D. Beidler. *American literature and the experience of Vietnam*. Athens: University of Georgia Press (1982).

5. Tobey C. Herzog. *Tim O'Brien*. New York: Twayne Publishers (1997).

6. ［美］汉娜·阿伦特主编:《启迪——本雅明文选》,张旭东、王斑译,北京:生活·读书·新知三联书店出版,2014 年版。

第五章　大自然救赎的回归之路
——《北极光》

关于《北极光》的创作

　　1973 年至 1974 年,《如果我在战区死去》出版之后,奥布莱恩在哈佛大学申请休学一年,在此期间他在《华盛顿邮报》担任国家事务记者,利用业余时间创作了被视为"回家"之作的小说《北极光》。作为奥布莱恩的第一部小说,《北极光》获得了评论界的一致好评,尤其是其丰富的背景描写以及保罗·佩里与哈维·佩里兄弟之间复杂的关系。特别提及小说的主题、人物关系与语言节奏等方面之时,评论界甚至会将其与海明威的《太阳照常升起》和诺曼·梅勒的《我们为什么来到越南》相提并论。托比·赫佐格更是认为这部小说是"关于美国的边疆精神和美国士兵之间关系的寓言"(Tobey C. Herzog. *Tim O'Brien,* 66)。这些与户外、边疆相关的主题萦绕在生存和勇气的周围,被奥布莱恩独特的创伤视角完美而复杂地审视。

　　尽管获得了评论界的赞许,但这部小说却被作者奥布莱恩视作最不成功的一本书,他不止一次在接受采访时说过,《北极光》只是一种写作上的训练,目的是想表达对海明威和福克纳的敬意,能够出版只是一个意外。奥布莱恩甚至凭借着二十年后的后知后觉,成了这本书最严厉的批评者,他指责这本书在文体上的缺陷以及他自己对小说创作的相对缺乏经验。在接受马丁·纳帕斯泰克的采访时,奥布莱恩说道:"我想模仿海明威,我写这本书的时候并不知道它会出版。我只是一个初学者,所以我想恶搞《太阳照常升起》和《永别了,武器》,我想我做了一个很巧妙的工作。但不幸的是好的文学不应该只是小动作,我认为这本书中有太多的小伎俩。"(Patrick A. Smith. *Conver-sation with Tim O'Brien*, 43)虽然奥布莱恩针对《北极光》的写作进行了深刻的自我批评,但这部小说在作者创作中的重要性仍然是不言而喻的,特别是小说中对越南独一无二的淡化处理,不仅被克里斯托弗·泰勒描述为"奥布莱恩为避免被归类为越南作家的早期尝试"(Mark A. Heberle. *A Trauma Artist*, 72),也是奥布莱恩第一次尝试在越南以外的地方书写创伤并以自然为向导探索创伤救赎的可能。

《北极光》将故事的背景设置在奥布莱恩的故乡明尼苏达州,一个作者非常熟悉的地方。其实,不只是在《北极光》中,在后来出版的《士兵的重负》与《林中之湖》中,明尼苏达州都曾作为小说背景而出现过。在接受丹尼尔·伯恩的采访时,奥布莱恩曾经谈到过明尼苏达州作为故事背景的问题,而且正是这样的小镇传统和价值观将作者奥布莱恩和他笔下如佩里·哈维一样的主人公送进了越南战场,当他们带着难以言喻的创伤从越南归来后就引发了一系列问题。中西部城镇在老兵归来后对这场战争的哑然失声在很大程度上阻碍了创伤和解的可能,这在后来奥布莱恩的小说中也是非常重要的一个参照点。

《北极光》以保罗·佩里的视角来讲述了发生在1970年明尼苏达州锯木厂镇的故事。这是一个死气沉沉的木材小镇,位于明尼苏达州东北部的箭头区。小镇拥有来自印度、法国、德国和芬兰等国的移民,虽然处于与世隔绝的状态,但核战争和越南战争的余波还是侵入了当地人的生活。佩里家族从祖父这一代开始在这里生活,他们的祖父是芬兰移民,在一次伐木事故中致残后便成了锯木厂小镇的牧师。保罗的父亲老佩里则继承了衣钵,是小镇上大马士革路德教的牧师。

越南战争在小说中并没有直接出现,就像海明威在《太阳照常升起》中对第一次世界大战的使用一样,它作为一种无声的存在暗流涌动于叙事之中。如同海明威笔下的杰克·巴恩斯带着明显的象征性创伤从战场归来一样,主人公之一的哈维·佩里也带着一只失明的眼睛从越南战场回来了。哈维的回归既是故事的起点,也是接下来剧情发展的主要动力。在低调地回到明尼苏达州的家中后,哈维便呈现了与以往完全不同的状态,他拒绝与人谈论在战争中发生的任何事情,并疯狂地执着于追求在其他地方冒险的幻想。

哈维的哥哥保罗·佩里则与他完全不同,他不仅从未去过越南,而且对战争也毫无兴趣。戴眼镜的保罗在叙事中经常被形容为"胖乎乎的""肥胖的"和"身材走样的",作为农业部在明尼苏达州北部的代理,他的大部分时间都在为当地种植玉米的农民填写补贴申请与贷款申请。在叙事中,刚过而立之年的保罗便陷入了人生的中年危机。十几年间他梦游一般地走过自己的工作、婚姻与生活,如今的他不仅厌倦了与妻子格蕾丝这种若即若离的生活，而且还经常沉湎于无端的自我怜惜之中，哀叹自己毫无前途的工作，更担心哈维回归之后的生活。

在哈维回归之后，佩里兄弟参加了新年的冬季嘉年华和大玛莱区的滑雪比赛并在活动结束后决定以越野滑雪的方式回到一段距离之外的家中。这场不幸的越野滑雪在后来的叙述中占据了小说近一半的篇幅，被评论界认为是对海明威的《太阳照常升起》中潘普洛纳的斗牛比赛的仿写。在滑雪的最初，保罗很高兴地成为不加思考的追随者，后来由于旧地图的使用导致的迷路、哈维的生病与不期而至的暴风雪，还有保罗眼镜的丢失等一系列事件的发生引发了一场灾难，角色的转变也随之发生。迫于糟糕的现状，保罗成了这次冒险之旅的领导者。他不仅没有放弃生病的哈维，还不断寻求着获救的途径，正是凭借着保罗的毅力和求生的欲望，兄弟俩才最终获救。在这段冒险旅程的终点，保罗所展现的勇气令他成为奥布莱恩笔下真正意义上的英雄。在小说的结尾之处，保罗·佩里开始正视并接受自己不堪的过去，他决定卖掉父亲留下的房子，与妻子格蕾丝前往爱荷华州开始新的生活，而哈维则继续着被混乱和漫无目的所定义的生活。

哈维·佩里——艰难的回归之路

《北极光》的不同寻常之处在于它是奥布莱恩所有小说中对越南关注最少的一部，只是在最初提出了与越南相关的主题，而且作品中几乎没有提及任何历史或政治背景。在哈维·佩里从越南归来后的一年里，它聚焦于明尼苏达州小镇的乡村生活，在平凡而简单的情节中,奥布莱恩将战争的不确定性与这片死寂之地同样不确定的未来交织在一起,探讨作为家庭或者公共创伤的幸存者如何重建与他们身后世界的联系及其各种潜在的后果。

小说一开始就是保罗·佩里在七月炎热午夜的焦躁不安中的惊醒,他正忧心忡忡地考虑着弟弟哈维即将从越南战场回归的事情。"他试想这场战争会给他的弟弟带来多大的变化。他不知道他们首先会对彼此说些什么,这很难想象。整个晚上他都在思考。"(Tim O'Brien. *Northern Lights*, 6)随着佩里记忆的累积,我们逐渐意识到,哈维马上就要从越南回国,他在越南战场上受伤并失去了一只眼睛,我们也分享了保罗的悬念——试图想象战争会给弟弟哈维带来怎样巨大的变化。

哈维·佩里是准海明威式的英雄,在锯木厂小镇他曾经是高中橄榄球运动员,是完美的户外运动爱好者,绰号"公牛"。少年时期,哈维是老佩里世界末日论的忠实追随者,他经常跟随着父亲走进森林,学习野外的生存技能和伐木技术。高中时,哈维面对着父亲所谓核灾难的预言,一丝不苟地按照垂死父亲的要求,在家中的后院建造防空洞。父亲去世后,哈维走进了越南战场。

与他的哥哥保罗·佩里不同的是,哈维是一个略显神秘的角色。一进入小说的第二部分,他的人物塑造就与之前的完全不同。这主要体现在他对战争的缄默不语和对于冒险的狂热追求。在叙事中除了写到他在越南所受的伤之外,哈维对于战争基本保持沉默,只是偶尔在喝醉酒的时候,会含糊不清地谈论起战争。当被保罗问起受伤的事情时,哈维也会顾左右而言他。

"就像你切开一条鱼，你有点害怕看到里面的东西。这是因为鱼从来没有想过它们，但它们一直都在那里是一样的。很难说，我害怕的不是疼痛，我想当我的腿被炸飞或者胸部被子弹打穿的时候，要有正确的反应，而不是看到里面的东西就发疯。我以前也有点担心，但不是很担心，我只是不想哭得像个婴儿。"(Tim O'Brien. *Northern Lights*，192)即使是面对心仪的女孩艾迪的追问，恳请他讲出是如何失去眼睛的时候，他也只是轻描淡写地说道："这不是重要的。它只是发生了，仅此而已。"(Tim O'Brien. *Northern Lights*，95)有时候，哈维对于战争的态度还会令人产生错觉。"虽然他从不谈论战争或失去眼睛，但他似乎并不痛苦，甚至有时似乎把这一切视为一场伟大的冒险。如果机会来了，他并不介意重复。"(Tim O'Brien. *Northern Lights*，33)作为读者，自始至终我们都无法获知哈维在越南战场到底经历了什么以及他回归之后关于生活的想法，只是看到归来之后的哈维终日混迹小镇的酒馆，靠着酒精与向他人吹嘘的幻想来不断地麻痹自我。

对哈维来说，保持沉默的原因不仅是这场战争在道德上的模糊性，而且还掺杂着复杂难言的情感。哈维怨恨在他归来后没有得到来自小镇居民慷慨而公开的尊敬，却又无法表达他应该因为什么而受到尊敬，闭口不言似乎成为哈维最好的选择。这种情绪在奥布莱恩所有的小说中都是一个参照点，在1995年创作的《士兵的重负》中，哈维的这种处境再次被诺曼·鲍克重演，而奥布莱恩也借助于哈维和诺曼等人无法言说的创伤质疑了美国在越南所扮演角色背后的动机。

哈维身处这种无法言说的困境的原因首先在于回归之后哈

维本身拒绝解决关于战争的创伤。在叙事中，奥布莱恩对于哈维幻想和行动的描述要远远多于他的思考，这种缺乏内省的状况阻碍了哈维与过去和解的可能性。哈维的这种状况被创伤研究者认为是一种意识的解离状态。意识的解离是一种分裂的机制。"它将强烈的知觉和情感经历与社会领域中的语言和记忆分离；这是一种内在的，使遭遇恐怖的人保持沉默的机制。"（朱迪斯·赫尔曼：《创伤与复原》，227）哈维的沉默不语就是意识解离的核心状态，他刻意地压抑与战争中的创伤事件有关的记忆，不愿意向任何人提起或诉说，使得这段记忆无法进入正常的叙述和意识之中，只是有一些破碎的片段会以记忆侵扰的方式出现。虽然意识的解离性改变在全然无助的当时可能是一种适应性行为，但如果危机一旦解除，就会变成适应不良的行为。为此，创伤理论家朱迪斯·赫尔曼指出了意识解离所带来的潜在风险。"自然灾害、恐怖分子袭击和战争的创伤患者等多方研究报告显示，在创伤事件发生时进入解离状态的人是最可能引发持久性创伤后应激障碍的族群。"（朱迪斯·赫尔曼：《创伤与复原》，226）在不同的境遇中，新的冲突和挑战势必会唤起创伤患者的回忆，并发掘出创伤经历中的新层面，而且"由于对创伤事件的强烈情绪反应，导致记忆、知识和情绪之间的正常联结遭到阻隔"（朱迪斯·赫尔曼：《创伤与复原》，31），也会"干扰对未来的期待和计划"，并且"迷信和奇幻的思想愈来愈强烈"（朱迪斯·赫尔曼：《创伤与复原》，42）。在这种境遇之中，哈维就开始用逃避现实的幻想取代对自己过往经历的思考。回归之后的哈维钟情于冒险的幻想，他经常会"谈到非洲和拿骚，没完没了地说。他谈到了钓鱼、树林以及和父亲一起度过的那些日子。他说要买一艘帆船,带着装满食物和饮料的储物柜航行地中海,晒黑皮肤,保持健康,享受各种事物,进行一些冒险"(Tim O'Brien. *Northern Lights*,35)。哈维拒绝了保罗提出的去爱荷华州度假并看望格蕾丝父母的想法,坚持认为他需要的是一场冒险。事实证明,尽管哈维尽力去避免任何足以勾起过往创伤回忆的情境,或任何可能涉及未来规划与风险的行动,虽然可以在某种程度上抵御曾经痛苦的情绪状态,但也有可能在今后的生活中付出惨痛的代价。

其次,哈维还面临着从越南战场回来后艰难的回归之路。回归后的哈维没有迎来预想中的欢迎仪式,只有保罗和格蕾丝的迎接,面对着空旷的街道,他尴尬地说道:"幸好我没穿制服。穿着制服回家却没有游行,这样看起来很傻。"(Tim O'Brien. *Northern Lights*,24)整个小镇的人们甚至包括哈维的兄弟佩里对于发生在千里之外的这场战争毫不关心,即使哈维和镇上的两个印第安男孩是被他们送进战场的。哈维在星期日回到家,钟声并没有为他敲响。镇上空无一人,因为所有的人都在教堂。这一场景是对战争极具讽刺的影射之一。老市长贾德·哈默向保罗保证会为哈维举办游行的仪式并为他补发勋章,并嘱咐保罗"告诉他镇上的人都认为他是英雄,告诉他我们都为他感到骄傲"(Tim O'Brien. *Northern Lights*,30)。终于,哈维在回到锯木厂码头的几个月后得到了他梦寐以求的公开庆祝。

事与愿违的是哈维并没有成为这场公开游行的中心人物,而是成了一场暴风雪天气下的高中橄榄球比赛中场表演的一部分。在暴风雪中,哈维被推进了比赛场地的中央,既无法看清他的听众,而且他的讲话也几乎被风淹没了。老市长贾德的发言也被暴风雪打断成一组几乎听不见的短语。"……荣誉和服务……战争中的英雄没有……锯木厂码头，他在那儿……他的父亲为小镇和教堂服务了 57 年，一个男人……一个受了重伤的英雄回来了……"（Tim O'Brien. **Northern Lights**，102），并且他还把哈维、保罗和他的父亲混在了一起，一种不连贯的嘈杂声与暴风雪相互竞争，最终失败了。对于鼓励哈维来这里进行炫耀的艾迪来说，这个活动在她看来毫无疑问是愚蠢的。

在小说的结尾，哈维还参加了锯木厂小镇阵亡将士纪念日的游行。尽管寒意袭人，但几乎全镇的居民都参加了这场公共仪式。哈维是游行队伍的一部分，他走在乐队、二战老兵、朝鲜战争的老兵和女童子军的后面，显得太微不足道了。"他昂首阔步，是唯一一位越战老兵。他似乎和其他人没有太大的不同，只是他穿着制服，独自一人。"（Tim O'Brien. **Northern Lights**，320）最后，人们漫无目的地去墓地参加最后的仪式，在那里牙医哈尔·班尼特发表了演讲，而此时的哈维却已经退出了游行，他遗憾地说道："一个悲惨的游行，我还没从这一切中得到一个像样的游行。一个悲惨的城镇，没有给我一个体面的温暖阳光的游行。"（Tim O'Brien. **Northern Lights**，320）最后，他那自怜的厌恶更强烈地呼应了保罗对公民纪念活动的判断。

通过削弱公众对越南的认可，《北极光》表明对于一个不愿被战争打扰的社会来说，越南战争及其影响是微不足道的。的确，这部小说非常诚实、准确地反映了明尼苏达州小镇的观点，也反映了绝大多数沉默的美国公民的观点。在媒体和学术中心之外，越南在大多数美国人的关注中越来越边缘化。这是哈维不愿意看到的，更是作者奥布莱恩不愿意看到的。他曾经在接受安东尼·坦巴斯基的采访时表示："我觉得我们生活在一种大众心理中，从电视和电影一直到现在，它告诉我们每个人必须要治愈自己的生活。这有一部分是对的，也很有用，但如果一个人把过去忘得一干二净，埋头苦干，说什么坏事从来没有发生过，那就是否认。有一种治愈的方法就是否认过去，当你这样做的时候，你就冒着重复的危险，一次又一次地犯同样的错误。你也有自我欺骗的风险，自欺欺人。"（Patrick A. Smith. ***Conversation with Tim O'Brien***，153）特别是对于中西部的中产阶级而言，他们编造了宏大而美丽的谎言和半真半假的事实把数以万计像哈维这样的青年送入战场，而在这些青年返回后却又以沉默不语来回应他们的创伤，面对国内公众的哑然失声，奥布莱恩再次以文学的方式疾呼这样的创伤不应该被治愈。

接下来的越野滑雪则是小说中可能成就哈维英雄主义的唯一契机。起初的哈维自信满满，利用地图和指南针寻找方向并规划路线。特别是在保罗觉得无助的时候，他还在不断安慰保罗，"没有什么是我们处理不了的"，"没有什么好担心的，相信我"（Tim O'Brien. ***Northern Lights***，172-173）。而且，此时此刻在保罗看来"哈维知道他在做什么，冷静、点燃火焰，无所畏惧，毫无疑问，一个完全无所畏惧的英雄"（Tim O'Brien. ***Northern Lights***，174），而他只需要跟在哈维的后面穿过松林，听着滑雪板在雪地上划过的声音，向前冲。黑夜过后"哈维会重新燃起篝火，煮咖啡，他会卷起睡袋，带头前进"（Tim O'Brien. ***Northern Lights***，174）。一切似乎都在哈维的掌控之中，即使在迷路的最初阶段，哈维也并不担心他与保罗的处境，认为这些都算不上真正的挑战。"没问题，相信老兵，我知道哪里出了问题。"(Tim O'Brien. *Northern Lights*，186)然而，随着问题不断涌现，哈维渐渐沉默了。"他的脸涨得通红。过了一会，他站起来，独自迈着大步走开了。他站在一棵松树下，望着远方，一动也不动。雪深及他的膝盖，他的两只手挂在身体两侧，一只手拿着地图，另一只手拿着银色的指南针。天在下雪，佩里看不见他的脸。"(Tim O'Brien. *Northern Lights*，185)此时在保罗的眼中，眼前的这棵松树令哈维相形见绌。在破败的船坞码头，事情发生了始料未及的变化。他们不仅迷失了方向，而且哈维还一病不起，再加上即将到来的暴风雪和保罗丢失的眼镜，复杂的情况令佩里兄弟一度非常困惑。

在接下来的叙述中，奥布莱恩以哈维的精神状态和那只失明的眼睛作为对照，在对哈维身体状况的描述中凸显了越南的创伤。在哈维还能够充当领路人的角色时，奥布莱恩没有对那只坏掉的眼睛作过多的叙述。但随着哈维身体的每况愈下，那只坏掉的眼睛开始越发引人注目。它睁得大大的，不断向外凸出。当哈维因发烧咳嗽无法走路时，"那只坏眼睛似乎变成了一只活跃的眼睛。他脸上的其他部分是平静的，而那只坏死的眼睛却歪歪扭扭地转动着"(Tim O'Brien. *Northern Lights*，246)。当他的身体因为痉挛而绷紧的时候，"那只坏眼睛盯着火，对疾病完全漠不关心"(Tim O'Brien. *Northern Lights*，246)。当哈维陷入某种巨大的痛苦之中时，那只坏掉的眼睛"似乎能够清晰地看到远处的景象"(Tim O'Brien. *Northern Lights*，261)，而当哈维昏厥的时候，"那只坏眼睛闪闪发光，虹膜溶解在白色组织的液体中"(Tim O'Brien. *Northern Lights*，280)。在小说的前半部分，除了哈维对他受伤的含糊其辞以及不可靠的叙述之外,奥布莱恩对哈维所受的创伤的轻描淡写几乎到了否定的地步。尽管直至小说的结尾,我们对于哈维受伤情况的了解并不比小说开始的时候多,依然对他在哪里战斗和经历了什么一无所知。但在接下来的越野滑雪中,那只受伤的眼睛却随着哈维身体的每况愈下而愈发突出。毋庸置疑,奥布莱恩是在以这样的方式提醒读者对哈维在越南所受创伤给予关注。在描述这场户外冒险时,奥布莱恩还采用了海明威的象征手法,希望能够通过哈维的身临其境,重新去学习恐惧的不同层次,学会负荷与创伤记忆有关的感觉,并妥善地处理恐惧的情绪,意图让哈维在混乱的生活中重建舒适与秩序。显而易见,那只愈发突出的坏眼睛宣告了这场救赎的失败。

在越野滑雪中,如果说奥布莱恩将自然视作向导和考验,意图探索从越南返回的老兵如何与他身后的世界建立联系的话,那么,他的探索就不可避免地隐含着潜在后果的可能,甚至包括恐惧与失败。显然,奥布莱恩想要通过大自然重塑哈维的想法失败了。哈维的越南经历使得他在身体上和精神上都受到了削弱,在艰难之时甚至一度想要放弃自己的生命。赫尔曼曾经指出:"创伤患者希望将自己痛苦的经历暂时抛诸脑后,开始新生活。这样做也许会暂时成功,没有任何硬性规定复原的过程必须遵循一个线性且不间断的模式进行,但怕的是最终创伤事件会复现。在人生的某一节点上,创伤的记忆一定会复返,逼得她不得不正视它的存在。"(朱迪斯·赫尔曼:《创伤与复原》,163)哈维之前没有和解的创伤加上在越野滑雪中只有行动而没有思想的状况,彻底抹杀了救赎的可能。

哈维倾慕的对象是艾迪,一个 20 岁出头并拥有印度血统的女人，皮肤黝黑，爱开玩笑。奥布莱恩对哈维与艾迪关系的描述模仿了海明威在《太阳照常升起》中杰克·巴恩斯与勃莱特·阿施利的关系。回归后的哈维被热情且浪漫的艾迪吸引，不可救药地爱上了她。艾迪不仅拥有自由的灵魂，也是小说中唯一能够掌控哈维的人。每当哈维提起他的冒险计划，佩里会点头，格蕾丝会默不作声，只有艾迪能够控制他，逗他说一些毫无意义的废话，并戳穿他的谎言。"她可以摆脱哈维的影响，能够轻松地驾驭他，毫不费力地随他摇摆。就像斗牛士一样引导他，然后又突然阻止他，把他的猛冲转化成废弃的能量。"（Tim O'Brien. *Northern Lights*，96）不仅如此，她还试图把哈维从越南战争的阴影中拉出来，恳请他讲出他是如何失去眼睛的，只不过最后都无功而返。

在第一部分的后期，如同阿施利夫人在潘普洛纳斗牛节上被年轻的斗牛士罗梅罗吸引一样，在大玛莱区的越野滑雪比赛中，艾迪也被年轻的滑雪冠军丹尼尔吸引。特别是丹尼尔以绝对的优势赢得了这次比赛的冠军后，艾迪完全忽略了哈维的存在而与众人一样拥簇在丹尼尔的周围，惹得哈维颇为失落地说这场比赛不过"只是一场愚蠢的乡村赛跑而已"。在越野滑雪获救归来后，艾迪的浪漫和狂热依旧吸引着他。在面对保罗将要卖掉老人的房子与格蕾丝去爱荷华州开始新生活之时，哈维将艾迪视作他最后的依靠，并向她求婚，即使艾迪曾经多次公开向哈维炫耀她与丹尼尔不同寻常的关系。与阿施利夫人最后选择与巴恩斯生活在一起不同的是，艾迪拒绝了哈维的求婚，并飞往明尼阿波利斯开始了自己的生活。尽管艾迪没有格蕾丝那样善解人意与成熟稳重，但作为一个局外人，她的存在却时时刻刻强调了哈维的不安。

保罗·佩里——人与自然的相互救赎

与哈维不同的是，保罗算不上传统意义的好儿子。小时候，他拒绝与父亲和哈维一起走进森林，总是借口尽力避开这些户外冒险，因而也未能从父亲那里学习到野外生存的基本技能。成年后的保罗与父亲之间的分歧更为明显，他拒绝去教堂听父亲的布道，不屑于老人关于世界末日的预言，甚至拒绝帮助哈维为垂死的父亲建造后院的防空洞。尽管如此，保罗与父亲的关系在叙事中却尤为重要，不仅因为他的大部分回忆与独白都是围绕着父亲而展开，而且父亲对保罗的影响即使在他死后也持续存在。总的来说，保罗与父亲之间的关系是构成他以后人生亲密关系的重要基石，直接影响到他与哈维的兄弟关系以及与格蕾丝的夫妻关系。可以毫不夸张地说，保罗的人生很大程度上是由创伤的童年经历和他与父亲的关系塑造的。

佩里兄弟的父亲是一名大马士革路德教牧师，老佩里在很大程度上忽略了来生的希望，而是不断地宣扬今生痛苦的必然性。保罗回忆道："他的主题是启示录：森林大火，死于雪中，一个新的冰河世纪。他是元素的传道者，比基督徒更异教。他呼吁他的会众相信这世间唯一的真实情感就是恐惧。"（Tim O'Brien, *Northern Lights*, 71）老佩里的这种世界观无处不在，充斥于佩里兄弟的童年，而且异常压抑。即使哈维和保罗成年之后，也依旧生活在已故父亲威吓的价值观和悲剧预言的阴影之下。

在父亲"不许顶嘴"的命令下，保罗便"一头栽进了恶臭的水里，眼睛里充满了恐惧，被污水呛得抽泣不止。灰烬和污水，他记得，然后是那个怪物，它的钳子和晃来晃去的黑眼睛，离他的脸越来越近，一英寸，四分之一英寸，一个真正的怪物向他逼近，他抽泣着，吸进了更多的污水，那怪物游了过来"（Tim O'Brien. *Northern Lights*，62）。成年后的保罗反复出现的记忆就是他被父亲命令到普利尼池塘学习游泳时的恐惧。老人虽然要把游泳作为一种对兄弟俩生存的测试，却令年幼的保罗惊恐不已。

成年之后，优柔寡断的保罗依旧生活在父亲的阴影之下而没有生活的方向，他在想要建立生活的秩序意义与面对恐惧的无能为力之间徘徊，周而复始地受困于麻木无感和记忆侵扰的交替。"他没有真正的思想。老人、防空洞和哈维的形象已经冻结了，几乎堵住了他的思路。他知道他必须做点什么，但他不确定要做什么。他太累了，太懒了，太麻木了，无法从漂浮中走出来。"（Tim O'Brien. *Northern Lights*，218）在父亲绝望的遗憾下长大，成年之后的保罗即使可以独立生活却依然无法驱除已故父亲的存在。

保罗与父亲关系的疏离集中体现在老人临终前的那个夜晚。奥布莱恩为我们呈现出三幅不同的画面，"哈维的铁锹在混凝土防空洞上叮当作响"，"老人的勺子在痰桶里叮当作响"，而"佩里咯咯地叫着，在屋子里转来转去。他保持清醒，远离老人的病房，把电视的声音开得很大，不知道老人是否能够听到"。这样的场景将顺从和不服从的儿子置于直接的冲突之中，三幅不同的画面为我们呈现了两种截然不同的父子关系。与父亲关系的疏离导致保罗一直生活在哈维的阴影之下，当他试图回忆自己生命最重要的事件之时，却发现只有几张照片可以参考。"就好像他活了三十年就是为了这六张快速照一样。其他的一切要么被遗忘了，要么是多余的，要么就是在混乱中丢失了。"（Tim O'Brien. *Northern Lights*，7）暴风雪之后，父亲的鬼魂仍然萦绕在保罗的脑海中，这些场景成为保罗一遍又一遍追寻的记忆。老人虽然带着父子二人未解决的冲突离世了，但通过在叙事中不断重复的保罗与父亲冲突的创伤场景，我们不难发现实际上那个表面上被拒绝的儿子才更深刻地与老人联系在一起。

保罗与哈维是截然不同的两个角色，"他们就像一对孪生的牛，顶着同一顶旧轭，向不同的方向挣扎着"（Tim O'Brien. *Northern Lights*，317）。从一开始就被父亲区别对待到父亲临终之时两人截然不同的态度，兄弟俩之间的分裂也通过不同的观点被强调。哈维从越南归来后，两人的关系与在他去越南之前相比几乎没有什么改变，哈维唯一改变的迹象是他的冷漠。尽管哈维参加了战争，但兄弟俩不睦的关系仍因多年前与父亲的不同经历而挥之不去。两人最深刻的交集就是在叙事中占据近一半篇幅的越野滑雪。在这段旅行中，佩里兄弟从新年的冬季嘉年华和大玛莱区的滑雪比赛回到一段距离之外的家中。以破败的船坞码头为分界点，保罗由被动的追随者渐渐演进成领导者。

在越野滑雪的最初，保罗很高兴地成为不用思考的追随者。"哈维的橙色背包在他面前闪过，佩里跟在后面，感觉又强壮又舒服，他用手杖刺向雪地，然后向前冲去。"（Tim O'Brien.

Northern Lights，168)随着这对兄弟逐渐深入森林,因旧地图导致的迷路、哈维的生病、不期而至的暴风雪以及保罗眼镜的丢失,不可避免地引发了一场灾难,复杂的情况一度使得佩里兄弟非常难堪。在这一部分中,奥布莱恩描述了哈维的想法、恐惧和记忆,以及保罗如何学会生存技能,开始相信自己身体和精神的力量,甚至开始为自己感到骄傲。"白手起家,没有哈维的任何帮助和自以为是的建议。"(Tim O'Brien. *Northern Lights*，226)此时此刻,保罗对于自己的生理和情感的反应均建立了一定程度的控制,并大有重获力量的感觉。

但对于保罗而言,除了要面对复杂多变的情况,穿越荒野的身体之旅还伴随着回忆与想象,并不断回到家庭的创伤场景:因为模仿父亲穿着牧师的长袍"演戏"而遭受老人的惩罚,普利尼池塘令人窒息的恐惧,老人的勺子在痰桶里的叮当作响声。与创伤记忆纠缠在一起的还有保罗的幻想,他幻想老人临死前的夜晚,"他想知道自己本可以做些什么不一样的事,他本来可以说些什么来减轻老人死亡的痛苦,或者他可以做些什么来帮助挖掘防空洞和浇筑水泥"(Tim O'Brien. *Northern Lights*，190)。他还期待着能够把这次伟大的冒险故事讲给他的妻子、儿子和镇上的居民听。"整个药店会变得很安静,赫伯·沃尔夫会按下收音机,人们一边听着故事,一边喝着咖啡。他会有一件伟大的事情要记住和思考。他能够说出此时此刻的情景,这一刻:路在他前面,高耸入云的松树在两边,身后传来哈维咳嗽的声音,老鹰带着利爪尖叫着要俯冲下来。现在,他大脑里的饥饿在后面。他可以告诉他们这一切,他可以告诉他们在那个时刻,就在那冒险的特定时刻,他绝对地无可否认地不害怕,无所畏惧,只是在行动。"(Tim O'Brien. **Northern Lig-hts**, 243)特别是在捕获土拨鼠后,他开始变得兴奋、骄傲和满足,如果说在越野滑雪之前,保罗的种种想象是他对生活的逃避的话,那么此时保罗这种伴随着自我欣赏的想象不仅不同于哈维过度的自我膨胀,而且它在某种程度上补偿了保罗之前在日常生活中的无价值感。

在伐木工人的棚屋里,佩里兄弟获得了暂时的休息。在安顿好奄奄一息的哈维之后,保罗外出寻找救援,正是凭借着他肉体和精神的力量,兄弟二人才最终获救。只不过出乎意料的是,在荒野冒险的最后,奥布莱恩有意削弱了保罗的英雄主义。保罗在寻找救援后发现,他与哈维的迷路遭到了当地人的嘲笑,而且他心心念念的关于冒险家的故事后来也没有得到锯木厂镇居民的赏识,这样的结局在叙事上完美地映衬了哈维刚回到锯木厂镇时的幻灭。

尽管保罗的勇气不像他的父亲和哈维那样来势汹汹,但他却通过自己勇气的展现成为奥布莱恩笔下名副其实的英雄。在经历过这样严峻的考验后,他作出了改变生活的决定。在《北极光》的结尾,保罗最终在普利尼池塘那里找到了慰藉,他将自己沉浸在沼泽之中,被普利尼池塘肥沃、恶臭的沉积物覆盖。此时此刻,泥泞的池塘不再是他的恐惧之地,而是一个世俗的洗礼池。在这里,保罗对过去病态的痴迷最终被洗去从而获得重生。结尾之处,他拒绝了哈维的提议并决定卖掉父亲在锯木厂镇的房子,与妻子格蕾丝去爱荷华州开始新的生活。

保罗的人生还存在着另外一种可能性,他本来可以追随父亲的脚步,成为一名大马士革路德教的牧师——穿上父亲的法衣,就像其他年轻人穿上军装一样——但保罗有意识地拒绝了这样的选择,这表明奥布莱恩拒绝用宗教抚平佩里兄弟的创伤。尽管保罗曾经考虑过加入祖父和父亲的教会,但他却意识到倘若站在父亲这一边那就意味着永远没有机会生活在老佩里的势力范围之外。在小说的结尾之处,佩里寻找到通往普利尼池塘的路,是他与父亲进行的最后象征性的对抗。在他心惊胆战地趟进漆黑的水里之后,"他浮在水面上一动不动,像一个等待的胚胎。在婴儿未出生的梦中,未来既不确定也不到来,甚至不是未来,而过去就像许多化学物质在他周围游动"(Tim O'Brien. *Northern Lights*,348)。离开水面后,他见到了巨大的光,也预示着未来的种种可能性。

奥布莱恩笔下的两个女性角色都是非常真实的人物形象,她们不只是配角,她们的人物塑造也是对两兄弟形象的补充。格蕾丝与保罗在大学的时候坠入爱河,婚后一起在锯木厂小镇生活。如今的格蕾丝在主日学校教书,是一个善良且善解人意的女人。她一厢情愿地经营着与保罗的夫妻关系,不仅为保罗提供着"晚餐"和"家",而且也能清楚地表达出保罗的感受。只不过,格蕾丝对孩子的渴望和对保罗如母亲般的照顾却时刻令保罗感到窒息和想要逃避。

在保罗看来,"那种女人的、妻子的、母亲的巨大同情和理解,常常同时吸引着他,又使他厌恶"(Tim O'Brien. *Northern Lights*,12)。在小说的开端,当他们一起在赫伯·沃尔夫的药店等待哈维的公交车到来之时,保罗眼中的她就是这样"平静而温柔地凝视着她,就像热牛奶一样毫无特色"(Tim O'Brien. *Northern Lights*,96)。不仅如此,格蕾丝自己的思想和想法几乎都被保罗忽略了,而且保罗也不愿意与她一起分享自己的想法和感悟。在《庇护所》这一章的结尾,奥布莱恩有意模仿了乔伊斯在《尤利西斯》中的写作方法,利用格蕾丝对沉睡中的保罗的大段独白来表述她对两人生活的期待。

Patrick Smith 认为,格蕾丝"这个名字意味着善良和同情,在宗教象征中,它代表着一种崇高的状态,一种更接近上帝的状态"(Patrick A. Smith. *Tim O'Brien*, 58)。格蕾丝不仅是安抚保罗,保护保罗的类似母亲的角色,而且也是小说中唯一没有缺陷的精神视觉人物。她了解佩里兄弟的情况,能够准确地对两兄弟的情况作出判断。在哈维回归的最初,她敏锐地意识到迟到的游行对哈维来说是多么糟糕,并意识到哈维"不是……像他假装的那样的伟大英雄",而后她也意识到哈维的问题所在,并指出"昨天他在谈论他的训练,但他从来没有谈到过战争,我觉得让他谈谈对他是有好处的"(Tim O'Brien. *Northern Lights*, 133)。只不过,格蕾丝的提议并没有引起任何人的关注。

格蕾丝陪着保罗度过了平淡琐碎的日子,在阵亡将士纪念日的第二天早上,她还帮助保罗完成了对老佩里灵魂的安葬。此时在保罗的眼中,"她全神贯注地工作,平静而安静地在他父亲的墓碑处挖掉杂草。她跪在雨中,双手陷入泥水中,脸上的表情清醒而完美"(Tim O'Brien. *Northern Lights*, 320)。埋葬了老佩里的灵魂之后,保罗与父亲之间的关系已经不再是他与格蕾丝建立亲密关系的绊脚石了,保罗逐渐开始享受两个人在一起的生活。"他帮她做园艺和买东西。快到月底的时候,他们开车到两港去参加县里的集市,他跟着她走过妇女用品的亭子,棉被,盛满蜜饯和炖西红柿的玻璃瓶,针线盒,围裙和苹果派。她走进一个帐篷去算命,佩里在外面等着。"(Tim O'Brien.
Northern Lights, 339)可以说,正是格蕾丝将保罗从过去的创
伤中解脱出来,在普利尼池塘的顿觉之后,他终于在与格蕾丝的
肌肤之亲中获得了"血液和母亲般的温暖"。叙事中,保罗与格
蕾丝的关系从冷漠到爱,标志着他在自我发现、勇气、承诺和爱
的旅程中所取得的进步。

在小说的结尾,卖掉父亲的房子,打算与格蕾丝去爱荷华州
生活的保罗与父亲建立了单独的和平,这意味着保罗能够接受
过去也超越了过去。结尾之处,保罗再次在森林散步之时,格蕾
丝成为她的向导,从这件事中我们可以窥见出保罗的改变。可
以说,格蕾丝为他提供了一个完全不同于哈维和老人的那种原
始的男性视角。"她向他展示了森林的底层,那些平静而安全的
地方。她注意到森林的大部分地方既不是松树也不是桦树,而
是杂草、苔藓和缠绕的无花果树等简单的东西。"(Tim O'Br-
ien. ***Northern Lights,*** 335)一种独特的女性化的视角让保罗开
始欣赏格蕾丝,而后的保罗就开始专注于发展自我认同和亲密
关系。

奥布莱恩曾经说道:"这本书围绕人格的起源,一个人的道
德观的起源展开的。我希望读者会问:为什么保罗·佩里在很
多方面都如此的懦弱胆怯,是个宅男;而他的弟弟却是个外向的
大男子主义者,一个英雄。是什么让他们如此不同?"(Patrick
A. Smith. ***Conversation with Tim O'Brien,*** 13)奥布莱恩认为,
虽然小说中没有给出确切的答案,但他提供了原始的材料并将
其融入进小说戏剧性的语境之中,读者就可以根据一些组合而
对他们的经验进行诠释。在叙事中,我们不难发现哈维经历了

越南,而保罗经历了荒野,除此之外,两人共通拥有的创伤之源就是明尼苏达州的锯木厂小镇传统的文化和价值观。主教马克汉姆,老市长贾德·哈默与赫伯·沃尔夫,代表了当地文化的特点。那些强壮稳重的人宁愿死在他们家族世世代代生活的土地上,也不愿考虑搬离。这里的居民是中西部的中坚分子,他们顽强地坚守着传承给他们的历史,尽管年轻人向明尼阿波利斯和德卢斯等城市的移民正在慢慢地侵蚀着这里的传统社会。

当保罗在小说开始提出搬家的想法时,贾德·哈默斥责他在"卖东西",老人吼道"当所有人都卖掉房子的时候会发生什么? 告诉我,你以为你是游客吗? 你认为呢? 你觉得你就不能坚持下去吗?"(Tim O'Brien. *Northern Lights*,121)佩里兄弟面临的不安,与任何在熟悉的环境中生活太久的年轻人一样,保罗看到他周围"一种忧郁,在元素中播下种子,但他不知道它是从哪里开始的"(Tim O'Brien. *Northern Lights*,65)。小镇里的无知和自满是压倒性的,如同奥布莱恩是否应该参加越南战争一样,是否逃离中西部小镇的生活也是佩里兄弟所面临的道德困境。

尽管佩里兄弟有不同的选择,尽管最后的结局不得而知,但在作者奥布莱恩看来文学的叙事不是去定义,而是一种测试可能性和假设的方式,所以我们需要在更复杂的环境中去思考这种选择的重要性。《北极光》之后,奥布莱恩放弃了传统的现实主义,转而寻找更适合他生存探索的叙事结构和文学模式,在这之后他重新回到了越南。

参考文献:

1. Patrick A. Smith. *Tim O'Brien: A Critical Companion.* Westport: Greenwood Press (2005).

2. Patrick A. Smith. *Conversation with Tim O'Brien.* Jackson: University Press of Mississippi (2012).

3. Mark A. Heberle. *A Trauma Artist—Tim O'Brien and The Fiction of Vietnam.* Iowa City: University of Iowa Press (2001).

4. Tobey C. Herzog. *Tim O'Brien*. New York: Twayne Publishers (1997).

5. Tim O'Brien. *Northern Lights*. New York. Broadway Books. (1999).

6. [美]朱迪斯·赫尔曼:《创伤与复原》,施宏达、陈文琪译,北京:机械工业出版社,2017年版。

第六章　面向创伤的积极想象——《追寻卡西亚托》

关于《追寻卡西亚托》的创作

1978 年，奥布莱恩第二部关于越南战争题材的小说——被评论界称为堪与约瑟夫·海勒的《第二十二条军规》比肩而立的战争巨著——《追寻卡西亚托》问世，并于次年击败了备受青睐的约翰·欧文的《盖普笔下的世界》和约翰·契弗的《故事》获得了美国国家图书奖。奥布莱恩可能对《追寻卡西亚托》几乎获得评论界的一致好评毫无准备，但这部小说确实引起了大众和评论界对奥布莱恩及其作品的关注。

这部被盖尔·考德威尔称为"以一种普通的战争叙事无法企及的方式记录了美国人在越南的经历"（Patrick A. Smith. *Conversation with Tim O'Brien*, 52）的神奇小说记述的是越南战争期间，美军士兵保罗·柏林在南中国海环绕的巴丹干半岛的瞭望塔哨上从深夜到黎明单独执勤六个小时中的沉思、回忆与幻想。文本一经问世，其叙事中关于"虚构与现实之间具有渗透性这种曲高和寡的信念"（萨克文·博科维奇主编：《剑桥美国文学史》,542)便引起了评论界的广泛关注。托比·赫佐格的《越南战争故事——天真的失落》、托马斯·梅尔的《排头兵——关于越南战争的美国叙事》等关于越南战争文学的评论性专著中都对《追寻卡西亚托》中呈现的记忆与想象的并置进行了专门的评述。毋庸置疑,就小说的结构而言,特别是战争场面的混乱和碎片化及保罗·柏林等人追捕难以捉摸的卡西亚托的长途跋涉,适合于对记忆和想象的本质进行探索。就像《如果我在战区死去》中的士兵蒂姆·奥布莱恩一样,保罗·柏林对战争的真实叙述和虚构反映编织成一部小说,试图回到奥布莱恩所有作品中出现的问题,并提供了一种可能性的前瞻。

奥布莱恩没有强调人物和情节,而是通过语言、时间与读者预期不同的观点来调节故事,不仅把读者的注意力吸引到故事上来,也关注到记忆和想象是如何相互渗透、相互联系的。在奥布莱恩看来,"记忆和想象作为生存的手段适用于我们所有人,无论我们是否处于战争状态"(Patrick A. Smith. *Conversation with Tim O'Brien*, 32)。在叙事中,它们的并置作为叙事的策略支撑起了文本结构的内在和谐的张力,从而形成对战争荒诞本质的理解。然而,当奥布莱恩将读者的注意力吸引到由保罗·柏林所幻想的历时 6 个月、行程 8600 英里,追寻叛逃者卡西亚托到巴黎的奇幻冒险旅程中来时,想象便演进成对创伤散落碎片的一种替代性叙述,并充满了救赎的潜能,研究者马尔科姆·考利将其称为"治疗性幻想"。

按照奥布莱恩的说法,如果没有《如果我在战区死去》在之前铺平道路,就不会有后来的《追寻卡西亚托》的成功,在接受施罗德采访之时,奥布莱恩说道:"我很高兴我把它(《追寻卡西亚托》)从我的体系中摆脱了,否则我就会写一本我们刚才提到过的像小说一样的自传了。"(Patrick A. Smith. *Conversation with Tim O'Brien*, 37)奥布莱恩进而强调:"当我写《追寻卡西亚托》的时候,我真正关心的并不是越南,而是让读者关心什么是对什么是错,关心做正确事情的困难,关心对战争说不的困难,因为所有这些压力都会迫使你去打仗。"(Patrick A. Smith. *Conversation with Tim O'Brien*, 34)在回忆录《如果我在战区死去》中,士兵奥布莱恩两次意图逃离军队却最终选择了放弃,在《追寻卡西亚托》中,奥布莱恩延续了对这个问题的思考,他借卡西亚托的逃跑去思考逃离战争的可能性,并分析逃离的过程及其后果。

叙事之初,奥布莱恩引用了一战诗人齐格弗里德·沙逊的名言"士兵即梦想家"开始了故事的讲述。小说共有46章节,其中10章的标题为观察哨。这是位于越南广义省临近南中国海的一个瞭望塔哨,一个在战略上毫无意义可言的观察哨。附近没有村庄,没有具有军事意义的道路或桥梁,没有敌人,甚至连猫狗出没的痕迹都没有。夜里,静谧的观察哨甚至让作为士兵的柏林有了远离战争之感,所以在这里执勤的六个小时就可以为柏林寻求秩序、克服恐惧提供无限的可能性。

在小说中,观察哨的章节以叙述的现在时态出现,穿插交织在另外两条线索中,在潜移默化中成为柏林思维进程中的一个重要契合点。在这个点上,观察哨不仅成为一个检验勇气意义的地方,一个检验卡西亚托逃亡巴黎的可能性的地方,更是一个探索幻想与现实之间根本区别的地方。不仅如此,在这个点上,一方面作为叙述者的柏林可以清晰地整理出事件发展的逻辑关系:卡西亚托究竟怎么了,为什么要逃离战争? 卡西亚托去了哪里,他的动机是什么? 卡西亚托还能够带领我们走多远? 另一方面作为全知全能叙述者的奥布莱恩也可以凭借中立者的态势帮助读者整合思路:哪些是作为士兵的柏林真正经历的事情? 哪些是柏林的幻想? 如何将真正发生的事实和幻想加以区分? 从这个意义上来说,观察哨一方面检验着柏林六个月越南经历的价值和意义,另一方面为柏林的幻想——卡西亚托的逃亡提供了新的可能性。观察哨就此牢牢掌握着叙事的控制权,所以它的每一次出现既避免了柏林的叙述滑向意识流的危险,又一步步推动着柏林的幻想向更深的层次发展。

观察哨维系着现实与虚构在《追寻卡西亚托》中若即若离的关系,冷静的思考为现实与虚构提供了悖谬的场域。叙述者柏林通过观察哨这样一条线索不仅可以自如地控制文本的内在结构和秩序,更寄希望于在叙事线索的零散与混乱之中探寻潜在的精神依据。在单独执勤的六个小时中,柏林以天数、小时、分乃至秒来计算留在越南的日子,规划接下来六个月的生活,他仔细衡量医务兵帕雷特和父亲的建议,积极地为自己寻求在越南坚持下去的理由和希望,这些都是他为谋求自我存在的秩序和意义所做出的努力尝试。从这个意义上来说,观察哨这十章可以说是整个叙事的支撑点,在这个点上真正发生的事情向可能发生的事情延伸。

小说中柏林对自身经历的回忆共有 16 章。主要以对越南战场的回忆为主,间或涉及战前的生活。在接下来的回忆中,一些残暴的、腐朽的意象接连出现。在这些意象的堆砌中,越南成为一切腐朽的暗喻。奥布莱恩利用战场上这些具有创伤性的死亡场景传递给身处越南之外的读者对于死亡、无意义和失控现象的最基本情感。在越南生活的六个月中,士兵们在混乱和惶惑中忍受着无聊和恐惧的折磨,混乱而惶惑的战斗生活甚至让人失去了最基本的知觉。作为士兵,他们感觉不到战役胜利的满足感,体会不到牺牲的真正意义。在战争的疯狂游历中,保罗·柏林确实被战场上的伤痕累累震慑住了。这个"正直、诚实、体面的小伙子"从困惑开始走向反抗,从孤立的自我开始走向精神逃亡。在这种极限生活状态中,战争的暴力在《追寻卡西亚托》中以最荒诞的形式上演,最终取代了日常生活的单调和乏味。

小说的其余 20 章是对卡西亚托长达 8600 英里、横跨亚欧大陆的追逐。这场追逐越过越南边界,穿过老挝、缅甸、印度、阿富汗、伊朗、土耳其、希腊、南斯拉夫、奥地利、德国等国家和地区,到达正在举行和平会议的巴黎。在老挝,他们与一位逃难的越南姑娘萨金昂万相遇,柏林与她双双坠入爱河,并一直相伴左右。虽有卡西亚托"当心路上有洞"的警告,三班的士兵还是掉进洞穴之内,遇到了柏林来到越南后第一个活着的敌人——越南少校黎旺学。在缅甸曼德勒,他们目睹卡西亚托身披袈裟参加僧侣们的祈愿法会。在开往印度的火车上,他们粗暴地搜查乘客,遭到人们的谴责。在印度新德里,科森中尉与旅店老板娘坠入情网,差点放弃了追寻卡西亚托的使命。在伊朗德黑兰,他们目睹了擅离职守的士兵被斩首,又因为没有护照、非法携带武器穿越主权国家而被捕入狱。在南斯拉夫,他们与参与反战运动的女大学生相遇,得知国内如火如荼的反战运动后颇受震撼。经过艰苦跋涉后,到达正在举行和平会议的巴黎。卡西亚托那几乎罕见地带领全班盲目地穿越亚洲和欧洲跋涉的成功,是柏林在战场上应付自身精神危机的尝试。当战争的现实变得模糊,卡西亚托的逃亡却显示出神话般的光泽。

从越南战争走向创伤的记忆

叙事之初,奥布莱恩就将读者置于创伤性的情境之中。"这段时间真是糟糕透了。比利·博伊·沃特金斯死了,弗伦奇·塔克也死了。比利·博伊是死于恐惧,在战场上被吓死的,弗伦奇·塔克被射中了鼻子。伯尼·林恩和中尉西德尼·马丁死在了地道里。佩德森死了,如迪·查斯勒也死了。巴夫死了。瑞迪·米克斯死了。他们被列在了死亡名单之上。"(Tim O'Brien. *Going After Cacciato*, 1)这份失序的死亡名单是文本叙事中保罗·柏林追忆过去的线索,在叙事中它直接影响了所有十六个事实章节的叙述,并具体塑造了其中七个章节的内容。同时,它逐渐开启了柏林悬置六个月之久的创伤记忆,也阐明了创伤的经验之源。

柏林的创伤记忆首先来自对死亡的恐惧。对于二十二岁的保罗·柏林来说,战争就是一次疯狂的历练。从进入战场的第一天起,他就被满目疮痍、弹痕累累的山野震慑住了。在此后六个月的时间里,柏林对于死亡的恐惧一方面缘于中尉西德尼·马丁所执行的标准化作战程序——先搜查地道,然后炸毁它。因其固执的执行不仅直接导致了弗瑞奇·塔克和伯尼·林恩的死亡,而且也极大地增加了其他人死亡的风险系数。对于死亡的恐惧另一方面则来自在战场上的混乱和惶惑中所忍受的近乎疯狂的烦闷与惊恐,奥布莱恩如此描述这种具有侵蚀性的怀疑感:"对一般的军人而言……战争给他们的感觉(精神上的质感)有如鬼魅一般的浓雾,厚重且永不消散,让你什么都分不清。每样东西都像在漩涡中打转。既有的规则都不再有用,既有的事实也不再真实。对与错已合流混杂,再也分不清。秩序掺杂着混乱、爱掺杂着恨、丑陋掺杂着美丽、法制掺杂着暴乱、文明掺杂着野蛮。一团迷雾将你吸入,你不知道身在何处,也不知为何在此,唯一确定的,就是找不到任何确定的事。"(Tim O'Brien, *Going After Cacciato*, 67)作为士兵,他们深陷于一场无法提供任何历史理解和道德理由的战争,他们的情感和观念在战场的纠结中痉挛,在战争的扭曲中呈现悲壮。与此同时,战争的残酷与荒诞也在无时无刻增加着死亡的可能性,进而激起了柏林和其他士兵的无助与恐惧之感。创伤理论家朱迪思·赫尔曼认为这种无助与恐惧之感是由于"创伤撕裂了精密复杂、原本应统合运作的自我保护系统"(朱迪思·赫尔曼:《创伤与复原》,31)所导致的强烈的情绪反应,这种反应会令受创者时刻因为危险的存在而在身体上和心理上保持警戒。因而在死亡恐惧的侵袭之下,保罗·柏林在战场上最基本的情感就是对生命的担忧,战争的阴暗面没有让他着迷,战争的恐怖也没有让他着迷——法国佬塔克和伯尼·林恩在地道中被杀,比利·沃特金斯的脚被诡雷炸飞时却把柏林吓得要死,他就像机器一样游走在三班的后方,没有停下脚步,也没有停下脚步的能力,他为自己立下的唯一目标就是活下去并且从越南全身而退。

柏林的创伤记忆还来自道德的厌恶。选择参加越南战争是奥布莱恩小说文本中最为普遍的创伤来源。无论是《如果我在战区死去》中的奥布莱恩、《士兵的重负》中的士兵奥布莱恩，还是《追寻卡西亚托》中的保罗·柏林选择参加战争，并不是源于对战争的认可与向往，而是担心受到责难与非议。事实上，从参战的第一天起，柏林就对战争产生了深深的厌恶之情。面对着满目焦土和由爆炸形成的灌满雨水的弹坑，柏林就开始了对这场战争的反思，特别是这种战争的暴行已经无法再用所谓高尚的价值与意义加以合理化的时候，他更加无法释然。"如果他懂得这里的语言，如果有时间与这里的村民交谈，柏林想告诉他们，他不是暴君，不是猪猡，不是美国杀手。……他想告诉他们，他不想伤害任何人，甚至是敌人……他想告诉他们，他厌恶看到村庄被烧毁、稻田被践踏、肆无忌惮地对女人搜身……"（Tim O'Brien. *Going After Cacciato*，125）他甚至想在战争结束之后，带着翻译回到广义省，向这里的人们忏悔战争的罪行。而后，随着叙事中断断续续出现的严酷与暴力的意象，保罗·柏林关于罪恶、愧疚与空虚等种种强烈的情绪也逐渐浮现出来。

不仅如此，使命的模糊性也增加了道德的困惑与厌恶。作为参战的士兵，"他们不了解这里的语言，不了解这些人，他们不知道这些人的爱憎好恶……不了解他们的语言，他们就不知道该信任谁，分不清笑容背后的善恶，……也分不清是敌是友。他们不知道这是否是一场深得民心的战争。他们不了解这里的宗教、哲学和关于正义的理论。他们的情感、信仰、态度、动机、目的和希望，所有这一切阿尔法连的人都无从知晓"（Tim O'Brien. *Going After Cacciato*，263）。不管是小说的作者奥布莱恩还是想象的始作俑者柏林都无法从军事、政治、道德或哲学的角度对这场非正义的战争给予明确的解读，他们在杀戮和死亡的背后找不到任何意义和价值，这让作为士兵的保罗·柏林的不确定感和无助感进一步增加，迫使他不得不重新审视自我崩溃的根源。

柏林的创伤记忆还有一部分来自暴力的滥用。当记忆负载着痛苦情感的时候，它们常常被压抑，被回避，然而这种压抑与愤懑渐渐就会转化成莫名的憎恨。柏林一加入阿尔法连就在马丁中尉的率领下执行包围、搜查和焚烧村庄的命令。他们会用枪威胁村民进行搜身，他们会弄脏水井，会焚烧稻田。百无聊赖之际，他们还会用火焰搜查技术将整个村庄付之一炬。因为阿尔法连最受尊敬的一员吉姆·佩特森死在了惠安村附近，他们就放火烧掉了整个村子，只为获得一种莫名的快感。美莱大屠杀过后的场面更是让亲历者柏林心有余悸。"弹坑摞满了死尸，尸首枕藉，大多数都是烧死的，有的还保持着射击的姿势，他们整个夜晚就是与这些尸体一起度过的……随后，清早就开始下雨，弹坑灌满雨水，烧焦的尸体一具具浮出水面。"（Tim O'Brien. *Going After Cacciato*，239）医务兵帕雷特因而将这里称为"世界上最伟大的湖国"。不管是目睹还是亲身参与滥用暴力的残暴行径，长期处在暴力与死亡的压力之下，足以导致"记忆、知识和情绪之间的正常联结遭到阻隔"，即让内所言的"解离性改变"（朱迪思·赫尔曼：《创伤与复原》，31）。这种解离性改变就是我们在叙事的字里行间中所见到的柏林在无法解决的负罪感和无感无觉的麻木状态之间的情绪摆荡，在慌张冲动的行为与被限制和压抑的无能之间的困惑，也是柏林关于越南的创伤记忆的重要来源。

在死亡恐惧、道德困惑与暴力滥用所建构的创伤性场域中进行叙事,奥布莱恩首先关注的是最基本的自我感的丧失,即保罗·柏林对自我身体控制的丧失和对维系与他人关系的无能为力。创伤理论认为,个体身体的完整性这一基本层面会因其直面暴力与死亡而违背个体的独立自主性,对身体控制能力的丧失也会随之而来。叙事中的柏林也面临着这样的不堪。在新兵训练营,悠闲的如厕方式在战场的壕沟里竟然变成了大小便的失禁,以及在得知比利·博伊是被吓死时柏林狂笑不止,特别是想到比利在死的一刹那间的惊奇,想到比利的父亲在拆开死亡电报那一刻的表情时,更是笑到抽搐。保罗·柏林自认是个正直体面的人,但也不得不承认战场上的一切确实把他吓坏了。朱迪思·赫尔曼认为创伤会造成受创主体的"声音、知识、知觉、理解力、感受能力和说话能力的失去"(朱迪思·赫尔曼:《创伤与复原》,49),而控制力的丧失被认为是创伤中最耻辱的事情,随之而来的便是受创主体现实感的不断扭曲。

创伤事件的影响不止在自我的心理层面上,也在联结个人与群体的依附与意义的系统上。保罗·柏林从踏入越南土地的那一刻起就显得与战场上的一切格格不入,"他远离他的伙伴,他不理会他们的玩笑和闲聊,他没和任何人交朋友,甚至连他们的名字都不知道"(Tim O'Brien. *Going After Cacciato,* 41)。这种情感上的疏离在小说的第二十四章中,随着柏林给远在依阿华州的父母打电话时一直无人接听的提示音而达到顶点。被困在电话隔音间里,门外是别人欢腾的笑声,耳边是电话的忙音,此时此刻的柏林俨然与世隔绝了。失去了与外界情感上的联结也预示着柏林必然失去与死亡恐惧和道德厌恶相对抗的支撑。

从创伤记忆走向积极想象

紧随其后,奥布莱恩密切注视着创伤所带来的叙事上的困境。在观察哨,柏林注意到他很难将自己的经历完整地呈现出来,因为它们缺乏秩序、发展和统一的情节。"秩序是困难的部分。即使把事实串在链子上,也没有真正的秩序。这些事实是偶然的、独立的和随机的,即使它们发生了,也是断断续续的,没有平稳的过渡,没有从之前的事件中展开的感觉。"(Tim O'Brien. ***Going After Cacciato,*** 185)不仅如此,奥布莱恩还会将越南战争的混乱与保罗·柏林的父亲在爱荷华州整齐有序、几何结构合理的房子进行对比。在创伤性的场域中,传统的叙事框架和认识论会受到不同程度的挑战。创伤理论家凯茜·卡鲁斯将受到威胁的叙事结构"明确勾勒为历史或时间的中断"(安妮·怀特海德:《创伤小说》,13),故而铭刻在柏林记忆中的常常就是那些稀奇古怪、破碎不堪的事情。从标准化的作战程序到令人捉摸不透的卡西亚托,从美莱大屠杀到西德尼·马丁的死,从死亡名单到射杀水牛事件,支离破碎,相互混杂。面对着碎裂的叙述,如何寻求片段之间的联系是奥布莱恩亟待要解决的问题。所以当保罗·柏林在毫无战略意义的南中国海的瞭望塔上面对着死一般沉寂的夜晚思考自己的创伤经验之时,他便有意识地按照医务兵帕雷特的建议,集中注意力,开始探索自己的想象之旅,尝试以不同的方式自发地进入想象。在这样的情境之下,积极想象应运而生。

那么,何为积极想象呢? 1935年,荣格在塔维斯托克的演讲中对积极想象的技术作了详细的公开介绍,并借用自己童年的经历来阐述积极想象的发生,将其称为"一种睁着眼睛做梦的过程",也是"通过一定的自我表达形式吸收来自梦境、幻想等无意识内容的方法"(荣格:《分析心理学的理论与实践》,184)。随着荣格对这一技术的理解与完善,积极想象已经不仅是一个特定的冥想过程或者表达性的技术,从创伤经验的意义层面而言,积极想象更是不可或缺的接触或对待创伤的象征性态度,是奥布莱恩叙事文本中创伤疗愈的核心。

积极想象开始于第一章即将结束时的事实,十月下旬当追捕擅离职守逃亡到巴黎去的士兵卡西亚托时,第三班的士兵将他逼上一个长满野草的小山。此时,士兵保罗·柏林发出了"出发"的命令便开始了这段对于卡西亚托的追击。从一开始就被柏林认定是个不错的想法,"卡西亚托带领他们一路向西,穿过和平的国家 …… 到达巴黎。非常了不起的想法"(Tim O'Brien. *Going After Cacciato*, 28)。为此,我们需要对这段积极想象有清晰明确的认识。首先,柏林的想象之旅是一次有别于梦境的对创伤的重返。梦境作为"自我调节性精神系统的自然反应"(荣格:《分析心理学的理论与实践》,120),它需要以睡眠为前提条件,意识的活动在其中完全终止或极其微弱。在叙事中我们发现,柏林关于追寻卡西亚托的想象既谈不上神秘莫测,也谈不上疯狂痴癫。它是柏林在清醒的状态下生发而成的一个可以构思、可以演进,甚至可以修补的想法,也是在医务兵帕雷特和父亲的建议下集中注意力对一系列有关追寻卡西亚托问题思考的延伸。奥布莱恩在接受纳帕尔斯塔克的采访时将其称为"不是只在做梦,也不仅仅是控制它,而是一种恍惚的、半清醒的、半警觉的想象"（Patrick A. Smith. ***Conversation with Tim O'Brien***, 51)。荣格在《分析心理学》中曾经特别指出过积极想象的这一特征："积极想象是积极而且目的明确的创造性活动，要求意识自我的全神投入，要求个体保持警觉和关注。"（荣格：《分析心理学的理论与实践》，190）在文本中，观察哨的章节以叙述的现在时态出现，穿插交织在另外两条线索中，在潜移默化中成为柏林思维进程中的一个重要契合点。在这个点上，一方面作为叙述者的柏林可以清晰整理出事件发展的逻辑关系：卡西亚托究竟怎么了，为什么要逃离战争？卡西亚托还能够带领我们走多远？另一方面作为全知全能叙述者的奥布莱恩也可以凭借中立者的态势帮助读者整合思路：哪些是作为士兵的柏林真正经历的事情？哪些是柏林的幻想？如何将真正发生的事实和幻想加以区分？这一契合点也成为意识参与积极想象的有力见证。也就是说，积极想象允许保罗·柏林创造一个虚构的故事，这个故事可以成为他探索勇气、恐惧和自我认知的方式，所有这些问题都是柏林在真实的越南经历中突出关注的问题。

特别是当想象的进程并非一帆风顺之时，意识的有效介入显得更为重要。荣格也认为，当无意识中的情感和意象已经呈现于意识领域，意识的自我便要对之进行积极的运作，不仅需要发挥意识的洞察力，而且还需要进行大量的评价和整合工作。一方面，绝望、愧疚、伤痛等种种强烈的情绪会经常导致柏林无意识地进行逃避，抗拒所呈现的一切。有时候，柏林的记忆也会停留在一些琐碎而伤感的事情上，但医务兵帕雷特和父亲的建议则不断地调节着柏林的思绪，令他专注于去巴黎的艰难跋涉。在追寻的进程行将结束之时，一路相伴左右的越南难民萨金昂万与柏林曾短暂地回归平民的生活,沉浸在二人的世界之中。面对着萨金昂万提出的要与柏林单独留在巴黎的建议,柏林直言道:"即使在想象中,我们也必须遵守最初的逻辑。即使在想象中,我们也必须忠于自己的义务。即使在想象中,责任也不能被超越。想象,像现实一样,也有它的界限。"(Tim O'Brien. *Going After Cacciato*, 323)这仍然是一场战争,而保罗·柏林还是一名士兵。可见,清醒的意识在此时此刻保证了柏林的创伤记忆并没有被困在想象里作无谓的循环,也就是说来自无意识的内容能够接受意识的有效关注与介入,以此最大限度地保证叙事的平衡。

另一方面,想象的进程也会因为其他原因而偏离轨迹,在印度新德里,科森中尉与旅店老板娘坠入情网,差点放弃了追寻卡西亚托的使命。在伊朗德黑兰,他们目睹了擅离职守的年轻士兵被斩首,又因为没有护照,非法携带武器穿越主权国家而被捕入狱。这些困顿的局面都会因为伯尼·林恩等人的死亡重演而一一化解,而重演的吊诡之处就在于它的有意识进行。积极想象发生在清醒之时,是清醒的意识与想象之间的交互作用,所以当想象出现阻滞之时,观察哨的章节就会在捕捉想象进程的同时不断进行着调节,提供合适的方式平衡着想象的进程。

意识的积极参与与贯穿始终也令保罗·柏林的想象迥异于白日梦般的幻想。幻想虽然也是虚构的产物,但它通常停留在个体经验和意识预期的表浅层面,如幽灵一般飘忽不定,稍纵即逝。在反思想象的本质时,荣格谈到了想象无法估量的价值,也谈到了对幻想所持的主动和被动的态度之间的区别,他认为,当我们带着一种期望的态度把注意力转向无意识时,可能就会引发主动的幻想,反之,缺乏了意识的主动参与,就有与情绪、与梦和幻想认同的危险。在想象的叙事进程中,卡西亚托的命运是保罗·柏林创伤的核心,它将柏林从无意识中涌现的诸如焦虑和恐惧等压抑性的情感冲动有意识地引向了对一系列具体问题的思考,从卡西亚托为什么逃离战争到设想沿路会出现的涉及钱与护照的问题。即使想象的进程偶遇波折,在其间扮演分析师角色的医务兵帕雷特也会及时出现,提醒柏林"集中注意力"并"专注于过程本身"。由是观之,在深层的想象之境旅行,意识的主动参与不仅让被压抑的创伤经验依照其自身的状态自行呈现,也让作为叙事的想象突破了自身的桎梏进入创伤疗愈的层面。奥布莱恩在小说中暗示,只有这样做"我们才能从一连串荒诞的、难以理喻的事件的变迁和分裂中拯救我们自己"(Don Ringnalda. *Fighting and Writing: the Vietnam War*, 106)。

从积极想象走向叙事的疗愈

那么,经过作为创伤疗愈的积极想象之后保罗·柏林会发生怎样的改变呢?荣格在《回忆·梦·思考》中这样描述积极想象对他的心理治疗:"我常常心烦意乱,一旦我得以把各种情感变成意象,也就是说,发现了掩藏在这些情感中的意象后,我内心便会心平气和下来。要是让这些意象潜藏在情感中而不被发现,我便有可能被它们撕个粉碎。从我的试验里知道,从治疗观点来看,找到潜藏在情感后面的特定意象,这些情感的全部能量接着便转变成对这意象的兴趣与好奇,让各种意象和内心声音重新开始说话,继续对无意识探讨,知道心中发生着的事情的意义,这是极为有益的。几十年来,每当我情感不安或某种东西模模糊糊地积聚在无意识中时,我便总是转向意象。这一意象一出现,不安和压迫感便会随之消失。因为我实在得像对待梦那样尽最大努力去理解它们。"(荣格:《回忆·梦·思考》,294)在越南的六个月里,顷刻之间吞噬生命的地道、尸首枕藉的弹坑、深邃恐惧的丛林都令保罗·柏林惊恐万分,无所适从。历经了8600英里的艰难跋涉,积极想象渐渐取代了柏林在战场上的焦虑和恐惧。在积极想象中,保罗·柏林实现了逃离战争、控制恐惧、考虑各种可能性、创造一个有序的世界的意图,而且他还将这些战争的经历转化为有逻辑、有秩序、可以被理解的事件。研究者马尔科姆·考利认为,柏林的想象具有情感宣泄的作用,他指出"能够重新提及而不是去压抑这些恐怖的场景,对柏林来说,这就是行动的勇气"(Mark A. Heberle. *A Trauma Artist*, 134)。积极想象虽然不完全是对真实经历的否定,但它让柏林完全沉浸在一个秩序的世界里,阻止了与战争恐怖的直接接触。在由创伤记忆向叙述记忆的转变过程中,也包含了荣格所言的转换意识的特殊过程,即"无意识内容显现,成形并整合入意识领域,意识领域因此而丰富扩大"(荣格:《荣格文集:积极想象》,11)。因此,在想象的进程中,我们不仅可以通过各种可能性的唤起诱导出安静平和的心绪,也可以获得内心的自由,用于做本真的自己。当记忆中的焦虑与恐惧让位于对一系列问题的思考,柏林也开始专注于追逐本身,心绪逐渐变得平和。

在追逐的情境中,柏林邂逅了越南难民萨金昂万,她是保罗·柏林阉割性的自我形象,也代表了另外一种可能性。萨金昂万类似于《北极光》中保罗·佩里的妻子格蕾丝的形象,她能直观地理解柏林的恐惧和优柔寡断，并成为柏林强有力的精神向导，引导他走向秩序、和平和幸福的生活。萨金昂万不仅有着柏林所不具备的坚毅与乐观，而且还能够帮助柏林克服战场上的种种恐惧。在追逐卡西亚托的过程中，当柏林等人掉入地道之时，正是萨金昂万给予他们的提示"入口即出口"帮助他们成功逃脱。不仅如此，萨金昂万的出现也将保罗·柏林拖入更深层的想象之中。当萨金昂万同意加入他们的追逐之时，柏林更执着于自己的想象。"不得不认真地去考虑这个想法：它意味着各种新的可能性。"（Tim O'Brien. *Going After Cacciato,* 59）在到达巴黎之后，萨金昂万希望能够和柏林留在巴黎，建立单独的和平。"我敦促你行动，既然做了一个了不起的梦，我敦促你大胆地走进它，加入你的梦想并实现它。不要被虚假的义务所欺骗……不要让恐惧阻止你。不要被嘲笑、指责或尴尬吓倒。"（Tim O'Brien. *Going After Cacciato,* 284）他们甚至租了一栋公寓，一度将卡西亚托抛诸脑后，在巴黎过起了平民的生活。可以毫不夸张地说，积极想象中萨金昂万的相伴在一定程度实现了柏林的想法，即"以意志力战胜恐惧"。荣格将积极想象所获得情绪上的转变称为意识的升华与人格的扩展，并将其看作提升与丰富心理发展的最高境界。

　　经过积极想象，战场上混乱的事物也逐渐获得了秩序。在战场上，每当心绪混乱之时，柏林都会以不同的方式寻求自我控制，数数就是柏林寻求秩序的一种象征，以表面的细节关注来避免直面内心的恐惧。"数数是一种技巧。数在越南剩余的天数，把天分解成小时，再去数剩余的小时数，再把小时分解成分钟，再逐一地计算余下的分钟数，然后，再把分钟分解成秒。"（Tim

O'Brien. *Going After Cacciato*，48）如此这般，循环反复，柏林希望可以凭借这样的方式来获取对情绪和身体的控制。奥布莱恩还用精心设计的篮球游戏来描述士兵对于秩序与控制的追求。游戏提供了规则、秩序感和目标，而这些都是这场不道德的战争无法赋予的。同样，对未来的规划也可以看作一种寻求秩序的方式。面对着六个月来创伤记忆的持续性侵扰，柏林寄希望于以规划未来的方式来与之对抗。他幻想着"平和与宁静"，幻想着"仅仅过一种正常的生活，一直到老"，幻想着"回到家乡在一个平常的小镇里买一所普通的房子过平淡无奇的生活……也许会跟父亲一起做生意，也许会回到学校读书，也许会遇见一个漂亮的姑娘，然后结婚生子。多年以后，他会回想起这些，给他们讲讲关于战争的故事"（Tim O'Brien. *Going After Cacciato*，125）。无论是数数的方式抑或是对未来的规划都是柏林重建已经破碎认知的努力，这种秩序能够为柏林提供有意义的目的感，以此来对抗创伤记忆的持续性侵扰。

在追捕行动接近尾声的时候，保罗·柏林在一卷纸上写下了死亡者的名单——弗兰奇、彼得逊、鲁迪·查斯勒、比利·博伊·沃特金斯、伯尼·林恩、瑞德·麦克斯、西德尼·马丁、柏夫。在想象的过程中，叙事之初的死亡名单渐渐演变成了一个个可以讲述出来的关于死亡的故事，并且获得了秩序。在缅甸的曼德勒和巴黎，战场上冻结的影像碎片和僵化的感官片段被秩序井然的城市生活取代。"（巴黎）街道干净整洁，公园里花团锦簇，教堂的钟敲出和谐的声音。……在暖和的日子里，人们在户外的咖啡馆抿着咖啡。老妇人和鸽子在公园的长椅上晒着太阳……这一切很难让人想起卡西亚托……婴儿在推车里熟睡，大人在旁边闲聊，学生们在树下读书，一切都井然有序。"(Tim O'Brien. *Going After Cacciato*，296)奥布莱恩就这样在点滴的市井生活中引领着读者去窥见隐藏的秩序，生活可能会呈现给我们杂乱的序列，作为人类，我们要试图解读它们并解码它们。由此可见，巴黎不只是一座城市，更是一种思想的状态。井然有序的城市生活指向的是寻求秩序的努力，通过确定这样一种稳定的生活秩序，记忆中明显的混乱潜在地得到了补偿，奥布莱恩以此为基点探究了超越创伤环境的可能性。

积极想象不仅是保罗·柏林最成功的精神逃亡，它也意味着保罗·柏林和作者奥布莱恩进入自我反思的境界。对于保罗·柏林而言，积极想象绝不是简单的对战争经验的叙事转换，从创伤理论的层面而言，它是保罗·柏林所努力寻求的被压抑的创伤记忆的自我表达方式，并以想象的方式将其铺陈出来，让柏林一方面去重新审视崩溃的根源，另一方面在所幻想的情境中尝试着去理解创伤的境况并试图超越它。恰如在叙事之初，柏林赋予想象的使命——"我们只是坐在那里，注视着黑暗袭来，其他的就交由想象来处理"（Tim O'Brien. *Going After Cacc-iato*，39）。对柏林而言，过去不可能被修复，死者也不可能复活，唯有通过充满激情的想象的投入，才能将创伤记忆的碎片拼凑成整体并在其间寻求存在的意义。这既是荣格所言的自性化的旅程，也是柏林自我救赎的努力。

奥布莱恩的批判和反思并不仅仅是针对美国的外交政策和战争本身。他走笔于战争之端，沿袭了在《如果我在战区死去》和《士兵的重负》中反复探讨的主题——勇气。对于参战的士兵乃至现代社会生存的个体而言，什么才是真正的勇气，是留下来战斗还是逃离战场,亦或是寻求一种调和? 保罗·柏林并没有像他的前辈弗雷德里克·亨利和约瑟连一样从战场逃离。与《士兵的重负》中的"奥布莱恩"一样,他们选择将身体留在战场,精神却恣意逃亡。小说的结尾,柏林拒绝了萨金昂万的建议,重新回到了战场。他意识到即使留在了巴黎,他仍旧是一个士兵,而且他还担心被放逐,担心毁掉自己的声望,担心被看成胆小鬼。柏林的回归不是胆怯、懦弱,因为在他看来,真正的勇气不是逃避,而是应该用自己的意志力去战胜恐惧。战争的罗网无形且巨大,亨利和约瑟连虽然逃离了战场,但他们的人生境遇却不可避免的因为战争而彻底改变。奥布莱恩选择了有别于前人的应对危机的方式,似乎更是一种明智之举。柏林的勇气不仅仅是作为士兵的勇气,更是作为一个生活在光怪陆离的 60 年代的美国人的勇气,当上帝、国家、家庭这些价值观遭到破坏,当性爱自由、毒品、诋毁国家、否认上帝、自私自利放任自流之时,现代人去哪里或者说如何去寻求生存的勇气呢?

在小说的结尾之处,柏林等人成功地追寻卡西亚托到达巴黎后,旅程失去了焦点,他们面临的选择是继续逃跑还是将卡西亚托带回战争。由于他的背景、性格与信仰,柏林所幻想的逃亡巴黎将注定是一段不愉快的经历。有的评论家认为柏林拒绝离开,战争"剥夺了作为一种拯救手段的想象力的资格。"(Tobey C. Herzog. *Vietnam War Stories-Innocence Lost*, 159)但我们也不得不承认,奥布莱恩的主要价值在于"通过扩大记录和探索越南的方式的限制,通过将它从受时间限制的历史条件中解放出来,恢复它(越南)作为想象自由发挥的主题"(Thomas Myers. *Walking Point*, 181)。开放式结局让事件的亲历者柏林顿时丧失了历史感,对他而言,历史与未来都不存在了,叙事的意义只存在于此刻柏林的感受和读者的感知当中。在叙述的此在之中,奥布莱恩将我们带到一个无声的世界,在这个世界中,我们最终看到寻找明确意义阅读的局限性,所以奥布莱恩才选择将文本意义的决定权部分交给读者。希望读者的能动参与能够将文本外的符号系统与文本内的语言结构进行有效的交流和融合,文本也可以由于不同的阅读而呈现不同的意义。尽管后现代叙事策略的开放式结局会在一定程度上带来文本意义的不确定性,但邀请读者来建构文本意义的更深远的目的还在于确保意义的延伸。只有在这种阅读的延展中,我们才能不仅仅记住我们所看到的,更能够理解我们所看到的和所记住的。

越南战争是奥布莱恩永远的阴霾。对于奥布莱恩而言,写作是对创伤的虚构性重返,打破了创伤记忆的悖论即凯茜·卡鲁斯所言的在创伤中恢复历史的能力紧密地联系着"进入它的无能为力",他让保罗·柏林以积极想象的方式去承载和表达创伤的记忆,从而促使人们以任何可行的媒介去完成创伤经验的表征,在叙事上很大程度解决了卡鲁斯所言的"(我们面临的)倾听和对创伤故事做出反应的难题在于以一种不能损失它的冲击力,不能使它们减弱为陈词滥调或者将它们全部转变为同一个故事版本的方式来倾听和做出反应"(Cathy Caruth. *Trauma: Explorations in Memory*, 7)的难题。

对于奥布莱恩而言,写作更是对创伤的救赎。奥布莱恩曾在人生踌躇满志之时应召入伍,也曾幻想逃离战争,但最终因为多重顾虑而放弃。在越南战场,他服役十四个月,后因被手榴弹碎片所伤而获得紫心勋章,得以回国。作为战争的亲历者,奥布莱恩认为关于越南战争最好的记忆,不是文献式的如实记述战争,也不是为失败的军事行动牵强附会上悲壮的审美意蕴,更不单单是揭示越南战争失败的经验和教训,在战后的写作中,奥布莱恩将对创伤的记忆和表征,以及对普遍个体创伤根源的探究视作作家义不容辞的责任,并希望通过创造性表达的方式与读者进行有意义的交流,从而达到与创伤的真正和解。在美国当代文学史上,他的创作宛如在游人如潮的华盛顿游览中心伫立而起的越战纪念墙,书写着整个民族对这段历史创伤的情感记忆。他也以小说家独有的方式警醒美国政府和民众,忘却历史、背叛过去将会使美国再次跌入战争的深渊。

参考文献:

1. Patrick A. Smith. *Conversation with Tim O'Brien.* Jackson: University Press of Mississippi (2012).

2. Mark A. Heberle. *A Trauma Artist: Tim O'Brien and The Fiction of Vietnam*. Iowa City: University of Iowa Press (2001).

3. Tim O'Brien. *Going After Cacciato*. New York: Delacorte Press/ Seymour Lawrence (1975).

4. Don Ringnalda. *Fighting and Writing: the Vietnam War*. Jackson: University Press of Mississippi (1985).

5. Tobey C. Herzog. *Vietnam War Stories-Innocence Lost.* London and New York: Routledge. (1992).

6. Thomas Myers. *Walking Point: American Narratives of Vietnam.* New York: Oxford University Press(1988).

7. Cathy Caruth. *Trauma: Explorations in Memory*. Baltimore: The Johns Hopkins University Press (1995).

8. [美]萨克文·博科维奇主编:《剑桥美国文学史》(第七卷),孙宏译,中央编译出版社,2009年版。

9. [美]朱迪思·赫尔曼:《创伤与复原》,施宏达、陈文琪译,北京:机械工业出版社,2017年版。

10. [英]安妮·怀特海德:《创伤小说》,李敏译,郑州:河南大学出版社,2011年版。

11. [瑞]荣格:《分析心理学的理论与实践》、成穷、王作虹译,北京:生活·读书·新知三联书店出版,1991年版。

12. [瑞]荣格:《回忆·梦·思考》刘国彬译,沈阳:辽宁人民出版社,1988年版。

13. [瑞]荣格:《荣格文集:积极想象》,高岚主编,长春:长春出版社,2014年版。

第七章 理智与疯狂之间的荒诞主义——《核时代》

关于《核时代》的创作

在《追寻卡西亚托》出版之后的第七年，被奥布莱恩称为"黑色喜剧"的《核时代》于1985年问世。奥布莱恩花了近八年的时间才完成了这部小说的全部手稿，它曾经以短篇小说的形式刊登在《大西洋月刊》上，后来经过至少两次大规模的修改和多家出版商的审核才正式出版发行。

在《核时代》中，奥布莱恩以一段取自启示录的冗长题词开始了故事的讲述。"死人必像粪土一样被丢弃，无人安慰。因为地球将会空空如也，城市将会被摧毁。没有人会留下来耕种和播种。树要结果子，谁来摘取呢？葡萄熟了，谁去采摘呢？到处都将是一片荒凉。因为一个人渴望见到另一个人，或听到他的声音。因为从一座城中剩下十个，从田野中剩下两个。藏在茂密的树林里或岩石的洞里。"（Tim O'Brien. *The Nuclear Age*, 1）在这段启示录的指引之下，奥布莱恩带领读者回到了《北极光》中熟悉的领域：一个后院的防空洞，一个人对核战争的极度恐惧以及将世界末日视为现代生活中令人吃惊的事实的幻象。

《核时代》涵盖了从 20 世纪 50 年代中期到 90 年代中期的现代美国这 40 年的时间,将主人公威廉·考林的一系列回顾性叙事与现在和想象交织在一起,探索了在一个混乱的年代里理智与疯狂、想象与现实之间的界限。小说出版之后,评论家们普遍赞赏了奥布莱恩的真诚和野心,认为他在试图将主人公威廉·考林的青年和成年早期的事件联系起来之时,也将越南战争、反主流文化的兴起、原子弹和冷战时期的到来及 20 世纪下半叶发生的其他政治和历史事件连接起来,并将之作为定义一个人一生的一种方式。尽管奥布莱恩将故事的背景从越南战场转移到了美国的城镇与山脉之间,但在这些背景之下,他依然审视了许多在他的战争叙事中相同的主题:死亡、对秩序与意义的追求、道德的困惑及生活中的个人与全球政治的关系。《布法罗新闻》认为,奥布莱恩也许比他那一代的任何作家都更成功地捕捉到了美国六七十年代人们精神上的变幻无常……《核时代》证实了他作为叙事荒诞主义者的天赋以及他对美国时代精神的独特理解……一部雄心勃勃、令人敬畏的小说,作者可以说是他那一代人最重要的文学声音。他们甚至认为,奥布莱恩在这部小说穿插的不同寻常的角色,怪异的幽默和荒谬的情境兼有约瑟夫·海勒的讽刺、唐·德里罗的黑色幽默以及奥尔德斯·赫胥黎诙谐的悲观。但也有一些评论家对奥布莱恩在主题和风格上戏剧性地偏离了《追寻卡西亚托》的形式和内容而感到失望。更有一些人认为,这部小说的缺陷在于它混乱地描述冷战的宿命论,这种观念的危险在于读者和作者不可避免地会从政治的角度来看待所书写的事件。

面对着不同的赞扬与质疑的声音，奥布莱恩强调《核时代》"它有一个更喜剧的基调。我不确定人们会在意这个。但我的意图是与众不同的。就像莎士比亚说的，我的主题可能是生与死，但我想用喜剧的视角来看待它"（Patrick A. Smith. *Conversation with Tim O'Brien*, 46）。不仅如此，奥布莱恩还意外地看好这部小说，认为它结合了个人回忆录和文化历史、政治和家庭生活、喜剧和悲剧，被他自己称为"迄今为止我最强大的书"，奥布莱恩甚至认为百年之后公众对于《核时代》的认可度会超过《追寻卡西亚托》。不管评论界或大众对它的评价如何，《核时代》都引入了奥布莱恩后期小说的核心主题，即个人的精神混乱与时代的疯狂之间的关系。在这种关系之中，奥布莱恩与读者经由考林的崩溃共同审视了世界末日与原子弹、个人精神与全球的不稳定以及对越南战争的思考，而考林的创伤也成为对后热核时代美国的讽喻式评论。

与奥布莱恩的其他作品相比，《核时代》是一部故事小说，而不是关于讲故事的艺术的小说。在内容的选择上，这部小说与十多年前出版的《北极光》有相似之处，如同哈维的父亲一样，威廉·考林对冷战和核战争怀有恐惧之心，坚持要在家中的后院建造防空洞，躲避战争的威胁并保护自己和家人。就叙事结构而言，《核时代》是对《追寻卡西亚托》的衍生，它采用了后者的章节组合方式，以《量子跳跃》的章节和正在挖掘的避护所作为叙事的现在时，并在挖掘的过程中掺杂着考林的回忆与想象，叙述就这样在过去与现在，记忆与想象的转换之中自在呈现。

在《核时代》中，奥布莱恩为故事的内容提供了一个总体结构，即"裂变""聚变"和"临界质量"三个大的部分，这三个部分将威廉·考林的一生定义为对复杂多变的时代环境所作出的越来越不稳定的反应。在此之下又把故事分为 13 个章节,这些章节分别以科学术语和核时代的词汇来命名,既暗示了小说世界末日的走向,也表明了威廉·考林人生发展的不同阶段。

《核时代》虽然出版于 1985 年,但故事的背景却被设置在1995 年。由 49 岁的威廉·考林,一个与作者奥布莱恩共享名字和出生日期的主人公来讲述关于自己的故事。在小说的开始,他就坦诚地说道:"(自己曾)是一个通缉犯,我被国防情报局和联邦调查局追捕,我在萨瓜拉格兰德差点被枪杀;我在全国电视上看到我的朋友们死去;我是地下深处的搬运工;我本可以成为另一个鲁宾或者霍夫曼;我本可以成为一个超级明星的。"(Tim O'Brien. *The Nuclear Age*, 8)只不过二十五年后,威廉·考林没有像他的同伴一样成为声名狼藉的反主流文化的偶像,而是站在位于蒙大拿州德里堡附近的甜心山脉,在自己家的后院中挖了一个洞,这个洞被视为拯救自己及家人生命的避护所。在接下来的叙事中,考林一方面在回忆中大致按照时间的顺序讲述了他前半生的恐惧经历。作为孩子,他躲在家中地下室的乒乓球桌下以缓解对核战争的恐惧;成年后,为了躲避越南战争,他生活在一个由战争抗议者组成的地下网络中;作为 49岁的父亲和丈夫,他建造了一个地下避难所,以保护他和家人免受核毁灭的威胁。另一方面,叙事在想象之中呈现了考林混乱不堪且过度警觉的精神状态以及丧失了原有意义并不断被扭曲的生活。尽管在叙事中主人公威廉·考林被描述成一个失去理智的疯子,甚至不惜扭曲他的行为来创造卡通效果,但他仍然如同奥布莱恩笔下其他的主人公一样,也要在混乱的生活中寻求秩序与稳定。在这种疯狂的探寻之中,奥布莱恩也借此来探讨一个持续性的问题,即个人的精神混乱与时代的疯狂之间的紧张关系。

时代的理智与疯狂

在《核时代》的第一部分"裂变"开始之时,威廉·考林就自我质问道"我疯了吗?"在这样一种疑问的引导之下,1995 年 4 月,49 岁的考林邀请我们跟随他准备去建造一个核弹掩体。"午夜过后,我吻了吻妻子的脸颊,悄悄地下了床。没有灯,没有警报。蓝色牛仔裤,工作靴,法兰绒衬衫,然后走向后院。我在工具房附近找了一个地方。一个疯子? 也许是,也许不是,但是听着,物理学的声音,轻柔的,喘不过气来的呼呼声。只是听。"(Tim O'Brien. *The Nuclear Age,* 3)此时,考林再一次发现他的生活失去了控制,他的想象力活跃,他的理智受到质疑,他越来越担心家人的安全,他希望通过建造避护所来重新掌控自己的生活。随着他深入地下,考林也在不断挖掘自己的记忆,通过记忆的呈现我们也见证了威廉·考林的创伤是如何被二战之后的美国塑造的。

通过威廉·考林的叙述,我们大致了解到年轻的主人公从小就生活在蒙大拿州德里堡的一个普通的中产阶级家庭,"成长于一个追求所有普通小镇价值观的家庭"(Tim O'Brien. *The Nuclear Age,* 10)。父亲经营着房地产生意,母亲负责料理家务,而作为主人公的考林与同龄人相比似乎有些与众不同。"我总是特别敏感——有点神经质,甚至有点懦弱——但这不是妄想症或精神疾病。"(Tim O'Brien. *The Nuclear Age*,9)威廉·考林是奥布莱恩笔下最复杂的角色之一,只不过角色的复杂性可能与他个人没有太多的关系,更多的是与他生活的时代有关。在奥布莱恩看来,"考林是一个冷战时期的普通人,一个在自己创造的超现实的舞台上演绎美国人最可怕的恐惧的典型类型"(Patrick A. Smith. *Tim O'Brien*,89)。可以说,威廉·考林是美国社会自冷战以来相当长的一段时间内的产物,反映了冷战、越南战争和其他无数政治事件的分裂和异化特征。

当叙事在现在与回忆之间穿梭的时候,我们也大致了解到考林恐惧的来源。当考林还是个孩子的时候正值美国和苏联之间的冷战不断升级,他时刻担心自己的家乡会遭受袭击,因为它的名字德里堡很有可能会被误认为是一个军事目标。"那是1958年,我很害怕。谁知道它是怎么开始的? 也许是因为收音机里的电磁波辐射控制,紧急广播系统的测试,《生活》杂志上的氢弹照片,牛奶里的锶。在学校里我们爬到桌子底下,捂住头练习射击。或许它已经深深扎根于我的内心……这个世界对人类的生命来说是不安全的。"(Tim O'Brien. *The Nuclear Age*,9)考林为此长期处于焦虑之中,他回忆道:"晚上,我在床上翻腾几个小时,与被划破的床单作斗争。当睡意来临时,有时快到黎明的时候,我的梦境会被警报声、融化的冰盖、放射性的微光和在黑暗中呜呜作响的洲际弹道导弹所笼罩。"(Tim O'Brien. *The Nuclear Age*,9)冷战产生了令人瘫痪的恐惧,在考林的眼中日常事务似乎已经脱离了原有的意义,现实感也不断受到扭曲,而恐惧的累积直接导致了年仅 12 岁的威廉·考林产生了建造避护所的想法。他在美术课上设计蓝图,在自习室里设计净化水源的临时系统,在同龄孩子玩耍的时候,编制物品清单,后来他还在家中的地下室里利用乒乓球、纸板箱、报纸及成堆的铅笔搭建起了避护所,以此来缓解他对战争的恐惧。

考林的记忆接下来从现在转移到 1962 年的古巴导弹危机和东京湾战争的升级,外部世界不断聚集的恐惧导致了考林的便秘、头痛和崩溃,他在大量地服用了排泄类药物后甚至还戏剧般在校园内晕倒了。倒在地上的那一刻考林并没有惊慌,反倒是在体验一种颠倒的游乐体验。"没有牵引力。在某种程度上,我感到非常放松,任由事情发展;躺在地板上,每个人都喊'让他透透气',我几乎笑了。我不需要空气,我需要和平。"(Tim O'Brien. *The Nuclear Age*, 47)当这些恐惧变得持续且令人担忧时,考林的父母开始正视他的一举一动,他们试图缓解考林的焦虑,最终却被考林关于世界末日的幻想激怒,说服考林去海伦娜市看心理医生。然而,事实上考林和他的心理医生亚当森之间的关系自始至终都是非常模糊的,亚当森并没有为考林解决实质性的问题,却在某些观点上与考林出乎意料地达成了一致。"除了他的不开心之外,亚当森和我似乎有很多共同之处。我们都很聪明,我们都是独行侠,都有点愤世嫉俗,我们甚至对世界都有某种共同的防御态度。"(Tim O'Brien. *The Nuclear Age*, 48)他们甚至还不约而同地认为"世界是多么动荡和危险,像玻璃一样脆弱,没有犯错的余地。我们一致认为最好的策略是重视避免不必要的风险,保持警惕,永远不冒险"((Tim O'Brien. *The Nuclear Age*, 48-49)。在一个幽默的情节转折中,精神不稳定的心理医生反而成了考林的病人。

个人的混乱与怪异

年轻的考林就这样行走在理智和怪异的行为之间，他认识到核战争的恐怖及其后果，所以他的行为自始至终都遵循着看似不英勇的人生哲学，即"安全"。接下来，在交替出现的记忆闪回中，叙事通过一系列令人眼花缭乱的重复和循环，在现在与过去之间跳跃，详细描述了考林受创伤影响的行为——频繁爆发的愤怒、言语暴力，以及鲁莽的自我毁灭行为。

1964年，越南战争第一次侵入考林的思想空间。此时的考林就读于佩弗森州立大学，在大学里，他试图切断自己与愚蠢的同学和整个世界的联系。当越南战争达到临界规模时，考林每个星期一都会独自站在校园的自助餐厅外，举着写着"炸弹是真的"的牌子，抗议疯狂的核活动和越南战争。在考林看来正是这场混乱而危险的战争制造了人类的死亡并将世界推向了末日之途。两个月后，考林的行为引起了奥利·温克勒和蒂娜·罗巴克的注意，这两个同龄人在校园内似乎比考林更遭受排斥。令人惊讶的是，他们与考林同一高中的萨拉·斯特劳奇一起组成了反战小组。在后来的叙事中，反战小组的成员和他们的行为被奥布莱恩通过怪诞的夸张和寓言式的典型表现出来。

1968年夏天，考林大学毕业后便收到了越南战争的征兵通知。如同在《如果我在战区死去》和《士兵的重负》中的奥布莱恩一样，此时的考林也面临着道德选择的困境，要么加入战争，要么逃避兵役。最终，考林选择了逃避，与萨拉、奥利和蒂娜一起转入地下组织，从基韦斯特出发前往古巴接受准军事训练。如果说在《追寻卡西亚托》中，奥布莱恩通过保罗·柏林的想象允许自己拥有了成为逃兵的可能性，那么在《核时代》中他能够考虑另外一个选择——完全拒绝战争。根据《如果我在战区死去》和《士兵的重负》中的描述，如果履行征兵法案和服从政府命令而选择成为一名士兵的话，这样的行为会被奥布莱恩视为懦弱的表现，而考林的这一选择让他成了奥布莱恩笔下为数不多的没有参加过越南战争的男性主人公，也因此被奥布莱恩认为是他故事中真正的英雄。在接受采访时奥布莱恩曾毫不吝惜对考林的赞美之词，他说道："在《核时代》里的这个人有勇气去做我没有做的事，那就是冒着尴尬和遭受谴责的风险，忍受退出战争的羞辱。如果这本书里有一个勇敢的人物，那就是威廉……我认为这并不是对早期作品的背离而是从另外一个角度看待它。对我来说，他是我写过的唯一的英雄。"（Patrick A. Sm-ith. *Conversation with Tim O'Brien,* 45）

除此之外，在第一部分的章节中还充斥着考林启示录般的咒语——"炸弹是真的""末日""堪萨斯着火了"，但就像保罗·佩里的父亲对核灾难的预言一样，这些自以为是现实之声的警告在失聪的、洁净的世界和考林自己的家庭中被忽略了。奥布莱恩也借此向读者提出问题：到底是考林在疯狂地挖掘，还是这个世界疯狂地无视可能性的存在而不挖掘？通过考林的回忆，我们发现他生活的一系列的连锁反应都源自他最初的创伤。随着考林挖掘的不断深入，他的生活轨迹也逐渐被揭示出来，读者也随之理解了作为一个 49 岁的丈夫和父亲为什么要近乎于偏执地在家中的后院建造避难所。

在第二部分的"聚变"中，考林也经常表现出核时代预言家的狂躁和亢奋的怪癖，那些狂躁的、偏执的思想和独白与《如果我在战区死去》和《北极光》中大部分不动声色的描写和没有感情的叙事声音以及《追寻卡西亚托》中保罗·柏林充满想象力的、开放的、情感上的梦境形成了鲜明的对比。在叙事中，随着考林核反应的激增，小说也开始从另类的喜剧转向怪诞的悲剧。

在纽约飞往迈阿密的飞机上，考林第一次遇见了他后来的妻子波比。当时波比是一名空姐，她用她的温柔和诗歌安抚了噩梦中的考林，也让考林一发不可收拾地爱上了她。威廉·考林原本是为了逃避越南战争才加入的反战组织，所以在某种程度上，他也认可了作为阻止战争的方式所需要进行的必要技能和身体素质的训练。于是，他们在越战老兵埃比尼泽·基泽和尼西罗的带领下进行准军事化的训练。结果，考林却发现这里的反战组织依然是在用暴力的方式解决问题，这完全背离了考林的初衷，也开始让他反思加入这样组织的意义："我珍视父母的爱。我珍视和平。我不想杀人，也不想死，我也不想做我们现在要做的这件事。我对此没有热情。"（Tim O'Brien. *The Nuclear Age*，169）特别是当进入到12月中旬，当课程变得越来越技术化的时候，考林萌生了退出组织的念头。

考林可怕的顿悟发生在古巴恐怖分子训练营的"期末考试"期间，一个模拟突击队在他身后的实弹机关枪射击下突袭了一个警卫塔。但是，当他被铁丝网血腥地缠在一起，被头顶上呼啸而过的照明弹和曳光弹吓得目瞪口呆，被埃比尼泽通过扩音器发出的滑稽可笑的最后通牒弄得瘫痪时，考林的恐慌变成了彻底的失败，但也带来了一种原始的启示。他回忆道："我惊讶于自己向前爬。这是一种没有尊严的螃蟹式的动作，我听到自己说'对不起',然后说'住手',像松鼠一样喋喋不休。我也像松鼠一样思考:没有什么是值得为之牺牲的……。"(Tim O'Brien. *The Nuclear Age*,216-217)最终,当他的朋友们到达目标并用炸药将其炸毁时,考林完全停止了前进,并开始为自己挖掘避难所。考林最终有意识地在最后的测试中选择了失败,而其余的人在通过测试后便开始了他们的破坏行动,一系列的颠覆行动甚至还使得萨拉成了《新闻周刊》通缉的恐怖分子。在此期间,考林则一直以信使的身份履行对该组织的承诺,在全国各地为他的反战伙伴们运送物资和文件。考林的反战行为并没有让他获得想象中的秩序与意义,相反却让他在精神上和道德上都受到了创伤,他被放逐的自我承受着抛弃家乡和家庭的后果,当逃避兵役和在反战组织给他母亲打电话时,因为担心电话被窃听,考林能安抚她的只有沉默。当父亲去世时,他也只能在附近的山丘远远地观看葬礼。在经过一番深思熟虑之后,考林放弃了以抵抗战争作为寻求生活意义的方式。

在第二部分考林的回忆中,萨拉·斯特劳奇呈现了与考林截然不同的一面,相比于考林而言,虽然身为女性,她显然是一个更强大的角色,更专注于自己的目标。如果说,焦虑和不作为是考林生活特征的话,那萨拉更多的是靠行动来定义自己。在考林的眼中,她既优雅大方又可以卖弄风情,既极端好斗又脆弱得奇怪。在基韦斯特和古巴,她一方面要求考林对他们的关系作出承诺,"告诉我,我们还有未来","告诉我,我们会幸福的,告诉我这是完美的爱情,它会持续到永远"(Tim O'Brien. *The Nuclear Age*,167-168)。另一方面,她心甘情愿成为这场反战运动的牺牲品,她告诉考林,"这该死的战争,我讨厌它。我确实讨厌它,但却是我来这里的原因。我讨厌它,但我又喜欢它。"
(Tim O'Brien. *The Nuclear Age*, 171)萨拉对于这场反战运动
的热情与萦绕考林一生的内心恐惧一直并存,直到考林意识到
他们存在不同价值体系的观念之别,"她想要改变世界,而我想
要生存"(Tim O'Brien. *The Nuclear Age*, 163)。所以,当考林
无法唤起与萨拉同样的道德情感的时候,他们的关系注定走向
破裂。

可以说考林和萨拉是一对柏拉图式的孪生灵魂,某种程度
上,她是对考林的一种补充。在一段既不和谐又似乎充满激情
的关系中相聚,萨拉坦言:"我爱你,你知道的,但有的时候——
很多时候——我忍不住怀疑你的骨气。那些关于危险世界的屁
话,炸弹是真的。但你什么都不做,只是爬到乒乓球桌下面,我
讨厌那种水母式的态度。鄙视,这是唯一的词。我爱你,但鄙视
让我很难爱你。"(Tim O'Brien. *The Nuclear Age*, 172 - 173)
与考林不同的是,萨拉的父亲是殡仪行业的从业者,从小对死亡
的耳濡目染让她对反对战争有着与考林不一样的认知。奥布莱
恩以萨拉嘴唇上一个水泡的变化隐喻了萨拉从狂热的反战到最
后死亡的过程。萨拉嘴唇上的水泡,在越南战争之前是一颗迷
人的美人痣,在多年的发展斗争中,它不断地膨胀,最终因为它
感染了脑部而导致了萨拉的死亡,而这个致命的水泡也成为这
个时代自我毁火的暴力的象征。

十年后,考林退出反战组织回到家乡后完成了他的地质学
硕士学位。最具讽刺意味的是,身为地质学家的考林发现了铀
矿,这是他从小就害怕的被用来制造原子弹的一种重要成分,而
原子弹也是该组织曾经冒着生命危险抗议的东西。靠着变卖铀

矿所获得的财富，考林在蒙大拿州买下一家汽车旅馆，打算开始全新的生活。

在小说的第三部分"临界质量"中，理智、可控的考林进入了一段战后不关心政治的平静和思考的时期，他重新燃起生活的欲望，不再去躲避世界，而是要完整地活在世界之中。"我最想要的是加入世界，也就是活下去，活下去……我不在乎什么导弹和顾虑，我现在想要的是我的生活，……我坚强、理智、务实。"（Tim O'Brien. *The Nuclear Age*，262）考林重新开始了他被中断的生活，在亚当森的指引下，考林在德里堡外山麓的一间小茅屋里开始了全新的生活，学会了必要的生存技能，也学会了如何在没有恐惧的情况下度过夜晚。1977年，在萨拉的帮助下他从纽约来到波恩，不遗余力地去追求未来的妻子波比，最后两人在明尼苏达州定居下来，并于1983年生下了女儿梅琳达。

对于这段平静的家庭生活，考林自己总结道："总的来说，我是快乐的。世界绕着一个轴旋转，我们自己也在旋转。我在家里闲荡，梅琳达变得聪明而又美丽。"（Tim O'Brien. *The Nuclear Age*，286）在这一段的叙事中，时间大跨度前进，生活也如行云流水一般推进。1988年，亚当森当选海伦娜市的市长，1993年考林的母亲去世。这一年的夏天，波比离家出走了两个星期。1994年，反战组织的成员来到考林的住处避难，萨拉嘴唇上的水泡严重发炎，最终病毒侵蚀了她的大脑导致她的死亡，而后反战组织的其他成员相继在热带地区死于炮火，这间接导致了考林在那年的秋天出现了轻微的精神崩溃。1995年4月，49岁的考林再一次发现他的生活失去了控制，波比提议暂时分开的想法令他对世界的无助感越来越强，他花了三个月的时间在家中的后院建立了地下避难所,希望能够重新掌控自己的生活。

在小说的最后一部分一个关于量子跳跃的章节中,考林坐在洞中,聆听洞内自鸣得意的声音,手里拿着点火装置,他的家人在他的身边。考林既感受到这个世界中存在的危险,又想要寻求完整而幸福的结局,于是他便在采取行动和无所作为之间摇摆不定。此时此刻,黑夜停滞,记忆闪回,幻象频现,在当下的时空中错乱:"我抬起点火装置……我想到了内德,奥利,蒂娜,我的父亲,我的母亲,我想知道逝者是否真的死了。在没有希望的情况下,我们还能指望什么?"(Tim O'Brien. *The Nuclear Age*, 305)当考林第三次作出一个关键性的决定时,现实以他女儿声音的形式出现了。在 12 岁的梅琳达的恳求之下,考林放弃了点燃炸药的想法,选择了生而不是死,选择了爱而不是虚无,选择了理智而不是疯狂。考林逐渐接受了自己的处境。"核战争:只是想象中的一条断层线。如果你是理智的,你就会接受这个。"(Tim O'Brien. *The Nuclear Age*, 311)当女儿面对他时,考林对她的勇敢感到敬畏,他总结道:"如果你是理智的,世界不会终结,死人不会死,炸弹也不会是真的。"(Tim O'Br-ien. *The Nuclear Age*, 310)考林的这一论断否认了童年时期的恐惧和对战争的抗议。唯其如此,考林才能够让现在的生活和困扰了他四十多年的过去和解。考林假设,即使在核时代的威胁之下,人类也有可能生存下来。"我会坚持一个坚定的正统观点,直到最后都坚信 E 不完全等于 mc^2,这是一个巧妙的比喻,最终的方程不会完全平衡。"(Tim O'Brien. *The Nuclear Age*, 312)就像保罗·佩里在《北极光》中从普利尼池塘走出后开始新的生活一样,威廉·考林接受现实中各种可能性的存在也带着同样的决心从藏身的洞穴中走了出来。考林以前所未有的平静出现在结尾之处,在叙事中表现出对创伤的消解和对核时代不确定性的顺从。因此就像《北极光》一样,这部小说以乐观的态度结束,同时也肯定了各种可能性的存在。

考林的回忆概述了自己前半生的生活,也通过回忆在他的过往经历之中建立了确定的联系,在这种联系之中我们既看到了一些对事件、人物关系的幽默和夸张的描述,也看到了"奥布莱恩利用考林作为孩子、父亲和丈夫的身份,讽刺地放大了原子弹阴影下美国家庭生活的不安全感"(Mark A. Heberle. *A Trauma Artist*, 159),以及由此而带来的他不可控制的疯狂。可以说,考林的过去不可避免地制造了现在的恐惧与疯狂,通过考林的回忆我们便不难理解考林在当下的所作所为。在回忆之中,考林自己也充分意识到记忆对于他而言的重要性。"也许死者生活在记忆中,但当记忆消失时,死者也会消失……没有人记得的时候,就没有记忆了。因此,没有历史也就没有未来。"(Tim O'Brien. *The Nuclear Age*, 241)对于考林来说,比现在的叙述更重要的是过去的记忆,因为它不仅以一种现在无法企及的方式塑造着考林,而且还迫使考林重新审视自己崩溃的根源。研究者马尔科姆·考利认为:"创伤并不是奥布莱恩作品的主题,它是一种媒介,通过这种媒介,他的主人公们被迫重新审视和重写他们的生活经历。"(Mark A. Heberle. *A Trauma Artist*, 23)正是通过考林的崩溃,我们才能在沉默的历史中有机会去了解那个时代更广阔的背景。

作为创伤的记忆与作为救赎的想象

在《核时代》结束之时，考林成为奥布莱恩小说中为数不多的创伤的幸存者，就像奥布莱恩为了挽救自己一样，考林停止了自己的想象以及由此而带来的连锁反应。

在考林的回忆中，我们看到冷战与越南战争的恐惧摧毁了让考林得以正常生活的安全感，当周围的事情在他眼中失去了关联性与合理性之外，周围的情况便似乎脱离了考林的掌控，便出现了"极度恐惧、无助、失去掌控力和面临毁灭的感觉"（朱迪思·赫尔曼：《创伤与复原》，30）。创伤理论家朱迪斯·赫尔曼为此解释道："创伤事件对生理激发反应、情绪、认知和记忆都造成严重而长期的改变。更有甚者，创伤事件可能会阻断这些原本统合的功能，使之失去协调联系的作用。受创者……也有可能察觉到自己一直处在警醒和暴躁不安的状态，却不知何以如此。"（朱迪思·赫尔曼：《创伤与复原》，30）如果暴露在创伤环境的程度足够严重，那么虽然考林的身体并未受到伤害，但所受到的惊吓、死亡的威胁和阴沉莫测的敌意都对他的心理形成了强大的冲击。

如果说考林的回顾性叙事含蓄地解释或证明了他现在的所作所为的话，那么，与记忆纠缠在一起的想象不仅是考林创伤的重要表征，也同时为考林提供了逃避混乱、探索可能性的机遇，它见证了考林想要在混乱的生活中建立秩序和意义的不断追求。在叙事中，考林的想象可以分为两种类型，一种是表达恐惧的幻象，一种是为他提供暂时稳定的想象。奥布莱恩更是对考林的想象力寄予厚望,他希望考林能够用想象力来处理周围的情况,不仅仅是心理上的处理,更重要的是哲学和道德上的处理。

在冷战带来的恐惧中,考林的想象力极为丰富,他头脑中的幻象"总是以一种尖锐的咝咝声开始,像滚烫的油脂,像煎锅上的培根,我的耳朵开始嗡嗡作响,我有时会看到一片巨大的银色云向外蔓延,绵延数英里"(Tim O'Brien. *The Nuclear Age,* 20)。即使在静谧的深夜,考林也能产生诸如此类的幻觉:"我一直梦见战争——整个大陆在燃烧,海洋在沸腾,城市在灰烬中——现在,在那种可怕的寂静中,宇宙似乎已经在睡梦中死亡了。"(Tim O'Brien. *The Nuclear Age,* 12)不仅如此,在想象中,考林还能够与诸如林登·约翰逊、胡志明和尼克松这样的人物进行对话,共议和平之事。

越南战争爆发后,凝固汽油弹、幻影战斗机、堪萨斯的燃烧更是充斥考林的头脑之中。在飞往迈阿密的飞机上,"在黑暗中,我看到闪电击中了乔治亚州,一个明显的白色火球滚向亚特兰大……在北美的大黑暗中,颜色交错的线在海与海之间闪烁。这不是梦。在整个东海岸,大城市一个接一个地闪烁着,燃烧着,然后消失了"(Tim O'Brien. *The Nuclear Age,* 150)。然而,考林并不为自己头脑中出现的幻象有任何的担忧。相反,他认为想象是他最重要的资产,他甚至认为自己的状态与爱伦·坡有几分相似。"埃德加·爱伦坡:一个精神错乱的人。他脑子里闪过那么多奇怪的幻象,水果蛋糕什么的。但我告诉你,他没有去找什么愚蠢的辅导员。他利用了他的疯狂。他从中有所收获——那些令人不安的诗歌,那些令人不安的故事。他和我一样有意志力。而且,也许有点古怪也没什么不好。"(Tim O'Brien. *The Nuclear Age*, 45)不仅如此,考林的想象力也获得了他的心理医生亚当森的认可。

在叙事中,想象除了呈现了考林的创伤及恐惧之外,也为考林提供了暂时的稳定。当他发现在古巴的准军事训练完全违背了他寻求安全的初衷之时,考林选择了沉浸在幻想之中。"这是一种逃避的方式,一种从此时此地滑翔到彼时彼处的方式,一种可以让我衡量过去与未来之间差距的工具。我想象着自己在一张胶合板乒乓球桌下休息。我想象着父亲搂着我的样子。我还想象了一个世界……一个安全而不可分割的世界。"(Tim O'Brien. *The Nuclear Age*,179)可以说,想象为考林逃避恐惧提供了一个暂时的栖居之所,然而,这样的栖居之地却无法为他提供长久而稳定的保障。

当反战组织的演习激战正酣之时,考林再一次出现了时空滑动。"我又回到了乒乓球桌下面,在一层层的木炭和软铅笔下面;在我的周围,在我的内心,有那些粉末状的神经闪光像闪电一样猛烈袭来。我看着它发生。赤道转移。新的物种在瞬间进化并灭绝。地球上所有的蛋都孵化了。"(Tim O'Brien. *The Nuclear Age*,191)尽管考林的心理治疗师亚当森认为想象是他们共用的特点,但他也在提醒他的病人。"想象,这是你和我的共同点。这是一种很棒的能力,但有时它会失去控制,开始滚下山,没有刹车,你能做的就是紧紧抓住生命。"(Tim O'Brien. *The Nuclear Age*,62)我们不得不承认,想象尽管为考林提供了暂时的缓解,但考林难以在其中寻找到一个平衡点,一旦失之偏颇想象还会再次将他推入癫狂之中。

在叙事中,最重要的幻象是那个不断被挖掘且会说话的洞。洞里的声音出现在考林行为最为疯狂的时候,随着考林行为越来越夸张,洞里稀奇古怪的声音也在不断地质疑、揶揄,似乎是在嘲笑考林的疯狂,也是在怂恿他继续疯狂。直至考林要引爆洞内的炸药之时,洞里的声音道出了自己的存在。"我就是一切。钥匙孔、鼠洞……我就是我。我是那几乎曾经存在但永远不会存在的,也是那从未存在但永远存在的。我是不成文的杰作,我是无穷大的平方根。……我是基德船长的宝贝,我是无因的原因,我是不知名的来源,我是未被起诉的同谋,我是无名的士兵,我是无尽的痛苦,我是无名的坟墓。……我是一切的主宰。"(Tim O'Brien. *The Nuclear Age*,298)当考林的思绪渐渐平缓之后,他终于意识到这个洞似乎就在他自己的心里。洞内的声音明确暗示了考林无意识的存在,这是一个与战争有着各种关联,但却不被战争定义的创伤领域。事实证明,它所带来的恐惧不仅会压倒自我,还会压倒自我存在的根基,也就是考林对这个世界的基本信任。

可想而知,如果听从洞内声音的诱导,那么只会导致考林自己和他的家庭的徒劳毁灭,幸运的是直到最后"我把它关了起来。我蹲下来,双手合十,等待着。为了什么,我不知道。我想这是一个奇迹,或者是某种救赎"(Tim O'Brien. *The Nuclear Age*,299)。当屏蔽掉洞内的声音后,死去的父亲、死去的萨拉、死去的反战组织成员的幻象接连出现。"记忆在燃烧,过去的一切也随之燃烧。"(Tim O'Brien. *The Nuclear Age*,303)当考林终于认定没有什么是值得为之牺牲的时候,洞里似乎发出了同意的声音。至此,考林的意识得到了统一整合。"活着就是失去一切,这很疯狂,但我还是选择了,这很理智。这是激情的力量。这就是我们所拥有的。"(Tim O'Brien. *The Nuclear Age*,310)而考林也接受了这样的现实。"总有一天我女儿会死。有一天,我知道,我的妻子会离开我。也许,那是秋天,树林都是五颜六色的,她会在我睡着的时候吻我,把一首诗塞进我的口袋,那时世界一定会结束。"(Tim O'Brien. *The Nuclear Age*,312)结尾之处,前所未有的平和的语调及思考渐渐引领着考林回归正常的生活轨道。

幻象之外,逃避现实也是考林创伤的重要表征。当 12 岁的考林面对冷战的恐惧并在地下室用乒乓球桌建立起避护所时,他的一举一动并没有获得父母的理解。考林回忆起那个时候他的逃避。"有一段时间,我躲在浴室里,那是这所房子里唯一能找到的隐秘的地方,我把自己锁在里面了。"(Tim O'Br-ien. *The Nuclear Age*,26)七、八年级的时候,考林虽然努力融入同龄人的生活,可是却发现自己与其他人的不同。"就像一个外星人,一个局外人。我不能讲笑话或扮小丑,也不能优雅地融入平常的戏虐或胡闹。有时我在想,那些午夜的闪光是否会使我与世界的连接线路短路。"(Tim O'Brien. *The Nuclear Age*,35)而且,考林似乎也不想维持与同龄人之间的交往。"我不能和女孩打交道;我避免人群;我不知道什么时候该笑,应该把手放在哪里,以及如何进行简单的交谈。"(Tim O'Brien. *The Nuclear Age*,35)创伤理论家朱迪斯·赫尔曼曾经指出:"创伤事件的主要影响不只在自我的心理层面上,也在联结个人与社群的依附与意义系统上。"(朱迪思·赫尔曼:《创伤与复原》,47)事实证明,考林的选择彻底粉碎了他与人群的联结感。

上高中的时候,考林变得更加孤僻了,他不仅避开所有的集体活动,而且"我把自己封在一个舒适的茧里,一个私人的世界。那就是我生活的地方,像一个隐士:威廉·考林,独行侠"。尽管在外人看来不可思议,但考林却固执地认为"表面上可能不太健康,但我真的喜欢这样"(Tim O'Brien. *The Nuclear Age*, 35)。考林自认为可以以凌驾一切的方式度过高中生活的每一天。他回忆道:"夏天的时候,我会独自一人徒步到小镇上方的山上,没有紧张和焦虑,只是享受那些紫色的悬崖和峡谷的巨大孤独……晚上,我把自己锁在卧室里,花上几个小时打磨一片云母,刮去瑕疵,摩擦云母的尖端,手指划过那些光滑的油乎乎的表面。只有我和大自然,让人感到安心。"(Tim O'Brien. *The Nuclear Age*, 35)当考林沉浸于孤独所带来的安全感的时候,考林的父母意识到了他的反常。

考林的父亲很快就发现了问题的所在,他向考林建议"人与人之间的接触很重要",而且"生活中有比用石头把自己锁起来更重要的事"(Tim O'Brien. *The Nuclear Age*, 36)。然而,为了应付自己的父母,也为了守住自己的孤独,考林竟然玩起了小花招。他经常"随便拨一个号码,悄悄地断开连接,然后和一个不存在的朋友进行对话",考林得意地认为这完全是为了鼓舞父母的士气。"我闭上眼睛,向后仰着,假装在给德里堡高中的热狗啦啦队员打电话,就像萨拉·斯特劳奇一样,我会编一些轻快的小对话,哂着石头,试着想象萨拉可能想谈论的话题。一开始有一些问题,但最终一旦我掌握了诀窍,我就能放松下来,享受生活了。"(Tim O'Brien. *The Nuclear Age*, 37)有时,考林也会产生幻觉,好像萨拉就在电话的那头,几乎可以听得到她沙哑的声音,性感且强硬。周末的时候,他甚至会参加一些捏造的聚会。考林信奉的基本的人生哲学就是把自己封闭起来,远离潜在的威胁。在佩弗森州立大学学习期间,考林就避免参加各种聚会和社交活动,在他的眼中,这里的学生完美地诠释了平庸、冷漠和无知,完全是一个没有头脑的学生团体。在大学里,只有地质实验室才是他校园里真正的家。

朱迪斯·赫尔曼认为:"创伤事件造成人们对一些基本人际关系产生怀疑。它撕裂了家庭、朋友、情人和社群的依附关系,它粉碎了借由建立和维系与他人关系所架构起来的自我,它破坏了将人类经验赋予意义的信念体系,违背了受害者对大自然规律或上帝旨意的信仰,并将受害者丢入充满生存危机的深渊中。"(朱迪思·赫尔曼:《创伤与复原》,47)考林切断与外界的联系还体现在他与妻子波比的关系上。在执着于挖洞的那段时间里,"波比有她的计划,我有我的。她忙着收拾我们婚姻的烂摊子时,我自信而迅速地做着自己的事情,一种似乎与悲伤无关的平静"(Tim O'Brien. *The Nuclear Age,* 125)。他第一次遇见波比,当时她是一名空姐,是他从纽约飞往迈阿密的途中,他试图加入萨拉·斯特劳奇和委员会的其他成员以逃避兵役。而后考林与波比的婚姻一度成为他的避难所,这使得他在一段时间内远离了公共事件和政治对生活的介入。考林在经营他在蒙大拿州买下的一家汽车旅馆时,轻松地走入了 20 世纪 80 年代的繁荣。"我比以往任何时候都更坚定地反对解体。当报纸警告有灾难的时候,我干脆不看了,我是一个顾家的男人。"(Tim O'Br-ien. *The Nuclear Age,* 28 3)但事实证明,将考林的私生活与核时代的致命势头隔绝开来是不可能的。

在第二部的开头,波比不再和考林说话,她通过诗歌表达了她的沮丧和痛苦。反过来,波比与丈夫的逐渐疏远促使考林采取了更加绝望和强制的措施来保护他的家庭。最终,当波比打算带着女儿离开之时,引发了考林的疯狂。在《追寻卡西亚托》之后的奥布莱恩的所有作品中,破裂的婚姻关系或爱情关系都像他在越南的角色所遭受的创伤一样的痛苦,对战争的恐惧与亲密关系的破坏性融合贯穿于《核时代》之中,或隐或显地作为先决条件和结果补充了考林的创伤。

除了上述两点之外,言语和行动的失控也是奥布莱恩小说中人物濒临崩溃的标志。考林曾经在挖洞之时疯狂地喊叫:"核战争——尴尬吗?太平淡?太直白了?听着——核战争——那些生硬、傲慢、陈腐,日常的音节。我想大声疾呼:核战争。"(Tim O'Brien. *The Nuclear Age*,124)这一疯狂的举动吓哭了12岁的梅琳达。古巴导弹危机带给了考林难以置信的痛苦,他一直蹲坐在马桶上。"这是一桩痛苦而尴尬的生意,所以有一天早上,我偷偷溜到大街上的精灵药店,把泻药拿了出来。……我把剂量增加了一倍,喝了两杯可乐,然后拖着自己去了学校。"(Tim O'Brien. *The Nuclear Age*,40)随后,他在学校突然晕倒而引发了众人的关注,不可思议的是,因为导弹危机带来的恐慌令考林有了自杀的举动。此时的考林深陷悲观情绪的泥淖,他还经常幻象自己死后的情形,尸体无人认领时的惨状,甚至是被解剖时的样子。最后,考林意识到问题的所在,控制住自己混乱的思绪,及时地向心理医生亚当森求助。

考林最为疯狂的举动就是要在家中的后院建造防空洞。他坦言"这是一种美——我很自豪——但我付出了可怕的代价"。

(Tim O'Brien. *The Nuclear Age*, 57)此外,考林还在洞中藏了大量的炸药。当他执迷于挖洞之时,他坦言:"我女儿说我是个疯子。我的妻子不和我说话,不和我上床。她认为我既疯狂又危险。她甚至拒绝和我讨论这件事情。"(Tim O'Brien. *The Nuclear Age*, 57)当得知妻子与女儿要离开他时,考林的疯狂举止一步步升级,他剪断电话线,拿掉汽车的电池,并用木板将房门和窗户钉死,试图阻止她们离开。此时的房间内外成了两幅截然不同的画面,里面是妻子和女儿声嘶力竭的喊叫,而外面却是考林在平静地喋喋不休地讲着道理。"我会解释说那是爱,没有其他的。我将用我的逻辑,我的理智将她们打倒。我要给她们看武装核弹头的照片——这就是我要做的……"(Tim O'Brien. *The Nuclear Age*, 130)考林甚至拒绝了女儿去厕所的要求,却在卧室门外铺开睡袋,像看门狗一样蜷缩起来。在他自制的拘留所里,梅琳达母女被关在里面差不多有三个星期,她们依靠考林在门旁自制的舱门进行食物的传输和必要的交流。在考林看来,"这是对未来的一项投资——服务舱门虽然很小,但作为一种沟通和供应的手段,作为一种救生的手段,它已经很好地发挥了作用,我为此感到骄傲"(Tim O'Brien. *The Nuclear Age*, 194)。终于,从 4 月到 7 月,在将近三个月的时间之后,一个 19 英尺深,12 平方英尺的洞大功告成。"它有一种特殊的气质——那些陡峭的墙壁垂向阴影,线条和目的纯净,无形的空洞。"(Tim O'Brien. *The Nuclear Age*, 197)在自认为激进的时代需要激进的疗法的想法之下,考林用安眠药将她们迷晕,把她们抬进洞。"我将带着我的家人离开这个洞,坚信我们可以幸福地生活在地球上。我会举起旗帜,对先知嗤之以鼻。"(Tim

O'Brien. *The Nuclear Age*，208)在即将引爆炸药的那一刻，12岁的梅琳达的声音阻止了他完全堕入幻想的空洞之中。

疯狂不只是考林的言语与行为，更是奥布莱恩的叙事策略，它一方面可以传达出主人公威廉·考林的创伤，另一方面也借助这些策略表达了丰富的主题意蕴。在叙事中，奥布莱恩不仅详细描述了主人公考林错乱的精神状态和创伤的表征，也深入细致地分析了创伤的来源。在叙事的重复、碎片、时序违逆、缺乏情感与轻描淡写的讽刺之中，《核时代》无疑促使我们去考虑考林个人崩溃的更大背景。为此，奥布莱恩第一次明确处理了以越南战争为核心的更广阔的文化背景。

可以毫不夸张地说，越南不仅是一场战争或者一部小说，而且还是一个精神创伤及其创伤后遗症的舞台。在《核时代》中越南战争成为最重要，最令人信服的创伤来源。虽然越南战争只是考林精神创伤的一部分，但他与越南的关系实际上占据了叙事的大部分。奥布莱恩的研究者马尔科姆·考利曾经指出越南"是美国历史上最重大的公共政策灾难之一的象征，它不仅指代这场战争，而且还延伸到它对美国及其所有公民的政治、历史和文化的影响"（Mark A. Heberle. *A Trauma Artist*，9）。战争进入考林的意识从第五章开始，一直没有离开，从成为校园的战争抗议者、反战活动家、逃避兵役者、反战游击队成员，到最终在1971年退出回国，直至第十一章结束。当他从基韦斯特返回到蒙大拿的家中时，他才意识到，"对我来说，至少，战争结束了"（Tim O'Brien. *The Nuclear Age*，208）。由此不难看出，在叙事中作为创伤之源，越南战争在很多方面要比其他事情更重要。

在叙事中，考林过半的回忆都集中在他作为越南战争反对者的活动上，在考林的辩解中，这些对越南战争的引用增加了他对暴力升级的焦虑。与考林对核灾难的设想不同，考林卷入越南战争面对的是实际的，而不是想象中的或者潜在的威胁。他对越南战争的创伤性幻想或者噩梦不只是想象出来的，而是融入了他周围世界实际发生的事情。"到我大三那年的秋天，1966年10月，美国在越南的驻军人数超过了325000人。滚雷行动包围了河内，死者绝望地死去了，尸体被装运回国。……对死者来说，没有正直可言。对死者来说，没有什么是值得为之牺牲的。"(Tim O'Brien. *The Nuclear Age*，73)当考林在自助餐厅外的举牌行为没有撼动四周像水泥一样坚硬的冷漠时，他越发感到脆弱和荒谬。而此时，"1967年1月，18名美军士兵在西贡城外死于重型迫击炮"(Tim O'Brien. *The Nuclear Age*，80)。越南的创伤几乎让他再次发疯，重新唤起了他对核战争的恐惧，考林重新审视了毁灭的愿景，可以说正是这种有形的暴力促使考林采取了政治行动。越南战争不仅制造了考林的创伤，也带来了萨拉的痛苦，在考林的回忆中，对于萨拉来说，战争深深地伤害了她。这种痛苦是真实的。"我记得在那些为电视制作的战斗片段中，她是如何闭上眼睛的；我记得她在宿舍的布告栏上记下了伤亡的人数。"(Tim O'Brien. *The Nuclear Age*，106)战争带来的死亡可以令从幼年起就对死亡司空见惯的萨拉悲愤不已，那么对于敏感而脆弱的考林而言恐惧就更加不言而喻了。

1970年，由于越南战争和试图对抗战争的努力使得考林再次受到创伤。这一时刻，他的思维再度出现混乱。"当我回想1968年的夏天，就好像一切都发生在另一个维度，已经发生的和将要发生的混合在一起。就像捉迷藏一样，未来向过去弯曲，然后又无缝地折叠起来，我们永远被锁在当下。我在那里，只是在挖。这一年既是 1968 年，也是 1971 年。"（Tim O'Brien. *The Nuclear Age*, 121）考林的幻象中又出现了埋藏炸弹的奥利·温克勒、冲进电台的蒂娜·罗巴克、抽搐的罗伯特·肯尼迪和为自动步枪上油的萨拉。"还有那具怪异的、无法解释的人类尸体。奇怪，大脑是怎么运作的。它循环反复。现在是 1968 年，1958 年，1995 年，我在这里挖掘，我很正常，我在努力挽救我的生命。"（Tim O'Brien. *The Nuclear Age*, 121）通过这样杂乱无章的思绪、愤世嫉俗的狂躁、多愁善感的自怜，考林带领我们从过去走到了现在，更好地理解了创伤的异常。

在《核时代》中，越南战争的创伤也得到了其他创伤的补充和扩展，在这其中就有源自 1947 年的冷战。由于见证了从冷战开始到冷战结束的历史，49 岁的考林便被核毁灭的威胁吓得惊恐万分。从他童年在蒙大拿州的噩梦开始，他的一生都被这种反复出现的、侵入性的对毁灭的恐惧所标记，而且在余生中，这些幻象持续存在，并且还会因为冷战的冲突，周期性引发。

奥布莱恩曾经在接受马丁·纳帕斯德克的采访时提到威廉·考林的遭遇，认为他是因为全球政治而导致的远离自己的生活，而他写作的本意也是在探寻"人类的个人生活是如何受到地平线以外的全球力量的影响的"（Patrick A. Smith. *Conversation with Tim O'Brien*, 46）。由此可见，考林的崩溃也是奥布莱恩戏剧化地描述冷战时期美国国内的平静被破坏的方式之一。冷战带来了幻象，也打开了威廉·考林恐惧的潘多拉魔盒。它让考林看见了"堪萨斯在燃烧。炙热的熔岩沿着芝加哥的街道流淌"，也看见了"曼哈顿沉入了大海，新墨西哥突然冒了出来",更让考林意识到安全的重要性。在世界走向毁灭的威胁下,奥布莱恩的主人公要么逃离,要么试图创造他可以安全控制的环境,从他童年的避难所开始,到他打算把自己和家人安置到洞中结束。奥布莱恩也在以此暗示,只有当这场噩梦作为美国历史上耻辱的一部分被唤醒时,考林的噩梦才会最终被释放。

奥布莱恩除了探讨由公共事件引发的个人创伤,也在叙事中分析了考林的个人存在的问题。反战组织的成员曾经指出过考林的性格缺陷:"太专注于自己。太自以为是,太自负,太傲慢,太强势。"(Tim O'Brien. *The Nuclear Age,* 77)考林的想象力极为丰富,这一点早在他高中时就曾经受到他的心理医生亚当森的认可。不可否认的是,考林是一个有洞察力,甚至是英雄般的幻想家。他能够理解核战争的疯狂,但是考林的想象力又过于狭隘,通常都是根据自己的欲望来衡量和评估一切,这种激进的唯我主义导致了后来的一系列连锁反应。

在考林混乱而疯狂的半生中,他曾经有三次试图调整自己的生活,重新寻求生活的秩序和意义。考林回忆道,整个七八年级的时候,一个孩子生命中最脆弱的时期,他是乡村电力协会小联盟的游击手。"我是受欢迎的,人们喜欢我。在学校我的成绩很好,A和B⋯⋯"而且考林还"花了很长时间练习正常的微笑,正常的姿势,正常的走路和说话的方式。上帝知道,我努力过"(Tim O'Brien. *The Nuclear Age,* 34)。在佩弗森州立大学期间,"在我大一那年的秋天,每周四的晚上我都要去上初中的舞蹈课——狐步舞和探戈,所有的交谊舞。我和卫理公会的青年团一起去骑干草车。尽管我讨厌干草车,或者我不是卫理公会教徒,这并不重要,重要的是要坚守小城镇的传统,拥抱幸福的中庸之道"（Tim O'Brien. *The Nuclear Age*，34）。考林自述道："在接下来的十年里，我的梦想是干净的，没有闪光点，世界是稳定的。力量保持着平衡。直到大学毕业，在深夜从纽约飞往迈阿密的飞机上，那些凌晨的大火又回来了。"（Tim O'Brien. *The Nuclear Age*，32）不幸的是，这种短暂的安全感和内心的平静终究还是被外界复杂的环境打破。也许正如萨拉所言，考林注定要从那该死的藏身之处爬出来。在反战组织的演习中，考林和拉弗蒂最终喝得酩酊大醉，把 m-16 扔进湖里，禁止士兵或委员会使用它们，这是小说中主人公唯一有效的反对战争的直接行动。

最后，想象恢复了积极的力量，使考林能够看到过去和未来的差距："我知道我的局限，我也知道我的心。"（Tim O'Brien. *The Nuclear Age*，190）当考林发现他对家庭的爱、非暴力和安全的价值观与他在地下组织的生活并不一致之时，他勇敢地采取行动，恢复了对自己生活的控制。

奥布莱恩的研究者马尔科姆·考利认为，奥布莱恩笔下的每一位主人公其实都是作者的一次投射。不可置否的是，《核时代》中考林童年时对核战争的恐惧以及他在大学时公开反对越南战争，这些几乎都来自奥布莱恩自己的经历。20 世纪 50 年代末至 60 年代初，当人们几乎不记得第二次世界大战的时候，冷战开始占据了报纸的头条，在此期间，核战争的威胁也在逐渐靠近。奥布莱恩家的餐桌上经常会有关于重大问题、思想和时事的对话。这些讨论的诱因通常是电影、电视节目、书籍和杂志文章，谈话经常会从一个特定的节目或文章转移到一般性的讨论，偶尔也会涉及有关核武器的最新消息，这不可避免地会引发人们对核战争的可能性、中西部遭受袭击的可能性以及这样的核打击对沃辛顿可能造成后果的猜测。1962 年 10 月的古巴导弹危机也给奥布莱恩留下了不可磨灭的印记,这也是《核时代》中的重大事件。在马卡莱斯特学院学习期间,为了反对战争,奥布莱恩参加了几次小型的和平守夜活动和在课堂内外举行的校园辩论。只不过奥布莱恩和他的同伴们并没有看到他们的愿望成真,反而开启了他与越南战争的长期联系。1968 年当奥布莱恩以最高荣誉和优等荣誉从马卡莱斯特学院毕业之时,他却收到了征兵通知。尽管奥布莱恩花了很多时间来思考,但他还是选择了和当时许多中西部的年轻人一样的路线,参加了越南战争,履行了自己的义务。其实不只是奥布莱恩,他的同时代的很多人在回忆起 1968 年的时候,都会带着一种难以言说的怀旧之情,在那个漫长而炎热的夏天,几乎每个人都在思考着与越南有关的事情。作为小说家,奥布莱恩将那些年的这些事实转化为小说,将这一代人的生活转化为艺术,围绕一个中心人物即威廉·考林的心理精心建构了一个冷战偏执狂的形象,同时也借助于考林的人生经历提出了一个复杂而又本质的问题——“个人自制的神经症与这个时代流行的疯狂之间的界限在哪里?”(Patrick A. Smith. *Tim O'Brien*, 89)

奥布莱恩不仅为我们虚构了威廉·考林的创伤,也为我们传递了历史的真相。帕特里克·史密斯认为:“他的作品之所以能够成为美国文学的经典,并不是因为它对越南本身的审视,而是因为它能够将敏锐的历史感与许多描写战争及其后果的文学作品所缺乏的人性无缝地结合起来。”(Patrick A. Smith. *Tim O'Brien*, 24)这一源于现实的政治视角的介入为读者审视当时的历史提供了更多的角度。如果说在其他小说文本中，这一视角潜藏在涉及个体对于政府义务的道德和政治选择的基础上。那么在《核时代》中，越南战争、核战争的威胁、冷战都对主人公威廉·考林的个人生活产生了难以估量的影响。越南不仅是许多个人危机的源头，同样也是国家的创伤之源，正是由于这样的原因，威廉·考林对于越南的反应和解决既是私人的，也是公众的。可以毫不夸张地说，外部的环境力量是熔炉也是催化剂，它们在考验着奥布莱恩的主人公，迫使他们通过自我分析与环境评估而作出反应，而反应之后的选择也是作者奥布莱恩从不同的角度探索人类心灵的神秘与不确定性的主要目标。

参考文献：

1. Tim O'Brien. *The Nuclear Age*. New York: Penguin Books (1985).
2. Patrick A. Smith. *Conversation with Tim O'Brien.* Jackson: University Press of Mississippi (2012).
3. Patrick A. Smith. *Tim O'Brien: A Critical Companion.* Westport: Greenwood Press (2005).
4. Mark A. Heberle. *A Trauma Artist: Tim O'Brien and The Fiction of Vietnam*. Iowa City: University of Iowa Press (2001).
5. ［美］朱迪思·赫尔曼：《创伤与复原》，施宏达、陈文琪译，北京：机械工业出版社，2017年版。

第八章　如何讲述真实的战争故事——《士兵的重负》

关于《士兵的重负》的创作

　　《士兵的重负》是奥布莱恩的第五部小说,被誉为可以与史蒂芬·克莱恩、海明威和诺曼·梅勒有关战争的杰作并肩而立的作品。1990 年,奥布莱恩的连环故事集《士兵的重负》获得普利策奖提名,并被《纽约时报》的编辑选为当年最好的小说之一。标题故事《士兵的重负》获得了国家杂志奖,还被列入由约翰·厄普代克编辑的 20 世纪美国最佳短篇小说。1986 年至 1989 年间,其中的部分章节以短篇小说的形式发表在《时尚先生》(*Esquire*)杂志上,最后它们形成了一个综合的形式,并在 1990 年由霍顿·米夫林出版社出版。奥布莱恩在 1989 年出版前接受纳帕斯塔克的采访中评论:“《士兵的重负》是我最好的书。这在我心里是毫无疑问的。”(Patrick A. Smith. *Conversation with Tim O'Brien*, 48)唐·林纳尔达称《士兵的重负》是奥布莱恩的“终极越南战争小说”,评论家洛里·史密斯也认为《士兵的重负》是“为越南战争小说的经典写作做出了重大贡献”(Mark

A. Heberle. *A Trauma Artist*，177）。评论家角谷美智子称赞了奥布莱恩试图传达战争的恐怖和叙事力量的野心，她总结道："奥布莱恩先生写了一本至关重要的书，不仅对越南感兴趣的读者很重要，对任何对写作技巧感兴趣的人也很重要。"（Patrick A. Smith. *Tim O'Brien*，98）

这部以战争自传方式写成的小说由 22 个相关的短篇故事构成，从篇幅为两页的小品到长篇故事。"它不完全是一本故事集，不完全是一本小说，也不完全是一本虚构的回忆录。事实上，它是所有这些因素的结合。"（Don Ringnalda. *Fighting and Writing*，111）作为读者，我们可以在其中见到故事、自传、回忆录、忏悔、轶事、人物小品和抒情散文的段落，所有的这些都有由蒂姆·奥布莱恩，一个 43 岁作家的叙述声音若隐若现地结合在一起，并将零散、深沉而缓慢的记忆碎片与战后的生活交叉相融构建起整个文本的叙事。在叙事中，奥布莱恩将《士兵的重负》的故事献给了六个虚构的人物，小说以《士兵的重负》开头，以《死者的生命》结束，通过他们作为故事或者讲述的核心构成了多层面的战争故事，同时也审视了奥布莱恩作品中反复出现的主题，包括勇气、恐惧、记忆和想象的相互作用等。

在开篇《士兵的重负》中，奥布莱恩以作为他与生者和死者人际关系的背景，重新塑造了在《如果我在战区死去》中首次出现并在后来的小说中被重写的创伤经历。同时，奥布莱恩还将讲故事与列举的技巧结合起来，介绍了士兵们所携带的物品、记忆、恐惧、梦想及他们所携带的故事。正如奥布莱恩所言："一切都是围绕着我们所背负的负担展开的，不仅仅是在战争中，不仅是身体上的，还是精神上的。"（Tobey C. Herzog. *Tim*

O'Brien, 108)它所蕴含的美学陈述表达了奥布莱恩的写作和记忆哲学,也为后来的许多小说奠定了基础。

在《爱情》中,以吉米·克洛斯中尉的到来为契机拉开了讲故事的序幕,也确定了接下来讲故事的主题。在奥布莱恩看来,"故事的意义在于,你一边讲故事,一边梦到它,希望其他人也会和你一起做梦,这样记忆、想象和语言就结合在一起,在脑海中形成灵魂,创造了一种'活着'的幻觉"(蒂姆·奥布莱恩,《士兵的重负》,259)。在美学和认识论的大胆行动中,奥布莱恩创造了一个名叫蒂姆·奥布莱恩的人物。

在《旋转》一章中,奥布莱恩以一段简短的小品回忆了战争中一些奇怪的、不同寻常的轻松时刻,其中大部分是战争中简短且没有关联的场景。在这一部分中,奥布莱恩还提供了一段自己的简短传记,以此来定义自己作为作家的角色,并阐述了记忆与故事的关系。

接下来的《雷尼河畔》,奥布莱恩以"这是一个我从来没有讲过的故事"开头,承接并讲述了他在 1968 年夏天接到征兵通知后的那段艰难抉择的时光。奥布莱恩从内心深处抗拒这场战争,甚至不顾一切地跑到美国与加拿大的边界雷尼河畔,试图逃避前往越南参加战争。在蒂普托普旅馆六天的纠结中,奥布莱恩考量了各种因素,最终选择参加了战争。"我是一个懦夫,我参加了那场战争。"(蒂姆·奥布莱恩,《士兵的重负》,47)这一道德选择的困境日后成为奥布莱恩几乎所有主人公的宿命。同时,雷尼河畔地理意义上的模糊性也隐喻了越南战争的经验。

在《成为敌人》和《成为朋友》这两部分中,奥布莱恩讲述了李·斯特伦克和戴夫·詹森之间的故事,讲述了在战争中敌人的出现和消失往往等同于年轻人精神世界的困惑。这场冲突提升了奥布莱恩自己在越南丛林中艰难跋涉的不安，因为在那里，"好人和坏人之间的区别消失了"（蒂姆·奥布莱恩，《士兵的重负》，63）。奥布莱恩认为，"如何讲述一个真实的战争故事"是他从回忆录作家向虚构作家转变的关键，他反复地在如何讲述战争的故事中给出建议。这部分不仅是奥布莱恩对战争文学最复杂的思考，也是创伤写作的杰出代表，他自我反思地将故事和评论穿插在自己的作品中。

《牙医》中讲述了柯特·莱蒙的故事，值得注意的是柯特·莱蒙的死在小说中一共出现了六次，每一次奥布莱恩及其讲述者都会补充不同的细节。《茶蓬河的恋人》的开篇为整个系列提供了背景，强调了整体的结构，并指出了越南故事的特点。"越南富有奇怪的故事，有些故事荒谬可笑，有些故事远远超出了故事的范畴，但是，将要永远传颂的故事是介于平凡的生活琐事和混乱喧嚣的场面之间、疯子和平庸之辈之间的那些事情。"（蒂姆·奥布莱恩，《士兵的重负》，70）这一部分中，由拉特·基利和米切尔·桑德斯讲述了玛丽·安妮·贝尔从失去到救赎的过程。基利断断续续地讲述着故事，并在复述中插入自己的观点。桑德斯指责基利利用不必要的细节和切线破坏了故事。

《我打死的人》以全知全能的叙述视角，在现实与虚构的消弭之中激烈而内省地讲述了一名北越士兵的死亡。虽然奥布莱恩只是作为一个旁观者参与了这个人的死亡，但这个故事却把作者对勇气的迫切需求变成了对行动的恐惧，最终变成了救赎。后来，奥布莱恩还试图通过两种方式来化解他的情感，一个按照自己的想象重新塑造那个年轻的越南士兵，尤其是他对他人的责任感,二是想象受害者的死会得到某种救赎。

《话说勇敢》是奥布莱恩在 1976 年出版的一篇获奖故事的修订版,讲述了诺曼·鲍克战后艰难的回归之路。最初,奥布莱恩未能以小说的形式重新描述鲍克的创伤,未能让他从痛苦中得到缓解而最终导致了鲍克的死亡,甚至叙述者本人也被深深地卷入鲍克的痛苦。最终,重写的故事变成了对诺曼·鲍克的纪念和延迟的义务。

在《作者手记》和《好的形式》中,奥布莱恩带领我们脱离了任何明显的叙事框架,讲述了自己作为作家的经历,他更直言不讳地告诉我们,到目前为止,我们所读到的几乎所有事情——包括基奥瓦的死——都是编造的。这其中也包括了大量的关于故事和讲故事的思考,也为奥布莱恩的自我编造提供了一种忏悔和辩护。在《作者手记》之后的《在河滩上》扩展了《话说勇敢》和《作者手记》的创伤,再次提出了责任和内疚的问题,只不过问题仍然没有解决。故事讲述的是在迫击炮袭击后的第二天早晨,由 18 名士兵组成的排在粪便和泥土遍布的阵地上搜寻基奥瓦的尸体的过程,这些跨越时间和地点的死亡事件相互联系,刺穿了叙述者因战争而产生的情感麻木。

《重访故地》聚焦作者和虚构的女儿回到越南的场景。“我在那里寻找宽恕的迹象、个人的优雅,或这片土地可能提供的任何其他东西。”(蒂姆·奥布莱恩,《士兵的重负》,181)在讲述中,我们发现此时此刻的平静如初尽管取代了当初这里曾发生的恶行,但在奥布莱恩的记忆之中,战争依然是鲜活的存在。《幽灵士兵》和《夜生活》中,分别讲述了叙述者在战争中受伤和拉特·基利自残的严酷喜剧故事。

《死者的生命》描述了将记忆重新塑造成"故事真相"前的湮灭过程。在最后的故事中,作者的主要兴趣并不是那些在越南战场上牺牲的士兵,而是年轻的女孩琳达。最后一次,奥布莱恩将爱与战争、死亡与生命的概念混合在一起,回忆起他将现实与梦想融合在一起的时光,让失去琳达的痛苦变得可以忍受。当士兵和九岁的女孩结合在一起,叙述就远远超越了战争,并证明了奥布莱恩之前的主张——真正的战争故事绝对不是关于战争的。

在小说最后一个章节《死者的生命》中,奥布莱恩以"请相信:故事可以拯救我们"(蒂姆·奥布莱恩,《士兵的重负》,178)这样一个简单的论断开篇,道出了小说"讲故事"的主题。奥布莱恩在接受坦巴斯基的采访时这样解释道:"故事可以拯救我们,当然我的意思不是只有一种意义。……我的意思是在精神层面上,故事可以在道德上拯救我们,让我们在生活中免于犯罪。故事有一种表现人类行为得体和不得体的模式。故事可以包含对我们的警告。在我关于越南的小说中,我确实尽我所能地提出了战争的警示信号。"(Patrick A. Smith. *Conversation with Tim O'Brien,* 158)在奥布莱恩所有关于战争创伤故事的讲述中,记忆占据着至关重要的位置。《纽约客》杂志写道:奥布莱恩的叙述引人入胜,在事件循环往复的回忆与复述中,我们深深地感到了事实的鲜活与记忆的生动。评论家威廉·罗伯逊也在《迈阿密先驱报》中提到了《士兵的重负》中有关记忆的问题:"奥布莱恩又给我们带来了一部杰作……这些故事把观察到的具体细节叙述得淋漓尽致,使这些故事似乎成为现实主义作家的艺术典范……最能突出《士兵的重负》一书特性的是奥布莱恩对记忆天性的理解。"(蒂姆·奥布莱恩,《士兵的重负》,1)所以,对于读者而言,如何理解记忆在《士兵的重负》的故事中的生成性与价值,如何理解奥布莱恩在回溯过往经验的基础上运用记忆去构建文本的故事、叙事及文化层面就成为解读文本的关键所在。

故事层面与叙事层面的记忆

当提到记忆这个概念时,我们首先想到的是记忆是法国哲学家亨利·柏格森生命哲学形成逻辑中的重要环节。柏格森认为记忆是"把过去引入现在,压缩成为由许多绵延瞬间组成的单一直觉,因而通过双重运作迫使我们实际上在我们自身里知觉材料,同时,我们在理论上在材料当中知觉材料"(亨利·柏格森:《材料与记忆》,55)。柏格森进一步指出,记忆不仅仅是大脑的一种功能,它与知觉密切相关,指涉的是当前行动对过去经验的利用。虽然,记忆的基本功能是对过去经验的保存与提取,但"记忆从来不是准确无误的,总是收集起来的碎片的蒙太奇,是被每一个人和每一代人重新组织起来的"(扬·阿斯曼:《文化记忆》,198)。由此可见,记忆并非一种机械的被动的对过去经验的指涉,更不是简单地重复与忠实地讲述,它是一种有选择性的意识行为。

关于选择何种记忆来加以呈现的问题是随着奥布莱恩对真实的战争故事的理解而逐步明晰的。在《如何去讲一个真实的战争故事》这一章节中,奥布莱恩详细阐述了他对真实战争故事的理解。真实的战争故事从来就不是道德的。"它既不传授、鼓励美德,也不提出值得效仿的人类正当行为的范例,它既不会让你的精神境界得到升华,也不会从严重的毁坏当中拯救正直。"(蒂姆·奥布莱恩,《士兵的重负》,53)万圣节前夕,从那个浑身涂满不同颜色,几乎赤身裸体的拉特以及他苦等了两个月都没有的回信就能真切感受到悲伤与真实。不仅如此,真实的战争故事很难将已经发生的和似乎发生的事情分开,它几乎是不可信的,它没有概括和归纳,也不沉湎于抽象的概念和分析。在奥布莱恩看来战争是地狱这种抽象的、概括的论断是很难令人信服的。需要如实地讲述科特·莱蒙的死和拉特·基利射杀水牛的过程,正视其中的丑恶,冷酷无情和死亡,这样你才会意识到其中有价值的东西,才会爱上自身和世界上一切美好的东西。

在真实的战争故事中,有的甚至不是以事实为基础的。一件事情或许发生,或许完全是个谎言;另一件事或许没有发生,甚至比事实还要真实。奥布莱恩将米切尔·桑德斯所讲述的六人巡逻队的故事、科特·莱蒙的死,以及四个人遭遇手榴弹的事情作为例证来说明真实的故事所掺杂的不真实的表象。在他看来,"对于普通的士兵来说,战争使人有一种幽灵般大雾的感觉,浓重而持久。一切事物都缠在一起。旧的规则不再有约束力,旧的真理不再真实,正确涌入错误之中,秩序与混乱交织在一起"(蒂姆·奥布莱恩,《士兵的重负》,64)。在这其中,唯一确定的事实就是令人迷惘的含糊不清。在接下来的叙事中,奥布莱恩依据真实战争故事的原则运用"我记得""我还记得""我清晰地记得"等语言行为将过去的人和事从昏暗繁杂的过往提升至当下的叙事之中,并赋予它们明确的价值。

奥布莱恩记得行军路上士兵们所携带的每一样物品:"P-

38 罐头起子、小刀、燃料片、手表、身份识别牌、驱蚊剂、口香糖、糖块、香烟、盐片、急救包、打火机、火柴、针线包、军用付款凭证、C 口粮和两三壶水。"(蒂姆·奥布莱恩,《士兵的重负》,2)他还清晰地记得他们各具特色的零碎东西:基奥瓦的《圣经》、亨利·多宾斯的连裤袜、拉特·基利的白兰地酒、吉米·克罗斯珍藏的玛莎的照片,等等。奥布莱恩记得米切尔·桑德斯默默地坐在一棵老榕树的影子里,用指甲抠虱子,然后不慌不忙地塞进信封,邮寄给俄亥俄州征兵委员会的事情。他记得诺曼·鲍克和亨利·多宾斯每天晚上在天黑前玩跳棋的情景,以及那种宁静感带给人的有条不紊和慰藉。他还记得空尸体口袋潮湿发霉的气味,悬挂在稻田夜空上的弦月,以及战争带给人的赤裸裸的、挑逗性的厌倦感。战争发生在奥布莱恩三十四岁那年,记忆使得这些场景得以保存。

打开的记忆还为我们呈现了基奥瓦在炮火连天的夜晚深深地陷入粪水污泥,柯特·莱蒙被肢解的身躯悬挂在树上的场景。虽然铭刻在奥布莱恩记忆中的常常是那些稀奇古怪、支离破碎的事情,但它们在故事的讲述中有着自己的生存空间,一遍又一遍地上演,呈现出战争的可怕和令人痴迷的复杂。《圣地亚哥联合报》对此评论道:我们所有的人,只要拿起奥布莱恩的这部小说,就能接近越南和真实。可以说,记忆构成了《士兵的重负》叙事的基石,在奥布莱恩的书写中,记忆不仅仅是一种选择性的意识行为,更是一种想象与重构。哈布瓦赫在《论集体记忆》中对记忆所经历的重构曾指出:"过去在记忆中不能保留其本来面目,持续向前的当下生产出不断变化的参照框架,过去在此框架中被不断重新组织。"(莫里斯·哈布瓦赫:《论集体记忆》,35)巴布莱特也认为"回忆并非无数固定的、毫无生气的和零星的痕迹的重新兴奋。它是一种意向的重建或构念。这种重建或构念与我们的态度有关,与突出的细节有关"(巴布莱特:《记忆:一个实验的和社会的心理学研究》,279)。奥布莱恩在《士兵的重负》中所运用的记忆的重构是指叙事在现实与回忆,感觉与真实之间综合了欺骗的记忆和虚构的想象。对此他形象地描述为:"车流般的记忆涌入头脑中的环形交通枢纽里,环形一会儿后,美好的想象力开始出现,车流融会,然后沿着一千条不同的街道驶去。"(蒂姆·奥布莱恩,《士兵的重负》,28)

美溪村边被打死的北越士兵是萦绕在叙述者心头的一段侵扰性记忆,奥布莱恩在创伤难以言喻之时幻想出关于年轻士兵的林林总总,虚构着关于他的出身。"他大概 1946 年生于广义省中部海滨附近的美溪村,父亲在村中务农,家族在当地居住了几个世纪。"想象着关于他对战争的恐惧,"这个年轻人不会情愿当兵,可心里又害怕自己在战斗中表现得差劲。……可是,到了夜里,他跟母亲祈祷着战争能够尽快结束"(蒂姆·奥布莱恩,《士兵的重负》,101)。奥布莱恩甚至还幻想了他的感情生活。"在大学的最后一年,他爱上了一个同学,一个十七岁的姑娘。有一天,她对他说,他的手腕跟孩子的似的,那样细小纤巧。她还称赞他的窄腰身,还有后脑勺翘起的头发,像鸟的尾巴。她喜欢他沉静的举止,她笑话他的雀斑和瘦腿。或许在某天晚上,他们交换了金戒指。"(蒂姆·奥布莱恩,《士兵的重负》,102)可以说,想象与虚构是奥布莱恩情感的延伸。它既是在美溪村外初次遭遇北越士兵尸体时的如鲠在喉与手足无措,也是多年以后的悲伤与罪责。战后 20 年,奥布莱恩重返越南,这份悲伤与罪责仍旧不能释怀,他写道:"甚至到了现在,我都没把这事想明白。有时候,我会原谅自己;有时候,我又无法原谅自己。……或者一个人坐在房间里时,我仍会抬起头,看见这个年轻人走出晨雾,他朝我走来,双肩稍微收紧,头伸向一侧。他会在几码开外走过,为了什么隐秘的想法而突然微笑起来,然后继续沿路前行,走进转弯处的雾气中……"(蒂姆·奥布莱恩,《士兵的重负》,106)战后,女儿凯瑟琳多次询问他在战争期间是否打死过人,奥布莱恩一直挣扎在说与不说之间,于是就呈现出这种碎片化和亦真亦假的叙述。

在《死者的生命》这一章节,奥布莱恩提及了记忆中的女孩琳达,这个奥布莱恩在九岁时一见钟情的女孩因脑瘤而离世。奥布莱恩回忆起与琳达在一起的点点滴滴,两人在双方父母陪同下的第一次约会,同学对琳达的捉弄以及葬礼上的最后一次见面。然而,奥布莱恩对琳达的情感却并未止步于记忆,也播撒在虚构的想象中。琳达死后,奥布莱恩经常会出现琳达藏身于自己周围的幻觉,甚至与死后的琳达面对面交流的幻觉。"在故事里,我能够窃来她的灵魂。我能够短暂地复活独立不变的那部分。在故事里,奇迹可以发生。琳达可以微笑着坐起,她可以伸出手,按着我的手腕说:'蒂米,别哭了。'"(蒂姆·奥布莱恩,《士兵的重负》,187)九岁的琳达依然活在 43 岁的奥布莱恩的想象中,她不是重获血肉之躯的琳达,对于 43 岁的奥布莱恩来说它更多的是情感的慰藉。"依靠记忆与想象的魔力,我仍然看得到她,犹如透过冰墙,仿佛在窥视另一个世界,一个没有脑瘤也没有殡仪馆的地方,一个根本没有尸体的地方。"(蒂姆·奥布莱恩,《士兵的重负》,194)对奥布莱恩而言,过去不可能被修复,死者也无法复活。或许他可以做的就是将充满激情的想象投进回忆的讲述，让死者活在故事里，使逝去的人在当下的叙事中获得新的维度与生命。

不仅真实的战争故事如此，如何讲述真实的战争故事也同样重要。在讲述真实的战争故事时，奥布莱恩建议，你不要在乎是否淫秽，不要在乎是否是真理。你甚至可以用没有结尾的方式来讲述真实的战争故事，就像米切尔·桑德斯在黑暗中的沉默一样。你也可以用提问的方式来讲述真实的战争故事，或者将这个故事重新再讲一遍，耐心地，分别加上和减去一些内容，编造一些内容以查明真正的事实。如果你遵照奥布莱恩的这些逻辑，你就能讲出一个真实的战争故事。

以记忆为基础的故事的讲述

那么，作为小说家的奥布莱恩如何以记忆为基础去创造这些故事呢？首先，奥布莱恩在叙事中呈现了单一事件的多个版本，并评论其起源。奥布莱恩在构成这部作品的 15 个部分中多次提到了科特·莱蒙，其中六个部分的内容中描述了他的死亡，基奥瓦的死在《说到勇气》《在战场上》《田野之旅》中四次被提及，成为突出的主题。在奥布莱恩看来，"似乎重复本身就是一种泰然自若的一种行为，是疯狂和近乎疯狂的一种平衡"（蒂姆·奥布莱恩，《士兵的重负》，17）。不仅如此，在《如果我在战区死去》《追寻卡西亚托》和《核时代》中多次出现的射杀水牛事件也在《怎样去讲一个真实的战争故事》中再次出现。在奥布莱恩看来，真实的战争故事可以存在很多的版本，真相不仅取决于所发生的事情,也取决于被改写的方式。这种多层面的故事讲述审视了奥布莱恩作品中反复出现的主题,包括勇气、恐惧、记忆和想象的相互作用、战争的本质、独立的和平,以及士兵的心灵和思想,也见证了创伤与叙事的相互作用。

其次,许多故事采用第三人称全知全能的叙述声音并突出虚构的元素。奥布莱恩在每一章节中经常都是以叙事情节开始,然后加入分析与评论,这种模式贯穿《士兵的重负》的始终。除此之外,奥布莱恩还在形式和内容上做文章,故意制造形式和内容的模糊性。拉特·基利在讲述玛丽·安妮和福斯的故事时不仅会经常打断故事的连贯性,还会加上一些无关紧要的澄清和支离破碎的个人见解。在动情地讲述了被打死的北越士兵和基奥瓦的死后,奥布莱恩却说道:"我四十三岁,现在是个作家,很久以前,我曾作为步兵跋涉于广义省。别的则几乎均属虚构。"(蒂姆·奥布莱恩,《士兵的重负》,142)在叙事中,不仅被打死的北越士兵是臆想出来的,就连叙述者奥布莱恩也是小说家虚构的。奥布莱恩将这种新的框架描述为"我将自己的个性与故事融合在一起,我在写故事,但一切都是编造的,包括评论"(Patrick A. Smith. *Conversation with Tim O'Brien*, 8)。这种形式与内容的模糊性和复杂性向读者反映了战争的经验。"在战争中,你失去了对确定性的感觉,你对真相本身的感觉,因此可以肯定地说,在一个真正的战争故事中,没有什么是绝对真实的。"(蒂姆·奥布莱恩,《士兵的重负》,88)由此可见,叙事表面上的混乱也是故事意义的一部分。不仅如此,奥布莱恩还强调这种事实与虚构之间的辩论不应该成为一个问题,对于读者来说,最关键的问题应该是听起来能更真实。就文本故事层面的构成而言,奥布莱恩用选择的记忆以及由记忆发酵的想象相互交织完美地诠释了关于过往的经验。虽然抛弃了对于真实性的考量,但在支离破碎的故事讲述中仍清晰可见奥布莱恩寄托于叙事之中的情感联系。

讲故事的过程是奥布莱恩组织过去并寻求秩序与控制的一种方式。在《雷尼河畔》的讲述的过程中,奥布莱恩梳理了自己从接到征兵通知那一刻起到走进战场的心路历程。"今天,凭着对往事的记忆,把事实写在纸上,我希望此举至少可以解除一些我梦中的压力。"(蒂姆·奥布莱恩,《士兵的重负》,31)当1968年夏天那个犹豫不决的青年的心境展现在读者面前时,我们也与叙述者一样了解了造成奥布莱恩创伤的根源所在。进入越南之后,随着对科特·莱蒙、拉文德、基奥瓦与北越士兵的死不断地讲述与补充细节,叙述者在最初面对死亡时的绝望、惊恐与自责在渐渐平复之后为我们呈现了"战争是地狱"这个抽象判断的具象。

讲故事也是创伤的救赎方式之一。在《话说勇敢》这一章节中,奥布莱恩讲述了诺曼·鲍克艰难的回归之路。战争结束后,诺曼回到故乡,尽管他曾经在越南战场获得了七枚奖章,却依然无法与家人分担他的情感重负。遵循着让内将正常记忆描述为"讲故事的行动"的逻辑,诺曼·鲍克回归之后的生活面对的是创伤记忆如何转换的问题。原来在创伤记忆中所作的不正常的加工处理,可经由一个处于安全可靠关系中的"讲故事的行动"得到改变。然而,回归之后的生活是"真相到了嘴边欲言又止的感觉",而且,诺曼的欲言又止并没有得到周围人的关心和注意。诺曼·鲍克的无助与孤立是因为他曾经身处在战争的文化之中，没有参与过战争的人无法理解他在面对邪恶与死亡时的遭遇，所以他不得不承认："镇子不能说话，也不会倾听。'要不要听听战争的事？'他会问，可这地方只能眨眨眼，耸耸肩。它没有记忆，也没有内疚，出租车收到车费、选票得到统计、政府部门又轻快又斯文——这是个轻快斯文的镇子。关于粪便它屁事不知，也不想知道。"(蒂姆·奥布莱恩，《士兵的重负》，114)在朱迪思·赫尔曼的创伤治疗策略中，与他人分享创伤经历是重建生命意义感的先决条件。从那些见证诺曼·鲍克创伤的人身上，诺曼寻求的不是责任的免除，而是体谅和愿意理解面对极端处境时人心中产生的负罪感。假如可能，他希望能够讲述战友基奥瓦那天夜里是如何逐渐沉入黑暗的沼泽地的，他是如何被战争吞噬化成粪土的。但诺曼·鲍克深知这是不可能的，三年后，他在艾奥瓦中部家乡的基督教青年会更衣室里自缢身亡。

奥布莱恩故事的成功并非基于故事的复杂性，而是基于它们能让读者产生共鸣的不可思议的能力。《士兵的重负》显示了越南战争作为故事的力量，有力地控诉了美国在越南战争之后及接下来的时间里对待这场战争的政治和文化上的态度。它至少证明了对于奥布莱恩这一代人而言，战争的噩梦并没有随着战争的结束而终止。

《士兵的重负》还因其书写形式而被凯瑟琳·卡洛韦贴上了"元叙述"的标签。元叙述这一概念最初是由热奈特于1972年在《叙事话语》中分析普鲁斯特的《追忆似水年华》时提出的。1987年，普林斯在其编著的《叙事学词典》中对元叙述作了叙事学层面的解释。"关于叙述的；描述叙述。将叙述作为话题的叙述即是元叙述。更为具体的说，它是一种指涉自身及其构成和交际元素的叙述,讨论自身的叙述、自我反思性叙述等都是元叙述。"(杰拉德·普林斯:《叙事学词典》,121)简而言之,元叙述就是关于叙述的叙述,是在叙述的过程中指涉叙述自身的一种叙事策略。这种暴露自身的元叙述在文学文本中通常会起到组织、解释、调节叙事节奏和制造陌生化效果等诸多功能。

在《士兵的重负》中元叙述通过记忆和故事之间的描述首先确立了奥布莱恩作为叙述者的角色。"有时,我感到惭愧。已经四十三岁了,可我还在写战争题材的小说。……我想,在某种程度上,她是对的,我应该忘掉战争。但是,记忆中的事是不会忘的。你的素材存在于你的生活之中,是过去和现在的交汇点,你要把你的素材带到你发现它的地方。"(蒂姆·奥布莱恩,《士兵的重负》,27)接下来,作为叙述者奥布莱恩就实施了对文本的操控功能,站在自己的角度选择性地回忆事件,并且在回忆的同时重新思考过去的原因和意义,进而构建起文本的叙事层面,即普林斯所言的"关于其记忆的叙述发生于故事外的层面"(杰拉德·普林斯:《叙事学词典》,47)。尽管奥布莱恩跨越时空的叙事是由记忆来建构的,但在记忆的间歇,奥布莱恩会用元叙述的方式就文本的主题,记忆与想象并置的策略及写作的缘由进行阐释,探讨了记忆应该如何被理解的问题。

记忆为何要以故事的方式呈现呢? 奥布莱恩讲道:"有时,记忆会写成故事,使它永存,这就是故事存在的目的。故事是为了把过去与未来连接起来,故事是为了度过那些夜深人静的时光,……故事是永恒的,记忆会消失,但故事不会。"(蒂姆·奥布莱恩,《士兵的重负》,30)也就是说,故事在获取传播的有效性及意义等方面要远远超出记忆。这样,如何讲述真实的战争故事就自然而然地成为《士兵的重负》亟待思考和解决的问题。谈及故事的特点时,奥布莱恩指出:"你讲的时候也在设想它,希望别人也会跟你一起设想,这样,记忆、想象和语言就结合起来,在脑海中形成人物。这里有着生命的幻象。"(蒂姆·奥布莱恩,《士兵的重负》,182)随后,奥布莱恩以柯特·莱蒙之死和米切尔·桑德斯讲述的六人巡逻队的故事为例证阐释了如何讲述真实的战争故事。讲述真实的战争故事的时候,可以完全不必掩饰淫秽和邪恶。譬如,体会拉特在写信时所用的"娘们"这个词,而不是姑娘,女士这种词,就能感受到他的那份悲伤。当讲述真实的战争故事的时候,往往需要掺杂不真实的表象,这些东西恰恰能够表明不容改变的确切真实。你可以用从来都没有结尾的方式讲一个真实的战争故事,你也可以添加或删减一些内容,甚至编造一些内容,如此这般,你就能够讲述一个真实的战争故事。奥布莱恩关于真实的战争故事的理解在回忆的进程中不断出现,既是对过往经验的重新审视,也调整着后来故事的讲述内容与讲述方式。

在讲述完关于美溪村外被打死的北越士兵的想象与虚构后,奥布莱恩就记忆与想象拼贴并置的问题谈到了自己的观点。他认为这种并置并不是游戏,而是重要的形式。当他进行虚构之时一方面考虑的是关于本书以如此面貌呈现的原因,另一方面是"我想让你感受我所感受的东西,我想让你知道,为什么有的时候,故事的真实比生活的真实更真实"(蒂姆·奥布莱恩,《士兵的重负》,142)。这既清晰地传递了奥布莱恩寄托于想象与虚构的意图,也在因想象的介入而拓展出的叙事空间中构建起了文本与读者的记忆和理解的交换。这种思考贯穿于叙事的始终，更加有益于读者感受和理解创伤的体验。

《话说勇敢》是1975年在诺曼·鲍克的建议下写成的，讲述了在回归日常生活之后诺曼·鲍克焦灼难言的情感状态：对战友基奥瓦死于粪便和泥水之下而无力救助的深深愧疚，生活在没有战争记忆的城市中的疏离与隔阂。而后，奥布莱恩便在《作者手记》这一虚构中讲述了写作《话说勇敢》的由来。虽然核心的情绪动机直接来源于鲍克的信，但最初诺曼·鲍克的经历却演变成了《追寻卡西亚托》中的主人公保罗·柏林的故事。没有越南，没有基奥瓦，没有粪场，关于诺曼的很多细节都失去了。奥布莱恩没能以故事的方式将诺曼无法言喻的创伤再现，这在一定程度上导致了诺曼最终的绝望。而后，奥布莱恩讲述了他如何厘清思路，保留结构，删减细节，添加新材料，在诺曼去世的十年之后重新完成《话说勇敢》的写作过程，并将之视为对诺曼·鲍克沉默的某种补偿和一种延迟的义务。

记忆与元叙述并置的重要性不言而喻。一方面，它指出了言说方式的重要性。哈布瓦赫在《论集体记忆》中强调："如果记忆长期不被加以思考，就会毫无变化地再生产，但一旦开始了反思，而不是再让过去简单地重现，我们就可以通过推理的努力来重构记忆了。"（莫里斯·哈布瓦赫：《论集体记忆》，304）毋庸置疑，记忆需要元叙述的反思，与此同时，元叙述的运用也会导致文本形式更加复杂化，不仅仅是故事层在文本中呈现，而且叙事层也在文本中呈现。某种程度上虽然弱化了故事层的意义，反而突出了故事被创造出来的方式——讲故事的主题。奥布莱恩以这样的方式意在指出我们对于过去的理解受制于多重因素，不仅取决于过去本身,更重要的是它还受到言说方式的制约。另一方面,两者的并置也维系了文本主题的统一性。在《士兵的重负》故事层面的讲述中,由于记忆的筛选和与虚构的混杂造成了故事层面叙事时间的断裂感和无序感,似乎叙事的逻辑性无以维系,然而元叙述的介入适时地弥补了这一缺憾。一方面,故事层面的意义可以通过不断的阐释和再阐释而获取,另一方面虽然记忆呈现碎片化的状态会使叙事缺乏明确的叙事主线,但叙事主线的缺失并不意味着作者奥布莱恩思想上的无序和态度上的暧昧不清。通过元叙述的方式与记忆展开对话,文本的主题——如何讲述真实的战争故事得以维系和凸显。

创伤记忆的价值与意义

《士兵的重负》因其对战争创伤的再现与表征而受到心理学家的广泛关注。特别是在乔纳森·谢伊关于创伤后压抑紊乱症的比较研究中以及朱迪安·赫尔曼在创伤与康复的研究分析中,《士兵的重负》是关于越南战争小说的唯一文本。他们认为奥布莱恩的写作不仅是对战争文学最复杂的论述,而且关于记忆的书写也是创伤栖居的完美之所。

弗洛伊德在《精神分析引论》中指出:“一种经验如果在一个很短暂的时期内,使心灵受到一种最高度的刺激,以致不能用正常的方法谋求适应从而使心灵的有效能力的分配受到永久的扰乱,我们便称这种经验为创伤的。”(弗洛伊德:《精神分析引论》,218)在《爱情》这一章节中,奥布莱恩首先指明了创伤与记忆的关系:“厨房的桌子上铺满了旧照片,可能有一百张。有拉特·

基利、基奥瓦、米切尔·桑德斯……一张张非常细嫩、年轻的脸庞。我记得,有那么一瞬,我们的眼睛停留在特德·拉文德的照片上,过了一会儿,吉米擦去眼泪,对于拉文德的死,他从来没有原谅过自己,这件事将永远挥之不去。我点点头,告诉他,对于某些事情,我也有这样的感受。"(蒂姆·奥布莱恩,《士兵的重负》,22)接下来,奥布莱恩的记忆便紧紧围绕着创伤人物情感的临界状态,创伤经验的压抑,创伤叙事的障碍及创伤见证的困境而展开,通过记忆的力量,奥布莱恩一次次地将创伤拉回原点。

我们可以从两个方面来理解奥布莱恩关于创伤的再现与表征:一方面,他通过故事层面和叙事层面唤起读者对个体和集体创伤的关注。在故事的叙述层面,创伤最为明显的表征是时间性的深刻中断。凯茜·卡鲁斯在《创伤:探索记忆》中把创伤的结构明确勾勒为"历史或时间的中断",并指出"创伤事件在它发生的时刻并没有被充分地体验和吸收,只能延迟地表现在它的持续和侵入式的返回上,因此按照通常途径不能记忆和解释创伤事件"(安妮·怀特海德:《创伤小说》,13)。在奥布莱恩的讲述中,人物自身所经历的事件以及由他们所讲述的事件虽然存在很多相互关联且相互交织的故事,但却呈现出非线性时间的叙事及非逻辑性的事件叙述等明显表征。例如,关于特德·拉文德的死、关于拉特·基利的故事、关于吉米·克罗斯中尉与马莎的爱情故事都在叙事的进程中相互贯穿、回转、反复。奥布莱恩这种依照创伤记忆的心理行为特点所组织起来的叙事结构有力地唤起了创伤的无方向感,并积极地引导人们去体验创伤与理解创伤。

不仅如此,几乎叙事中的每一件事情都会涉及精神或者道德的崩溃。在《雷尼河畔》的讲述中，我们看到了1968年的奥布莱恩身处美国和加拿大的边界所面临的是否赴越参战的两难抉择。他坦言："是的，我害怕战争，可又害怕流亡。我害怕失去自己的生活、我的朋友、我的家人、我的全部历史，这一切对我都很重要。我害怕失去父母的尊重，害怕法律，害怕遭到嘲讽和谴责。"（蒂姆·奥布莱恩，《士兵的重负》，35）甚至奥布莱恩自己也觉得这无异于一种精神分裂症、一种道德的分裂。在这一部分的结尾处，奥布莱恩意味深长地写下：我是一个懦夫，我参加了那场战争。在战场上，戴夫·詹森和李·斯特伦克因折叠刀的丢失而大打出手，这种剑拔弩张的气氛直到斯特伦克死于朱莱地区的某个地方才让戴夫·詹森的巨大负担得以解除。在越南，他们所携带之物——如特德·拉文德的镇静剂、基奥瓦的轻便斧、亨利·多宾斯的连裤袜、戴夫·詹森的兔子腿、诺曼·鲍克所携带的从无名尸体上割下来的大拇指也都完美地诠释了创伤人物情感与精神的临界状态。

叙事中的故事不仅不具有连续性，而且还会被反复提及。特德·拉文德的死、印第安士兵基奥瓦的死以及北越士兵的死都被数次讲述。安妮·怀特海德在《创伤小说》中将这种重复视为创伤小说重要的文学策略。"它能够在语言、形象或情节的层面上起作用。重复模仿了创伤的后果，因为它暗示着事件持续性的重返和叙述年代或事件的连续性的中断。"（安妮·怀特海德：《创伤小说》，98）可以说，故事的重复有力地审视了精神创伤的后果及创伤的持续性侵扰。依托故事的展开，奥布莱恩成功地唤起了读者对于创伤的关注。他让我们注意到，真正的战争故事不仅是关于战争的故事，更是关于创伤的故事。

　　研究者马尔科姆·考利在谈到奥布莱恩叙事中故事的生成方式时曾着重指出文本中创伤与叙事的相互依赖。就叙事层面而言,除运用记忆与元叙述的并置引导读者来理解叙事的主旨外,叙事视角的散播和断裂也是创伤重要的表征。也就是说,创伤记忆的重复不只是简单地复述事件,而是创伤故事以不同的范式和不同的视角被叙述和再叙述。印第安士兵基奥瓦的死亡分别以诺曼·鲍克、奥布莱恩和全知的第三人称视角四次被讲述。射杀水牛的事件不仅出现在《士兵的重负》中,也出现在奥布莱恩的第一部作品《如果我在战区死去》和获得1978年美国国家图书奖的小说文本《追寻卡西亚托》之中。诸如此类的叙事策略一方面见证了创伤记忆的持续性侵扰,另一方面也使得创伤记忆的诸多环节得以呈现。由此可见,叙事策略本身就暗示着一种根本性的创伤,在这种创伤表征之上,我们也见证了奥布莱恩借由创伤叙述而试图恢复内心平静的努力。

　　通过对故事内容和叙事策略的选择,我们清楚地看到奥布莱恩的记忆不仅是关于越南的记忆,也是关于战争的记忆,更是关于创伤的记忆。带有参战士兵与作家的双重身份,奥布莱恩强烈地意识到关于历史的创伤记忆不仅是文学创作与电影再现的基础,也是国家自我认知的重要组成部分。所以,他指出关于越南战争最好的记忆"不是全力去获取军事行动失败之上的审美意味,而是要尽力去揭示越南战争的经验和教训,至少也应该引起我们审视自身文化及神话传统方式的变革"（Don Ringnalda. *Fighting and Writing*, 36）。

　　就记忆的价值与意义而言,在《记忆的伦理》中,以色列学者阿维夏伊·玛格丽特指出："当历史与记忆相对比时,历史就习惯性地被贴上了冰冷冷的甚至是无生趣的标签。相反,记忆则是有活力、生动和鲜活的。这种对比表明,与批判性的历史学相比,被共同体分享的关于过去的故事一般来说更生动、更具体也更容易与当下的经验建立关系。"(阿维夏依·玛格丽特:《记忆的伦理》,60)然而,个体抑或是集体的记忆在历史的演进中必然会随着承载者的消失而消失。1978 年,在明尼苏达州召开的越南战争作家会议上,奥布莱恩就表达了他的忧虑——他担心美国会过快地遗忘越南战争或是过于简单地记录它。越南战争之后,面对着官方历史叙事的哑然失声和公众的冷漠,奥布莱恩认为关于战争的创伤不能只停留在对个体记忆和集体记忆层面的关注,必须赋予它一定的形式并借助媒介来传播,从而建构文化记忆的意义也随之凸显出来。文化记忆是一种组织形式,重要性在于"它既可以促成非同寻常的思想进化,也能够创造可供人们进行回忆的时间视域,在这个视域中,公元前 1 世纪产生的具有奠基意义的文本仍然对我们发生作用。"(扬·阿斯曼:《文化记忆》,317)美国社会学家杰弗瑞·D. 亚历山大也指出:"借由建构文化创伤,各种社会群体,国族社会,有时候甚至是整个文明,不仅在认知上辨认出人类苦难和存在的根源,还会就此担负起一些重责大任。一旦辨认出创伤的缘由,并因此担负了这种道德责任,集体的成员便界定了他们的团结关系,而这种方式原则上让他们得以分担他人的苦难。"(杰弗瑞·C. 亚历山大:《迈向文化创伤理论》,2)在奥布莱恩看来,文化记忆的建构实际上是对越南创伤经验的重新审视和叙事治疗。越南战争应该而且必须在国家的意识形态、公共话语和文化的构成领域占据一席之地。作为参战士兵与作家应该担负起自己的历史责任，所以，他更希望能以文学叙事为载体构建出文化的记忆即以文化记忆的形式对创伤记忆加以固定，以写作的实践促使美国政府和公众直面这场战争带来的道德崩溃和社会危机。

参考文献：

1. Patrick A. Smith. *Conversation with Tim O'Brien.* Jackson: University Press of Mississippi (2012).
2. Mark A. Heberle. *A Trauma Artist: Tim O'Brien and The Fiction of Vietnam.* Iowa City: University of Iowa Press (2001).
3. Patrick A. Smith. *Tim O'Brien: A Critical Companion.* Westport: Greenwood Press (2005).
4. Don Ringnalda. *Fighting and Writing: the Vietnam War.* Jackson: University Press of Mississippi (1985).
5. Tobey C. Herzog. *Tim O'Brien.* New York: Twayne Publishers (1997).
6. ［美］蒂姆·奥布莱恩：《士兵的重负》，刘应诚、丁建新译，上海：上海译文出版社，2010 年版。
7. ［法］亨利·柏格森：《材料与记忆》，肖聿译，上海：译林出版社，2011 年版。
8. ［德］扬·阿斯曼：《文化记忆》，金寿福、黄晓晨译，北京：北京大学出版社，2015 年版。
9. ［法］莫里斯·哈布瓦赫：《论集体记忆》，毕然、郭金华译，上海：上海人民出版社，2002 年版。
10. ［英］巴布莱特：《记忆：一个实验的和社会的心理学研究》，黎炜译，杭州：浙江教育出版社，1998 年版。
11. ［美］杰拉德·普林斯：《叙事学词典》，乔国强、李孝弟译，上海：上海译文出版社，2016 年版。
12. ［法］莫里斯·哈布瓦赫：《论集体记忆》，毕然、郭金华译，上海：上海人民出版社，2002 年版。
13. ［奥］弗洛伊德：《精神分析引论》，高觉敷译，北京：商务印书馆，2016 年版。

14. [英]安妮·怀特海德:《创伤小说》,李敏译,郑州:河南大学出版社,2011年版。

15. [以]阿维夏依·玛格丽特:《记忆的伦理》贺海仁译,北京:清华大学出版社,2015年版。

16. [美]杰弗瑞·C·亚历山大:《迈向文化创伤理论》,王志弘译,《文化研究》第11辑,陶东风、周宪主编,北京:社会科学文献出版社,2011年版。

第九章　创伤记忆与身份建构——《林中之湖》

关于《林中之湖》的创作

　　时至 1994 年,越南仍旧是奥布莱恩创作不竭的源泉。犹如威廉·福克纳痴迷于那邮票般大小的土地——约克纳帕塔法一样,奥布莱恩用心经营着越南这个虚构的、充满想象的世界。这一年,他先后出版了《越南在我心中》与《林中之湖》。

　　在奥布莱恩的写作中,如果我们不只是把越南当作一场战争,也将其作为精神创伤或创伤后遗症的舞台来看待的话,就不得不提及《林中之湖》这部小说。其实,早在《核时代》出版之后,奥布莱恩将故事的创作推迟了几年,转而开始专注于《士兵的重负》的写作。1990 年,奥布莱恩开始重新写作《林中之湖》,在接下来的四年里,他面临着诸多的个人危机:婚姻破裂、抑郁症、妹妹的重病和老朋友兼出版商西摩·劳伦斯的去世。除此之外,在小说出版的大约八个月之前,奥布莱恩还经历了一场广为人知的重返越南之旅。随后,奥布莱恩与相恋了四年之久的一位哈佛大学的研究生结束了恋情。其实,这本 1994 年的小说精装版就是献给她的，奥布莱恩还在出版前的最后一刻对书中最后一章进行了重大的修改。

这部混杂着心理传记、历史传奇与战争故事的小说曾经被《时代》杂志评为"1994年出版的最佳小说作品"，1995年获得了詹姆斯·费尼莫尔·库珀历史小说奖，并被《纽约时报书评》评为当年最佳书籍之一。这本书也是奥布莱恩最成功的商业作品，它被指定为"当月俱乐部精选书籍"，精装书的销量远远超过了《追寻卡西亚托》和《士兵的重负》。1996年3月，霍尔马克娱乐公司将小说改编成电影，由彼得·施特劳斯和凯瑟琳·昆兰主演，并在福克斯电视网播出。同时，在出版之后，《林中之湖》也收获了诸如"奥布莱恩迄今为止最阴郁的小说""像惊悚小说一样的扣人心弦""雄心勃勃得令人钦佩"和"认识论的冒险"等类型的评论。书评家角谷美智子称赞它用"散文将海明威尖锐、冷静的节奏与更温和、更抒情的描述相结合"，并得出结论"奥布莱恩给读者一种令人震惊的发自肺腑的感觉，让人感觉到徒步穿过一个布满陷阱的丛林是什么感觉"（Patrick A. Smith. *Tim O'Brien*, 117）。特别是几乎所有书评家都称赞了小说中专门描写美莱大屠杀的段落和章节，因为对这段历史的再述是越南战争之后大部分的美国小说家都倾向于避免的。在《林中之湖》中，奥布莱恩对战争暴行的虚构化运用，在这里形成了关于这个主题的最优秀的作品。

然而，评论界不乏充斥着一些对《林中之湖》的写作方式及内容的诟病。一些负面评论大多集中在小说支离破碎的本质、女性主角缺乏性格发展等。诚然，它所获得的赞誉远不及《追寻卡西亚托》和《士兵的重负》等小说，但《林中之湖》却是奥布莱恩最为完整的一部创伤小说，也是他的第一部悲剧作品。在小说中，断片式的创伤记忆与碎片化的身份建构并行不悖，相得益彰。创伤记忆既构成叙事的线索，也成为颠覆传统有效身份的工具，身份建构是救赎的希望，也是对抗创伤记忆的心理策略。正是因为这样的叙事策略，《林中之湖》才被研究者马尔科姆·考利称为"一部充满力量和挑衅性的超小说"（Mark A. Heberle. *A Trauma Artist*，224）。尽管这部小说是否是奥布莱恩迄今为止最好的作品还有待商榷，但在形式、叙事策略及事实与虚构的融合方面，这却是他最雄心勃勃的作品，最具实验性的小说，也是奥布莱恩最具争议性的作品。

奥布莱恩同时也指出，这部作品为他近 25 年的写作生涯画上了暂时的句号，为他的其他六部作品创造了重要的互文性。"当我完成《林中之湖》时，我有一种感觉，我的职业生涯以一种有趣的方式终结了，就像你组织这本书的想法。即使我真的再写一部小说，这一部也有一种终结感。"（Tobey C. Herzog. *Tim O'Brien*，144 - 145）即使是在这种终结感中，《林中之湖》仍然回归到奥布莱恩熟悉的主题之中，也将读者带回到奥布莱恩的战争自传《如果我在战区死去》中关于美莱大屠杀的忏悔之中，以及《核时代》中威廉·考林的脆弱心灵深处。

小说共有 31 个章节，其中有 16 个章节为叙事的核心，讲述了叙述者对于 1986 年秋天约翰·韦德夫妇失踪前后日子真实状况的调查和推测的重建。在这些章节中，叙述者通过闪回对韦德夫妇的生活和婚姻的历史进行重构。除此之外，还有七章名为"证据"和八章名为"假设"的章节。"证据"的章节包含了叙述者的背景研究，在各种各样的材料中，有对虚构人物的采访记录、学术资料、美国总统的传记和回忆录的节选，等等，为重构韦德家族的历史提供了重要的参照。"假设"的章节来定位主要故事之外的观点，描述了凯茜失踪的原因及其后的各种可能性。当读者从一个假设的场景过渡到另一个场景并考虑证据时，不是简单地跟随叙述者的脚步，而是需要构建自己的场景并进行推测。这些活动被官方调查人员和沼泽地的幸存者进一步反映出来，他们也在试图弄清楚到底发生了什么事情。同时，"证据"和"假设"的章节中还含有 133 个脚注，其中有 12 个是自省或分析性的脚注。在这些脚注中，叙述者向读者讲述了他自己，他的人物，他的作品，1994 年的美莱之旅以及对一些事情的解释。叙事中证据和假设等章节的使用是奥布莱恩有意而为之的创新，他指出："之所以采用这种形式，是因为我一直对未知的事物着迷，对魔法、上帝等事物着迷，对我们永远不知道的事物着迷。……所以，《林中之湖》的形式是证据——假设——故事，是一种永远围绕着约翰·韦德和凯茜·韦德这两个角色的方式。"(Patrick A. Smith. *Conversation with Tim O'Brien*. 141 - 142)在这种形式中，读者需要根据资料进行推测，也可以在推测的基础上提供各种可能性。

充满悲情的父子关系

　　故事由一位不愿透露姓名的越战老兵来讲述，他对 1986 年秋天约翰·韦德夫妇的失踪非常着迷。来自明尼苏达州的政客约翰·韦德在竞选中刻意隐瞒自己曾经在越南战争期间参加过美莱大屠杀的事实，被竞争对手揭露后不仅毁掉了自己的政治生涯，而且他的婚姻也受到了威胁。选举失败后，韦德和妻子凯茜逃到林中之湖的木屋中，试图平复悲伤恢复正常的生活状态，在渐渐一切如常之中凯茜却消失在他们到来之后的第七个夜晚。当地政府和居民经过一番不成功的找寻之后，他们怀疑约翰·韦德可能谋杀了自己的妻子，随后韦德也离开小木屋，消失在暴风雪之中。在约翰·韦德夫妇失踪几年后，叙述者经过近五年的采访、研究和考虑各种可能性，利用传记事实，重构事件、证据和可能性，试图完成重建韦德夫妇的艰巨任务，还推测了与他们失踪有关的情况。

在故事的讲述中，主人公约翰·韦德有着不同的人生体验，也有着不同的身份。奥布莱恩以全知全能叙述者的视角选取了韦德与父亲的关系、美莱大屠杀、选举的失败和凯茜的失踪这四条线索，通过这四条线索上的一系列事件编织成一个与韦德的创伤经验有关的且可以被理解的故事。每一个故事的讲述都关乎韦德作为儿子、士兵、丈夫与政客的身份建构问题，这四种身份类型的选择与规避不仅涉及受创的主体如何获得自我救赎的问题，也关系到个体的创伤记忆如何融入漫长的历史叙事的问题。

成为令父亲满意的儿子，是约翰·韦德最初要确立的身份。在年幼的韦德眼中，无论从哪个方面来说，他的父亲都是一个了不起的人。他既聪明又风趣，人们都喜欢与他做伴，邻居的孩子们经常过来与他一起踢足球，或者听他讲故事和笑话。甚至韦德的同学在谈起他的父亲时也不吝赞美之词："说他是一个多么整洁的人，总是很友好，充满活力。"(Tim O'Brien, *In The Lake of The Woods*, 66)但作为一个孩子，约翰·韦德觉得自己的酒鬼父亲从来就不喜欢他,他略显肥胖的身材与羞涩的性格屡遭父亲的揶揄,父亲甚至不愿意与他分享自己的痛苦与秘密,这让约翰·韦德的童年过得异常艰难。

可以说,作为儿子,韦德既得不到父亲的关爱,也无法成为他的骄傲,难免令他产生困惑和羞愧,更让韦德产生了严重的身份危机。为了逃避这些被拒绝的时刻,为了建立对自己生活的控制力,年轻的约翰·韦德经常退回到想象中去,利用思维的把戏——镜子——使他能够创造出父亲的愉快形象和充满爱的幸福关系。对于约翰·韦德而言,作为保罗·韦德的儿子是此时此刻他唯一想要认同的身份,并希望借助父子之间强大的情感力量来使这一身份不断得到固化。为此,他不惜去窥视自己的父亲,对约翰·韦德来说,窥视活动就像一场精心设计的侦探游戏。"一种潜入父亲的心灵并在那里呆上一段时间的方式。他会仔细观察风景,四处搜寻线索。愤怒从何而来? 它到底是什么? 为什么有些事情不能取悦他,让他微笑或者停止喝酒呢?"(Tim O'Brien. *In The Lake of The Woods*,209)韦德甚至认为这是一种父子间的纽带,是一种亲密而充满爱意的东西,但事实上父子间的关系并没有因为对其秘密的窥探而更近一步。相反,母亲埃莉诺却认为保罗非常关心他的这个儿子,从来没有伤害过他,只是他骨子里是一个悲伤的人。

奥布莱恩在 1995 年接受托比·赫佐格采访的时候,谈到了自己与父亲的相处,父亲在阅读和运动方面为他带来的鼓励和帮助,还有他的酗酒和漠视所带来的痛苦,奥布莱恩坦诚地说道:"这是一段艰难的关系,就像所有事情一样,很复杂。"(Patrick A. Smith. *Conversation with Tim O'Brien*. 103)后来,这种在一个酒鬼父亲的陪伴下成长的动荡和孤独就被写进了《林中之湖》。随着约翰·韦德性格的展开,读者发现他与奥布莱恩其他小说中的人物如保罗·佩里、保罗·柏林有着一些共同的关键特征。在叙事中,奥布莱恩还细致地分析这段错位的父子关系产生的原因。其一在于保罗·韦德那些未曾宣之于口的秘密与痛苦。其二在于约翰·韦德建构于幻象之上的身份认同。在名为"证据"的章节中,韦德的母亲埃莉诺提供了一些证言从而说明了这段看似糟糕的父子关系。"约翰非常爱他的父亲,我想这就是为什么他的戏弄会让约翰如此伤心的原因……他似乎掩饰这些——这有多伤人——但我总能看得出来他爱他的父爱。(我一直在想他爱我吗?)事情对约翰来说有点难以理解,他太年轻了,根本不知道什么是酒精中毒。"(Tim O'Brien. *In The Lake of The Woods*,10)由此可见,韦德与父亲的缺乏沟通是他们之间关系的主要障碍,而这一问题在后来也同样困扰了他与凯茜的婚姻。

然而,十四岁那年父亲的意外离世成了韦德不愿意面对却又不得不面对的问题,它让这段扑朔迷离的父子关系变得更加让人难以释怀。母亲埃莉诺也不得不承认:"约翰从未接受过父亲的离世。夜晚我听见在他的房间里,约翰与他的父亲进行这些虚构的对话。就像我一样,他需要解释——他想要知道为什么?——但我想我们最终都不得不想出我们自己可怜的答案。"(Tim O'Brien. *In The Lake of The Woods*,197)奥布莱恩在名为"证据"的章节中引用了理查德·埃利斯在《儿童被剥夺权利的抱怨者》中提及的一个观点:许多年幼的孩子之所以表达愤怒是因为他们认为父母一方的死亡是故意抛弃,而那些把童年未解决的创伤带进成年的人是会有负面的后果的。约翰·韦德在童年时被自己的父亲冷落和心理虐待，所以成年后他觉得有必要通过参加战争来弥补这段失败的关系。为了弥补自己的不足和焦虑，他还时常求助于自己小时候学过的魔术。更为可悲的是，从越南战场回来后，当他得知妻子凯茜怀孕的消息后，韦德便以仕途发展的需要为由，力劝凯茜放弃这个孩子。这也就意味着，他主动放弃了自己作为父亲的身份，这是自我惩戒的方式，也是他精神上的自我阉割。叙述者暗示，韦德悲剧的大部分原因其实都可以归咎于他早期的家庭生活，当然也包括他的战争经历。通过小说叙述者的调查，韦德童年的大部分都被揭示出来，特别是他对父亲自杀的暴力反应——他父亲的去世和他最初无法接受父亲的离世，基本上已经预示了韦德加入战争后与现实的分离，而现在，韦德的整个成年生活都在努力弥补这一鸿沟。正是在这个意义上，奥布莱恩将韦德父亲的去世定义为"迷失的本质"。

丧父之痛是韦德无法面对的记忆之筋，相反，它所带来的创伤记忆却强化了韦德作为儿子的身份确认。他不断地回忆与父亲的过往经历，他将枕头幻想为父亲，在深夜里获取慰藉，他幻想父亲在濒死的那一刻因为得到自己的施救而获得重生，他甚至在地下室的镜子前与死去的父亲隔空对话。正如哈布瓦赫所言，"我们保存着对自己生活的各个时期的记忆，这些记忆不停地再现；通过它们，就像是通过一种连续的关系，我们的认同感得以终生长存"（莫里斯·哈布瓦赫：《论集体记忆》，82）。约翰·韦德通过在幻象中寻找父亲，不仅能够暂时缓解他失去至亲的愤怒，也可以看作他在混乱中寻求控制的手段。

刻意规避的士兵身份

　　约翰·韦德从来没有机会令父亲满意，与父亲和解，甚至理解父亲，结果他仍然为自己的灵魂所困扰。这种不安的存在比任何在世的父亲都更强大，更难以平息。更为重要的是，韦德与父亲的关系构成了他以后作为成年人的态度中不可或缺的一部分。于是奥布莱恩为约翰·韦德提供了去越南的一个动机，去满足已故父亲的爱和赞许。1968年春，为了成为死去父亲的骄傲，约翰·韦德走进了越南战场，成为一名士兵。越南士兵的身份能够弥补韦德无法成为令父亲自豪的儿子的缺憾吗？事实远非如此，在越南的晨光与暮色的交替中属于韦德的另一种崩溃正在悄然发生，士兵的身份也在悄然瓦解。

　　在越南战场，作为士兵的约翰·韦德亲眼目睹了死去的牲畜、死去的人和死去的村庄，而他自己也在顺安村误杀一位越南农民。作为士兵的约翰·韦德见证了美军士兵对手无寸铁的越南妇女和儿童所进行的惨无人道的扫射，更见证了在玫瑰色的光芒中被屠杀的美莱村。面对疯狂的罪行，无能为力的约翰·韦德所能做的就是闭上眼睛跪在那里，祈祷这疯狂的罪行可以被纠正过来。"一段黑暗的时间过去了，也许一个小时，也许更久，魔术师发现自己跪在一堵竹篱笆后面。几米开外，在一个木制的炮塔附近，大约有十五个或者二十个村民蹲在晨光下，他们紧绷着脸，叽叽喳喳说着什么，这时有人走来，挥手示意把他们全部打死。"（Tim O'Brien. *In The Lake of The Woods*, 108）这一切使他慢慢意识到，屠杀不仅是疯狂，更是彻头彻尾的罪恶。

约翰·韦德身上的负罪感依然是《士兵的重负》中主题的延伸，无法被驱逐。

叙述者奥布莱恩不仅用了小说 15 个章节的篇幅对美莱大屠杀进行了不同程度和不同视角的再现，甚至在第二十章结尾的脚注中将自己融入叙事之中去搜集证据来解释约翰·韦德的创伤，他写道："1969 年，我比约翰·韦德晚一年来到这个国家。我和他走的路一模一样，在平克维尔来回奔波，穿过美莱等村庄。我知道那天发生了什么事，我知道是怎样发生的，我也知道为什么发生了那些事。那是阳光，是邪恶浸透了你的血液，慢慢升温并开始沸腾。部分是沮丧，部分是愤怒……这并不是要为 1968 年 3 月 16 日发生的事情做辩护，因为在我看来，这样的辩护既徒劳又无耻。相反，它是为了见证邪恶的神秘。25 年前，作为一个吓坏了的年轻的 PFC 成员，我也尝到了阳光的味道，我也闻到了罪恶的气息，我能感觉那些事情就像屠宰场的油脂一样在我眼皮底下唑唑作响。"（Tim O'Brien. *In The Lake of The Woods*, 199）在许多小说家尽量避免描写美莱大屠杀的时候，奥布莱恩经过深思熟虑决定把这件事及其后果作为这部小说的关键道德的试金石呈现在公众面前。在 1994 年返回越南之前，奥布莱恩花了大量的时间在美国国家档案馆研究了驻越美军部队的行动报告。奥布莱恩对美国士兵在越南所犯下的野蛮暴行感到非常愤怒，他认为不能让美莱事件从美国人的记忆里消失。奥布莱恩在接受采访时铿锵有力地说道："对我来说，美莱是我们必须讲述故事的一部分，因为当我来到大学里，看到我提到美莱时孩子们脸上惊愕的表情时，我感到很震惊。他们从来没有听说过。然后我想起了我自己的教育，在那里我对印第安人所遭受的一切也一无所知，对奴隶制也一无所知。有些事情是你无法忘记的，就像把大屠杀忘在脑后，你不能就这么忘了这种事。"（Patrick A. Smith. *Conversation with Tim O'Brien*. 153）所以，在《林中之湖》中奥布莱恩就选择了以历史为主的视角，并进行了细微的修改和补充，以此让美莱大屠杀鲜活地保存在他的叙事里。

　　奥布莱恩通过这四个小时的屠杀所带来的直接和长期的后果，以及韦德未能阻止和报告这一事件完成了他的黑暗之旅。后来，韦德又表演了另一个魔术——这一次，他修正了过去，保留了自己的未来，从军事档案中删除了所有他在大屠杀现场的证据。多年以后，约翰·韦德对顺安和美莱的记忆如同噩梦一般，即使时间在推移，它们也仍然不断地撕扯着他脆弱的神经。"战后的普通时间里，在早餐桌上，或在沉闷的州议会听证会的嘈杂声中，约翰·韦德有时会抬头看到木锄头像一根接力棒一样在晨光中旋转。他看见老人在竹篱旁匆匆走过，看见他那瘦削的腿，挺直的身姿和铁丝眼镜。锄头突然高高扬起，飞快地旋转着，落了下来。……约翰·韦德记得在深夜的某些场合，他会捂住头尖叫，爬过树篱进入一片宽阔的稻田，……稻田里弥漫着各种颜色的烟，薰衣草色和黄色，有很大的声音和爆炸声，但他似乎找不到任何人……后来他发现自己在一条灌溉渠的底部，里面有很多尸体，大概有一百具，他被黏住了。"（Tim O'Brien. *In The Lake of The Woods*, 109）通过叙述者的研究，读者发现韦德要为一个越南老人和他一个战友的死亡负责。罪责令韦德所背负的耻辱与身体随时被战火吞噬的恐惧终于成了约翰·韦德无法弥合的精神创伤。即使在林中之湖的木屋中隐居的孤独,也无法抑制韦德与之斗争了十多年的恶魔。"深夜里,一种电流般的嘶嘶声涌进了他的血液,一股强烈的杀戮狂怒,他无法把它憋在心里,也无法把它释放出来。他想要伤害东西,拿起一把刀,开始切、砍,永远不要停止。"(Tim O'Brien. *In The Lake of The Woods*, 5)与此同时,叙述者在"证据"的章节中还引用陀思妥耶夫斯基在《地下笔记》中的一段话暗示了韦德将自己的这段过去推入潜意识的程度:"每个人都有一些回忆,只是不愿意告诉别人,而只告诉他的朋友。他还有一些秘密,也不愿意告诉他的朋友,只告诉他自己,隐藏在秘密之中。但最后,还有一些事情,一个人甚至不敢告诉他自己,每个正派的人都有相当数量的这样的事情储存起来……人注定要对自己说谎。"(Tim O'Brien. *In The Lake of The Woods*, 148)尽管约翰·韦德将自己的过去强行地推入无意识当中,但被压制的过去又不可避免地影响着现在行为和态度,而韦德又无力抵抗那些让他困惑和愤怒的不请自来的记忆。在这种纠结与矛盾之中,约翰一步步地走向崩溃的边缘。

在所有意图建构的身份中,士兵是约翰·韦德唯一主动去选择弱化和规避的身份。我们可以从两个方面来看待韦德从精神上与肉体上对士兵这一身份的双重逃离。一方面,作为士兵面对沉重的负担,韦德学会了在炮火中低下头去躲避麻烦,并且相信运气能让他苟活下来。所以,在叙述者看来"韦德算不上是个好士兵,勉强够格。但他设法坚持了下来,没有使自己难堪"(Tim O'Brien. *In The Lake of The Woods*, 36)。与此相反,他更痴迷于塑造自己"魔术师"的角色,每当出征埋伏之前,那些年轻的面孔会按照仪式排好队,触摸魔术师的头盔,像参加圣餐仪式一样阴沉而又庄严地列队经过。对于一向自认为独来独往的约翰·韦德来说,这个绰号就像一枚特殊的勋章,似乎也暗示着某种力量,象征着一种归属感和兄弟的情谊,是可以引以为傲的东西。另一方面,约翰·韦德在美莱大屠杀过后利用自己从事文书工作的机会,将自己的名字从查理连的服役名单中抹去,改换名字后又延长了一年的服役期。在这里,魔术的隐喻在于韦德会不惜一切来改变事实,施展他所能施展的一切魔法,以便现实符合他的幻象和抱负。曾经用于娱乐的玩耍的把戏现在赋予了约翰·韦德改变生活的权力,这与战争的暴行似乎并无区别。事实上,与其说是他希望能让自己的父亲为他的英勇行为感到骄傲,不如说在顺安误杀和美莱大屠杀之后,韦德已经失去了对自己的某些定义,根本无法从粘液中挣脱出来。这一行为让他带着毫无瑕疵的战争记录回到明尼苏达州,开启了昙花一现的政治生涯。

作为士兵这一身份的消解背后隐匿着约翰·韦德难以言喻的精神创伤,而过往的创伤记忆是又恰恰是身份建构过程中极其重要的一个维度,阿斯曼曾经在《回忆空间》中为此指出:"回忆不仅位于历史和统治的中心,而且在建构个人和集体身份认同时都是秘密发挥作用的力量。"(阿莱达·阿斯曼:《回忆空间》,63)所以,当约翰·韦德向公众和妻子凯茜隐瞒了自己曾经参与美莱大屠杀的事实而后被无情的揭露时,就不仅仅是毁掉了他的政治生涯,无形中也威胁到了他的婚姻。

混乱与崩溃的婚姻

　　1993 年,奥布莱恩在《时尚先生》杂志发表了短篇小说《*Loon Point*》描述了没有激情的婚姻以及婚姻中的不忠和谎言。后来,奥布莱恩在其中借用了一些主题和场景,并把它们作为韦德夫妇的显著特征引入了小说。在叙事中,韦德与凯茜的关系被呈现为一系列不同步的片段,既重现了过去的创伤性崩溃,也加入了奥布莱恩的想象与重构。在丈夫这一身份的构建与消解的过程中,这段关系的发展经历了三个主要阶段。

　　一是窥视的恋爱时期。1966 年的秋天,韦德初识凯茜,11月初他就开始监视她的行为举止,并试图寻找凯茜可能背叛的迹象,她如何对别人微笑,她在其他男人面前如何表现,有时他甚至会突然间取消和凯茜的约会,仅仅是想看看她会如何利用这段时间。韦德日渐着迷于此,起初的内疚渐渐被进入私人生活的强烈而隐秘的兴奋所取代。在他看来,这种对凯茜正常生活的窥视活动无关乎信任与否,他只不过是在遵循这个世界运行的意志而已。韦德甚至认为:"从某种意义上说,他在暗中监视她的时候,几乎是最爱她的时候,它打开了一个隐藏的世界,新的角度和欣赏事物的新视角。"(Tim O'Brien. *In The La-ke of The Woods*, 33)即使从越南战场返回家乡后这种窥视行动仍在继续。约翰·韦德绝望地坚持着这段由不协调的爱、欺骗和诡计组成的关系。对于韦德来说,监视变成了一种痴迷,满足了他对另外一个人的绝对了解和控制。

　　第二是恐惧的婚姻时期。由父亲的意外离世所引发的被抛弃的恐惧在韦德与凯茜的夫妻关系中依然可见端倪,不安全感与控制欲仍然掌控着韦德。作为丈夫,约翰·韦德近乎绝望地爱着自己的妻子凯茜,在越南服役期间,如果凯茜几个星期都没有给他寄信,韦德就会感到这种旧时的恐惧,似乎与凯茜隔绝后所有丑恶的可能性又重新浮现。在寄给凯茜的信中,韦德如是这般地评价他们之间的关系:"他说她是他的指南针,他说她是他的太阳和星星。他把他们的爱比作他在平克维尔地区附近的一条小道上看到的一对蛇,两条蛇都在吃对方的尾巴,一种奇怪的胃口使它们的头越来越近,直到查理连的人用一把大弯刀结束了这一切。"(Tim O'Brien. *In The Lake of The Woods*, 61)为了确证这一身份的合理性与确认性,"有几次,约翰·韦德想打开凯茜的肚子,爬进去永远待在那里。他想在他的血液里游来游去,在她的脊椎骨上爬上爬下,喝她卵巢里的水,把他的牙床压在她坚实的红色心脏的肌肉上,他想把他们的生活缝合在一起"(Tim O'Brien. *In The Lake of The Woods*, 71)。然而,即使是这样,沉默寡言的韦德也很少在凯茜面前暴露自己。韦德根本无法想象让妻子知道他的秘密,他的思想和他的越南经历之后的反应,即使暴力的噩梦经常渗透到韦德的日常生活中。对于韦德而言,成为凯茜的丈夫是一种神圣的使命,所以当竞选失败后,逃离现实并与凯茜隐居丛林去恢复正常的生活状态是韦德最后的救命稻草。

第三是不成功的妥协时期。在竞选失败后,韦德与凯茜最终逃往的林中之湖是奥布莱恩最后为他们构建的乌托邦。在这一段时间的相处中,两个人都互相做出了妥协。韦德意识到自己生病了,也试图和凯茜去谈论过去的事情,想去卸下心中的恐惧。然而，韦德并没有在森林中寻找到来自自然的安抚与治愈，相反，森林和湖泊稳定的嗡嗡声触发了他一直被困扰的心灵。凯茜也在小心翼翼地将敏感的话题引向更安全的别处，或者是安静地等待他情绪的改变。他们也试图通过身体上的亲密接触来缓解尴尬，想要从身体欲望的满足中去确证丈夫的身份，但即使是做爱，他们也会小心翼翼地保护着自己的身体，只有这样才会感到亲密和舒适。对两个人来说，彼此保守着不同的秘密，横亘在他们之间的是持久的寒意，直至凯茜最后的失踪。

在凯茜失踪的这段时间里，无尽的悲伤与内疚加剧了韦德的孤独与恐惧，在寻找凯茜的同时，韦德也在进行着自我调查。一系列不成功的找寻之后，韦德被怀疑杀掉了自己的妻子并最终自杀式地驾驶着小船向暴风雪中驶去。韦德和凯茜的消失迫使叙述者不得不从个人或者官方的文献中去重构他们的悲剧。在这里，奥布莱恩并不是简单地将韦德与妻子的生活重构为一系列的行为或经历，而是将他的梦、回忆和创伤性的经历虚幻地交织在一起用以展现他支离破碎的心境。

我们不得不承认，从他们的大学恋情和随后的婚姻开始，两人的关系就一直处在停滞不前的状态。这是因为不同的记忆决定了韦德与妻子凯茜之间不可能存在一致的认同感，凯茜没有经历过父亲的意外离世和韦德在战场上所经历的与死亡息息相伴的恐怖命运，正是这部分的记忆空白使得她无法对韦德的时空感同身受，也不可能产生相似的情感诉求。所以，即使是来到林中之湖的木屋中，两个人的关系依然是每况愈下。奥布莱恩在这段关系行将就木之际总结道："二十年的爱融化在一种肯定中：一切都是不确定的。"(Tim O'Brien. *In The Lake of The*

Woods，272)除此之外，叙述者还在证据的七个章节中通过阐述与朋友和家人的证词提供了对韦德和凯茜关系更好的理解。毫无疑问，这段疲惫不堪的婚姻可以归咎于约翰·韦德作为儿子与士兵身份构建的失败。

梦魇般的政治舞台

即便面对着如此不堪的生活，约翰·韦德仍旧"坚定地在生活的表面游走，专注于婚姻和事业。他表演必要的特技，做必要的梦。即使偶尔会在睡梦中大喊大叫"(Tim O'Brien. *In The Lake of The Woods*，75)。结束服役期回国后的韦德开始了自己的政治生涯。"政治，是他一直想要的一切。三年的立法联络员，六年的州参议院工作经历，四年乏味的副州长。他按规矩办事，他的竞选活动非常扎实，他在党团会议上努力工作，寻求支持——所有的一切——18个小时的白天与深夜，穿梭于车旅馆和集市之间，品尝着廉价的鸡肉晚餐，这一切他都做到了。"(Tim O'Brien. *In The Lake of The Woods*，49)在韦德看来，"政治就是操控。就像一场魔术表演，有看不见的电线和秘密的活动板门"(Tim O'Brien. *In The Lake of The Woods*，35)，但在他愤世嫉俗、机会主义的竞选助理托尼·卡波的操作下，约翰·韦德很快就用不惜一切代价取胜的策略取代了利他主义的观点，韦德的过去再次消失在镜子、自我欺骗的背后。韦德的竞选助理托尼·卡波猜测，韦德进入政治舞台是为了弥补过去的错误。他告诉叙述者："回想起来，我现在知道的，我猜他想弥补在战争中发生的事情……对他的妻子，对我，对任何人都只字未提的越南战争的事情。"(Tim O'Brien. ***In The Lake of The Woods*,** 199)然而,不管韦德如何隐藏自己的过去,关于创伤的记忆一直在那里静静地凝视着他,令他恐惧,令他惶恐。

1986年,约翰·韦德参与竞选美国国会的参议员,在竞选中,竞争对手揭露了韦德曾经在越南战争中参与过美莱大屠杀的事实,直接宣告了韦德政治生涯的结束。他的竞选助理托尼·卡波回忆,韦德曾以"他那毫无表情如死人一般的脸"来回应媒体对他出现在美莱的询问。之前韦德在华盛顿的明显成功使他的陡然堕落更加引人注目。带着羞愧与耻辱,约翰·韦德与妻子凯茜一起逃到了位于美国与加拿大边界的林中之湖的木屋中,而韦德也意图要用凯茜来填补他的余生。

从父亲的葬礼到对凯茜的窥视,从顺安到参议院的会议室,从美莱的沟渠到明尼苏达州的早餐桌,从手握锄头的越南农民到葬礼上哭泣的人群,从地下室的镜子到粉状的红色尘埃,叙事掺杂着噩梦、回忆与创伤,在其间不断穿梭跳跃。随着时间的推移,这些不可能的组合将成为最为丰富、最深刻的记忆。可以说,这既是韦德支离破碎的心境,也是奥布莱恩有意为之的创伤建构。为了成功地塑造约翰·韦德的形象,奥布莱恩还将自己的生活细节融入到了韦德的角色之中:明尼苏达州的成长经历,与酗酒的父亲共同成长的动荡和孤独,以魔术和政治作为获得认可的手段,因爱的需求而做出的选择以及战争的经历。但事实上,约翰·韦德远不是奥布莱恩的替身,他是一个复杂的虚构人物。身份的建构不仅需要确立的自我,更需要获得他人的认同,确立他人之我作为主体而被解读的存在。巴赫金在谈到陀思妥耶夫斯基的创作时曾经谈及身份的确立问题,并指出,如果没有他者的融入，仅从自身的时间性来看是无法全面构建主体身份的，过去的自我与现在自我的联系性很大程度上要依靠他者的建构。约翰·韦德的悲剧不仅在于他没能成为令父亲满意的儿子、荣誉加身的士兵、理想中的丈夫与成功的政客，更在于他没能成为他自己。

失落的自我

在叙事中，家中地下室的镜子是韦德实现自我认同的重要媒介，而且镜子也是韦德自我身份焦虑的再现。现实生活中，韦德没有朋友，只能通过在镜前表演魔术来进行自我欣赏。韦德也没有勇气与父亲进行正面交流，只能在父亲死后与他在镜前进行隔空对话。无法掌控自己身份的无助感、挫败感和不安感令韦德宁愿委身地下室中，也不敢走出去与父亲进行正面交流，只能在镜子的虚构与幻象中寻求暂时的缓解。

面对主体性的缺失，约翰·韦德意图通过镜像来完成自我身份的建构。作为一名业余魔术师，韦德经常利用镜子来练习和产生幻觉，他使用精神等效物来否认和掩盖耻辱与创伤，或者令它们消失。然而，矛盾的是他头脑中的双向镜子也反映了他在童年时就不断试图掩盖的东西。镜子让韦德看见在此之前不曾思索过的，关于我之为我的一种信念。镜子使韦德有机会将自己的欲望投射其中，也产生了他可以控制"镜中之我"的假象。显然，韦德试图通过镜子在自我身份与外部世界之间建立起直接的联系，镜中之人与镜外之物是互相指涉的。在幻象中，韦德既无法认清自己，也无法认清他人，所以，企求寻找自我稳定的身份的想法与现实境遇相冲突时,他只能在去中心的认同中找到一个变化的、暂时的身份。

在小说第十二章的脚注中,奥布莱恩将约翰·韦德的灵魂比作"在海洋上随波逐流的标签"。最终,小说结尾之处,"当韦德望向清澈如镜的湖面时,他觉得自己和这个世界的现实感有了疏离。到最后他所能幻化出来的也只是一种幻觉,一种纯粹的反射,一个满是镜子的脑袋"(Tim O'Brien. *In The Lake of The Woods*,278)。奥布莱恩用想象与虚构通过更广阔的创伤棱镜重构了韦德之前的生活,而韦德则用虚构与幻象建构了自为之我。

在小说的结尾之处,叙述者这样定义约翰·韦德的存在:"我们难道不是约翰·韦德吗?他已经超出了我们的认知,他是一个另类。多年来,我一直在与这令人沮丧的记录作斗争。在旅行中,在采访中,在发霉的图书馆中,这个人的灵魂仍然是一个绝对的、无法理解的未知。一个名字,不管愿不愿意在不幸的事实的海洋上漂流,都值得用十二个甚至更多的笔记本去记录。我意识到驱使我前进的是一种渴望,想要窥探另一颗心灵,想要欺骗自然法则的障碍,想要创造出认知的奇迹,这就是人的本性。"(Tim O'Brien. *In The Lake of The Woods*,101)而他也告诉我们"如果你需要解决方案,你就必须把目光放在书本之外,或者读一本不同的书。"(Tim O'Brien. *In The Lake of The Woods*,30)唯其如此,我们才能避免成为约翰·韦德,即使成为了约翰·韦德,我们也有能力去寻求自救的路径。

除此之外,在叙事中奥布莱恩还利用"证据"的章节有意地唤起互文性的叙事策略,来强化韦德的悲剧性。罗兰·巴特在

《图像、音乐、文本》中描述文本的多样性时曾指出它包含着一个宽广领域的互文本的暂时汇聚："引用、参考、重复、文化语言……古代的或当代的。"（Roland Barthes. *Image Music Text*，160）这种汇聚并非一种外在的参考资源，而是可以在作品内部单独运作的，这种运作首先引发了读者与约翰·韦德的情感共鸣。在名为"证据"的章节中，奥布莱恩的互文类型可以分为陀思妥耶夫斯基文学作品的片段，美国前总统的竞选纪实，朱迪斯·赫尔曼为代表的创伤理论文本的摘录，关于美莱大屠杀军事法庭的证词以及关于屠杀印第安人的文献资料。这些内容对应着叙事，有着不同的指涉点，从情感、创伤、文化等不同的角度加深了对于韦德悲剧性的理解。

同时，对互文的使用也能够在叙事中缩短反省的距离。除了证据的章节外，文中还有 136 个脚注，涉及美国历史、人类历史、文学与传记的研究论述，这一切都在邀请着读者去思考约翰·韦德的崩溃与美国政治历史之间的关系。安妮·海登怀特认为："互文本的小说表露了这些没有被认识到的'在场'，能够有力地打破思想的接受模式。这样的写作为那些此前没有得到表现的人们承担了责任。沉默的声音清楚地说出了他们自己的故事，证明了他们此前猛兽的历史上的和文化上的排除。"（安妮·怀特海德：《创伤小说》，103）毋庸置疑，奥布莱恩重构韦德的创伤叙事起到了媒介的作用，虽然并没有完整地再现它所描述的事件，但却告诉我们要如何思考这些事件并赋予我们对这些事件的思考以不同的情感价值。

同时，在《林中之湖》的结尾中，凯茜·韦德的失踪也仍然是个谜。我们不知道发生了什么，她是离家出走还是被杀，还是出了意外。奥布莱恩在谈到结尾之时说道："我原本打算以不同的方式结束这本书，但让它开放似乎是正确的做法。一旦一个谜被破解开，它就不再是谜了，我们在生活中能够记得的，能够激发我们想象力的，都是我们不知道的。"（Patrick A. Smith. *Conversation with Tim O'Brien*. 152）奥布莱恩也谈到他曾经接到过很多人的电话，他们对发生的事情提出自己的看法。他同时也强调，读者经常会忽略一些问题，即生活往往不会提供解决方案，不可能知道人的内心潜藏着什么秘密。这位叙述者曾经进行了长达四五年的调查，他在脚注中评论道："这是人性使然。我们所有人都被他人的不可调和性所吸引。我们要用假设、白日梦、穿透那封住人的精神、界定人的精神、守护人的精神，且永远无法接近的沉闷的墙。"（Tim O'Brien. *In The Lake of The Woods*, 101）

奥布莱恩站在叙述者的角色中对约翰·韦德凄凉境遇的概述与对韦德生活的无序重构，尽管扭曲了小说的真实叙述，却是作为叙述者的有意为之，他并没有简单地将韦德的生活构建成一系列的行为或者经历，而是基于心灵崩溃的重要经验之上，呈现一系列不同步的片段，既重现了过去的创伤性崩溃，也加入了奥布莱恩的想象与重构。犹如新历史主义视域下历史学家对情节结构的选择一样，奥布莱恩对韦德过去生活的重构不仅是对其中所述事件的再生产，也能够产生一个更为全面也更为综合性的事实性陈述与阐释。当一系列约翰·韦德的事件被编入这个结构，它便为读者提供了一个故事，关于个人的编年史被改造成一个颇为完整的历时过程，读者可以就这个过程提出问题。奥布莱恩自信地说道："如果你不能相信由重新建构产生的东西,你可能就没有什么可以相信的了。"((Tim O'Brien. *In The Lake of The Woods*,294)无疑,这也对读者的阅读提出了巨大的挑战。

　　与奥布莱恩以往的小说不同的是,无论是《追寻卡西亚托》、《核时代》还是《士兵的重负》,奥布莱恩都会将创伤转化成救赎性的叙事,而《林中之湖》却强化了创伤后的悲剧性,它的前景令人绝望,那些救赎的可能性被无尽的创伤抹杀了。"我的心告诉我就在这里停下来,给他们一些安静的祝福,并称之为结束。但事实不允许这样。因为没有结局,没有快乐或不快乐。没有什么是固定的,没有什么是已经解决的。这些事实就像它们本身一样,最终会消失在事物的虚无之中……不管怎样,我们似乎都在玩消失的把戏,让历史消失,把我们的生活封锁起来,一天一天地溜进黑暗的阴影里,我们下落不明。所有的秘密都通向黑暗,黑暗之外是无尽的可能。"(Tim O'Brien. *In The Lake of The Woods*,31)正如奥布莱恩在接受坦巴斯基的采访时所提到的那样,《林中之湖》"这本书讲的是罪的后果。想瞒着自己,瞒着全世界,瞒着自己的妻子的后果。我隐喻地扩展到国家本身——向我们自己隐藏我们的罪恶,以及在个人和国家的方面否认历史的后果,这也是关于对自己说谎的后果。作为一个国家,我们对自己和世界都是说谎成瘾的人,其后果是毁灭性的。我们以一种重复的,强迫性的方式说谎。我们总是试图掩盖真相,不管是关于奴隶制还是越南战争,我认为我们会淹没其中"(Patrick A. Smith. *Conversation with Tim O'Brien*.,154)。作为一名小说家,奥布莱恩希望自己能够成为一个可以揭开疮疤的人,因为他希望我们生活在一个更关心回忆与治愈的世界。

参考文献：

1. Patrick A. Smith. *Tim O'Brien: A Critical Companion.* Westport: Greenwood Press (2005).

2. Mark A. Heberle. *A Trauma Artist: Tim O'Brien and The Fiction of Vietnam.* Iowa City: University of Iowa Press (2001).

3. Tobey C. Herzog. *Tim O'Brien.* New York: Twayne Publishers (1997).

4. Patrick A. Smith. *Conversations with Tim O'Brien.* Jackson: University Press of Mississippi (2012).

5. Tim O'Brien. *In The Lake of The Woods.* Boston: Houghton Mifflin (1994).

6. ［法］莫里斯·哈布瓦赫:《论集体记忆》,毕然、郭金华译,上海:上海人民出版社,2002 年版。

7. ［德］阿莱达·阿斯曼:《回忆空间—文化记忆的形式和变迁》,潘璐译,北京:北京大学出版社,2016 年版。

8. ［英］安妮·怀特海德:《创伤小说》,李敏译,郑州:河南大学出版社,2011 年版。

第十章　创伤的叙事与叙事的创伤——《恋爱中的雄猫》

关于《恋爱中的雄猫》的创作

1998 年,奥布莱恩的第一部也是迄今为止唯一的一部喜剧小说《恋爱中的雄猫》出版,评论界对此褒贬不一。尽管这部小说被视作奥布莱恩的"离题"之作,但他却声称自己并没有放弃早期作品中处理的主题,只是在寻求探索这些主题的不同表达方式而已。在经历了《林中之湖》令人痛苦的不确定性和心理紧张之后,奥布莱恩才成功地写出了这部喜剧。评论家大卫·尼克尔森、托马斯·梅尔及约翰·莫特等人关注到文本的幽默、滑稽与荒诞,认为这是一部纯粹的娱乐小说。《纽约时报》首席书评人角谷美智子甚至认为《恋爱中的雄猫》与奥布莱恩成就卓越的前期作品相比较,更像是一部杂乱无章的爱情小说,尤其是人物叙述者奇普林更是令人厌恶。在众多质疑声中,研究者马尔科姆·考利却认为奥布莱恩的小说文本是美国创伤后文化最丰富和最复杂的表征,而《恋爱中的雄猫》更因其"在滑稽与愤怒中,令人惊讶地混杂着荒谬和严肃,从而使得这部小说成为奥布莱恩最富有情感的作品"（Mark A. Heber-le. *A Trauma Artist*，292）。特别是饱受诟病的主人公托马斯·奇普林这一人物形象,不仅被认为是奥布莱恩最成功的想象,而且也是小说家奥布莱恩最为满意的人物塑造。

奥布莱恩在1997年完成小说的书稿时,曾经考虑以"一本关于爱的字典"或者"为托马斯·奇普林辩护"作为小说的题目,只不过后来都放弃了。小说共分为37个章节,由主人公托马斯·奇普林,七次获得"休伯特·H.汉弗莱杰出教学奖"提名的自恋者,自诩为战争英雄的人以自嘲的方式讲述了他的爱情故事,以及他试图为与劳娜·苏灾难性的离婚复仇的努力。《恋爱中的雄猫》虽然没有《林中之湖》那样悲剧性的情节和昏暗的结局,但主人公托马斯·奇普林却与约翰·韦德有着异曲同工之处,他们都是缺乏安全感且具有欺骗性的丈夫,随着婚姻的破裂不约而同走入崩溃之中。也有人认为托马斯·奇普林实际上是作者奥布莱恩的虚构版本,因为他在20世纪90年代的离婚,与伴侣凯特·菲利普斯的分手所带来的情感上的悲伤以及战争作为精神创伤的持续性存在都是奇普林虚构背后的基石。1994年,饱受创伤且已经有了自杀倾向的蒂姆·奥布莱恩也曾将越南定义为一种精神状态,在结束了《我心目中的越南》的写作,在安娜堡读《林中之湖》的时候当场崩溃,之后他表达了彻底放弃小说写作的愿望。《恋爱中的雄猫》是1994年开始创作的,奥布莱恩在完成这部作品时,不仅用一个故事再次拯救了他的生命,而且对他以前的作品进行了修改和补充。研究者马尔科姆·考利甚至认为:"不管它最终受到何种程度的欢迎,《恋爱中的雄猫》延续了奥布莱恩个人在创伤后生存的虚构追求,即使它引入

一种新的基调来重新创作它。"(Mark A. Heberle. *A Tra-uma Artist*, 294)

叙事所围绕的事件发生在1952年明尼苏达州一个闷热的早晨,年轻的奇普林和他的好朋友劳娜·苏的哥哥赫比·泽尔斯特拉用两块胶合板打造了一架小飞机。与此同时,他们还在父母居住的阁楼上发现了劳娜·苏的身影,他们鬼使神差般地将劳娜·苏钉在木板上,做成一副十字架。奇普林对这一事件的记忆在40年后依然清晰如初,甚至成为后来一系列悲剧的隐喻,他回忆道:"我几乎可以肯定,劳娜·苏和我都从骨子里明白,重大事件正在发生。"(Tim O'Brien. *Tomcat in Love*, 5-6)这样,本来一个无意的举动演变成了一场奇怪的仪式,在叙事之中就呈现了创伤的原始场所。而后,奇普林与劳娜·苏关系便围绕着这一隐喻而戏剧性的发展变化。

奇普林和劳娜·苏少年便相识,十六岁的时候开始恋爱,十年后结婚,在一起生活二十年直到劳娜·苏与奇普林在坦帕度假时遇到了一位房地产大亨,他们的婚姻和他们的关系才走向终结。除了灾难性的婚姻结局,奇普林和劳娜·苏的哥哥赫比的友谊也走到了尽头。在奇普林的猜测中,赫比是一个可怕的存在,他有可能在1957年引发了一场教堂的火灾,甚至还可能一辈子都对劳娜·苏怀有乱伦的幻想。奇普林教授就这样把他早期出现的问题,以及他和劳娜·苏婚姻之间存在的问题完全归咎于这位旧时的好友。在奇普林的眼中,赫比"似乎被一种阴沉的、忧郁的嫉妒占据了。仿佛我从他身边偷走了他的妹妹,或者不知怎么就玷污了她"(Tim O'Brien. *Tomcat in Love*, 5-6)。事实上,奇普林还认为整个泽尔斯特拉家族都在以一种不健康的方式围绕着劳娜·苏而运转,有种类似于宗教崇拜的感觉。许多年以后,奇普林因为婚姻的破裂而开始怨恨赫比,在讲述中,奇普林直截了当地说道:"赫比毁了我的婚姻,他故意地,有步骤地谋杀了我的爱情。他发现了我的弱点,并将它展示给了劳娜·苏。"(Tim O'Brien. ***Tomcat in Love***, 11)奇普林愤怒的原因是因为赫比发现了他在与劳娜·苏婚姻之中隐藏已久的欺骗——一堆尚未兑现的支票开给一位根本不存在的心理医生,奇普林之所以寻求心理医生的治疗是因为他对劳娜·苏与赫比亲密关系的偏执怀疑,除此之外,奇普林还在床垫之下藏有一本详细记录他偷窥习惯的"爱情账簿"。

在愤怒过后,奇普林认为伺机报复是解决他婚姻问题最好的方法。为此,他只身前往坦帕,要不惜一切代价重新赢回劳娜·苏的爱情。奇普林甚至自信满满地在叙事中提醒读者,他曾经是一名训练有素的士兵,而现在是一名语言学家,"可以用语言或者其他方式杀人"(Tim O'Brien. ***Tomcat in Love***, 27)。在奇普林不明智的复仇之路上,小说的喜剧张力在许多与奇普林自我的控制感相悖的事件中得以实现。在酒吧烂醉如泥后,他被两个年轻的女孩捆绑住,被迫讲述了他在越南的经历,甚至包括他与一位越南园丁的浪漫爱情故事。在他的大学课堂上,奇普林被赫比和劳娜·苏的地产大亨丈夫当着劳娜·苏和学生的面打了屁股。他们迫使教授暴露并扭动他裸露的屁股,忍受痛苦的鞭笞的耻辱,同时在他被迷住和欣赏的语言学学生面前公开宣称自己是"马屁股",这种羞辱带来的创伤几乎与另一件事情的曝光同时发生,奇普林被两名女生威胁,如果不代替她们进行论文的写作就会被指控为性骚扰。为了避免被公开指控,奇普林辞去了语言学教授的职位,结束了他的职业生涯。当他在一个教学机构讲授《麦克白》时,奇普林又被指控败坏了年轻学生的道德。后来,他在电视台找到了一份儿童节目主持人的工作,在饰演宇宙飞船指挥官的角色中,因联想到自己的状况而精神崩溃,他含泪倾诉了他被毁掉的婚姻,指责赫比和劳娜·苏的乱伦,怒骂地产大亨,请求劳娜·苏尊重他神圣的爱情,并以自杀相威胁要求劳娜·苏回到他的身边。

值得注意的是,当奇普林回到他童年的家,并开始与库肖夫夫人——一位独自住在房子里的女人发生婚外情时,奇普林的过去闯入了现在。当奇普林在房子的后院崩溃时,库肖夫夫人邀请奇普林进入她的生活。在之后的一段时间里,库肖夫夫人的陪伴部分地分散了奇普林对劳娜·苏的思念,而奇普林却最终利用他的恋人作为他复仇计划的同谋。

当奇普林和库肖夫夫人再次来到坦帕,实施报复劳娜·苏的行动时,他们的关系也开始日渐恶化。当赫比把奇普林的爱情账簿交给库肖夫夫人的时候,两人之间的关系就发生了意料之中的转折。在叙事即将结束之时,奇普林在大学课堂被羞辱,库肖夫先生从监狱里打来威胁的电话,他在越南的死敌也如幻影一般出现在他的周围,这个角色变得越来越可悲,奇普林坦言:"我已经到达了我叙事道德的分水岭:跳入悬崖,燃烧的桥,赤裸裸的和邪恶的必要条件……在这里如果你愿意的话,我们将接近,我的生命转向混乱、绝望和其他人(傻瓜)可能称之为疯狂的致命的十字路口。"(Tim O'Brien. *Tomcat in Love,* 208)奇普林的疯狂在他策划在劳娜·苏和丈夫回家过独立日时到达高潮。他复制了七岁时的计划,在奥瓦戈的操场上四处游说,和孩子们讨价还价，只为找来非法的鞭炮点燃他的汽油罐炸毁泽尔特斯拉家族。这次的复仇就像他之前扮演的19号船长一样，依然以失败告终。

最终，奇普林发现他一直深爱的劳娜·苏正是多年前放火烧教堂的那个人。正是劳娜·苏身上的这个缺陷，让奇普林可以放下执念并继续自己的生活。"对一个靠文字生活的人来说，一个仅仅相当于语言的人来说，停下来挺起肩膀，向劳娜·苏投去长长的、冰冷的、爬行动物般的凝视，这是一种终极的满足——实际上，是唯一能起作用的报复。"（Tim O'Brien. *Tomcat in Love*，334）在小说的叙述行将结束之时，奇普林与库肖夫夫人的关系算是他人生历程中唯一成功的选择。库肖夫夫人忍受了奇普林对劳娜·苏病态的崇拜和复仇计划，并将他从离婚的绝望中拯救了出来，两个人经历了从同居到求婚再到结婚的过程，直到结尾她的名字——唐娜才开始取代罗伯特·库肖夫夫人的称呼出现在奇普林阴郁的词典中。

创伤表征之不可靠叙述

在叙事的37章中，每一章都提供了奇普林支离破碎生活的快照，这些片段组成了一个整体。除此之外，奥布莱恩还用脚注的形式为奇普林的故事提供了一种准学术的评论，为小说增添了幽默色彩。通过暗示文本是基于学术研究的详细阐释，奥布莱恩进一步模糊了小说的虚构性质。在叙事中，奇普林用各种各样的理由来解释他的最终崩溃，不仅因为他在越南的一次战斗任务，还因为他童年时的模拟轰炸和十字架，对劳娜·苏因为猫而说的谎言以及他七次未能赢得休伯特·H.汉弗莱教学奖的失落。研究者马尔科姆·考利总结道:"雄猫中荒诞与严肃,滑稽与愤怒的惊人结合,使其成为奥布莱恩情感最全面的作品。就像《林中之湖》一样,它融合了童年、越南和爱欲的三重创伤,但基调截然不同。"(Mark A. Heberle. *A Trauma Artist*, 292)如果我们以创伤批评和经典叙事学的双重视角来审视《恋爱中的雄猫》中的不可靠叙述及受述者形象等策略,就不难理解在幽默和滑稽故事情节背后,在猥琐和荒诞的人物形象之后,奥布莱恩如何突破创伤经验的局限性并以叙事为策略表征创伤、理解创伤和记忆创伤的努力与尝试。

在小说的 37 个章节中,从"信仰"到"斐济"塑造了小说的大部分内容,也是创伤的标志性词汇,每一个词都会勾起奇普林教授过去的自我贬低和背叛的回忆。在小说的第一章"信仰"中,劳娜·苏被钉在十字架上就是《恋爱中的雄猫》中的原始创伤,对参与的三个人来说,这种创伤永远不会消失。奇普林回忆说他几乎可以确定无论是劳娜·苏还是自己都将刻骨铭心地记得这件事情的重要意义。劳娜·苏的掌心因此留下了一块粉红色的伤疤,在奇普林看来,"很显然,在性方面,劳娜·苏最吸引人的特点,看起来也是相当神秘的就是左手掌心那块粉红色的伤疤"(Tim O'Brien. *Tomcat in Love*, 112)。很多时候,奇普林甚至觉得"有的时候,我怀疑她整个的存在,她作为劳娜·苏的意识都是纯粹地因为那块小小的凹凸不平的伤疤,她恨它也崇拜它。"(Tim O'Brien. *Tomcat in Love*, 113)在接下来的叙事中,劳娜·苏被钉在十字架上的形象和那块伤疤一直留存在奇普林的头脑中,直至小说的结尾。在第十六章中,劳娜·苏在哥哥赫比的安排下参加了一场没有丈夫奇普林参与的结婚七周年派对。午夜过后，当奇普林愤怒地将劳娜·苏带回家，指责他们所带来的伤害时，劳娜·苏却拿出一只钢笔，用力地去戳手上的伤疤，这块因被钉在十字架上而留下的原始伤疤以受虐和攻击性的方式扩散着创伤。

越南经历的严重性在名为"迷失"的一章中得到了说明。奇普林在越南战场曾经被一群绿色的贝雷帽抛弃，导致他在越南的荒野中迷失了方向，差点丢了性命。在漫无目的地游荡了两天之后，奇普林意识到自己的生命处于危险之中。在那段时间里，他最重要的思想作为整个小说的隐喻，评价他周围环境的同一性。奇普林在发现六个绿色贝雷帽的住处后，召唤了空中打击，差点杀死他们，并重新安排了事件。因为他所谓的英勇行为，奇普林还获得银质勋章。在小说的后半部，当奇普林计划着向劳娜·苏复仇的细节时，他隐约中看见一名绿色贝雷帽的士兵正等在他教室门外的台阶上。直至小说的结束，越南战争的幽灵也一直萦绕在奇普林的心头。

后来，奇普林为我们揭开了越来越多的细节：郁金香和其他人的身份，他们的任务，他对他们的报复以及他被追捕的原因。在第三十四章中，他才透露，他所召唤的空袭只是让他们感到害怕而已。那群绿色贝雷帽最终在越南抓住了奇普林，并对他进行了一次模拟处决。自此，奇普林就负担着一种偏执的恐惧，害怕他会被以前折磨他的人或受害者跟踪。这样的阐述帮助奇普林解释并证明了自己一生对背叛的恐惧，被他人利用的感觉以及复仇的手段。

奇普林在爱欲方面的创伤首先体现在他那本关于爱的账

簿。这里面不仅包括了关于情爱挫折的词汇，还包括了他从中学就开始记载的情爱活动的日记，四十年来，奇普林不断地对这些账簿进行补充和修订。奇普林教授对其中一些重要遭遇的个人都有详细的记录，并按照她们的姓名、电话号码、体型、发色等方面进行了精心的分类。这份可悲的个人记录是不幸福、无能和情感不忠的标志，也是最终导致他和劳娜·苏离婚的导火索。此时此刻的奇普林还能颇为客观地看待这些年累积的创伤："在某种意义上，我意识到，他是对的。不管是好是坏，这些可怕的事情定义了过去几十年的生活。它追求的感觉——它是值得相信的东西，是复活节的替代品。"（Tim O'Brien. *Tomcat in Love*，310）当在第二十章中，赫比将这本账簿交给库肖夫夫人的时候，它就代表着过去创伤的不断入侵和新的崩溃的来临。

在小说的 37 章节中，奥布莱恩以自我意识为中心，以病态的不稳定叙述者语言学教授托马斯·奇普林为视点，对其碎片化的创伤经验展开叙述。在叙事中，奇普林将自己定义为"一个靠文字生活的人，一个存在本身不过是语言的人"（Tim O'Brien. *Tomcat in Love*，339）。这种自我认同定位了这位语言学教授的身份，而且在第七章的开始，奇普林就对自己的叙述原则进行了解释。"两点之间最短的距离是直线，但人们必须记住。效率不是唯一的叙述美德。结构是一个，准确性是另外一个。我们的宇宙不完全按照线性原则来运转。"（Tim O'Brien. *Tomcat in Love*，334）叙事伊始，奇普林就开始回顾自己的人生经历。"这是一个谜，四十年的时间悄然而逝（我已近不惑之年），如此的痛苦，如此的恐怖，只是我仍然不能知晓其中的缘由，我所知道的是，我现在孑然一身。"（Tim O'Brien. *Tomcat in*

Love，18)接下来，他将自己童年时期的经历、与劳娜·苏的婚姻悲剧，在越南战场的不幸遭遇以及一系列的报复行动娓娓道来，童年、爱情和婚姻的悲剧以及战争的危机汇聚在叙述中不断绵延，迂回反复。

研究者马尔科姆·考利在谈到饱受争议的奇普林这一叙述者形象时指出："对于奇普林来说，虽然战争作为创伤经验被揭示出来，但他的自我呈现，他作为叙述者的不可靠性，甚至他无所不在的精神创伤都颠覆了传统的严肃主题。"（Mark A. Heberle. *A Trauma Artist*，132）马尔科姆·考利的这一论断虽然指涉的是叙事的主题，但却引起了读者对奇普林作为叙述者不可靠性的关注。不可靠叙述最早是由叙事理论家韦恩·布斯提出的，在《小说修辞学》中，布斯对不可靠叙述进行了定义："当叙述者的言行与作品的范式（即隐含作者的范式）保持一致时，叙述者就是可靠的，否则就是不可靠的。"（韦恩·布斯：《小说修辞学》，158）而后，德国叙事理论家纽宁将不可靠叙述的判断主体从隐含作者转移至真实读者，并指出了读者用于判断不可靠叙述的文本线索以及用来自然化这些文本线索的参照框架，如叙述者叙述话语的内在矛盾或叙述者的言行不一致，叙述者对同一事件的叙述与阐释之间的冲突或不一致等等。

不可靠叙述在奥布莱恩的创伤表征中占据着非常重要的位置。奇普林作为叙述者的不可靠性通过叙述者自我呈现的矛盾性及语言指义性分裂等实际语境得以确立。在叙事中，奇普林以第一人称"我"，一个自我中心主义者，病态的、性情多变的视角来进行讲述。不可置否的是，因为在人类在感知、记忆和判断上的局限性，可能容易错过、忘记或错看了某些事件、词语或动机,因此第一人称叙述至少总是潜在的不可靠。但奇普林在叙事中的各种表现则加重了不可靠性的呈现,首先,奇普林看待这个世界是以自己的经验为滤镜的,很少考虑他人的想法和感受。为了创造一种具有高度说服力的创伤叙事,奇普林不仅对创伤经验进行碎片化的处理和选择性的表达,而且还会对过往的事件加以重构,所以让奇普林来讲述自己的故事本身就是一个可疑的命题。依据奇普林的讲述,他不仅是语言学教授,而且还是战争英雄,自称是不幸的阿克琉斯。作为男性,他身高六尺六,极富魅力,机智风趣,像极了不蓄胡须的美国第十六任总统,而且还对劳娜·苏有着真挚的爱恋。作为语言学教授,他因其出色的教学工作,七次获得汉弗莱教学奖的提名,即使是三四岁的孩子也会被他的演讲所吸引,并深受学生的爱戴。作为战争英雄,他在越南战场九死一生,因其英勇行为而获得银质荣誉勋章。作为爱人,他对劳娜·苏顶礼膜拜一般的爱简直无可挑剔。

然而,随着阅读的深入,叙述者奇普林精心构筑的极度膨胀的自我形象却在他者的眼中和读者的阅读中呈现了不可调和的矛盾性。他是学生眼中"滑稽可笑的老家伙",是劳娜·苏眼中卑鄙、谎话连篇、玩弄女人的骗子,更是年轻女性眼中矫情的讨厌鬼。作为读者,我们见到的是千方百计破坏劳娜·苏与丈夫婚姻关系的奇普林、不惜替门房德尔伯特清扫厕所而换取倾诉机会的奇普林、在言语中不断挑逗女性的奇普林、在库肖夫夫人的庭院中失声痛哭的奇普林。当他的面纱被揭开之际,奇普林自己也承认:事实上,我有的时候确实会夸大其词,尤其是在自我保护方面。如果说,奇普林的言过其实是一种简单的自我保护,为了维护别人对他的爱,但这种保护也造成了周围人对他的辩解和真实描述的质疑。奇普林的自我呈现与读者构建形象之间所形成的巨大反差，一方面增强了小说的喜剧性效果，另一方面也奠定了叙事不可靠性的基础。

创伤表征之指义性断裂

奇普林的叙述还表明了存在于凯茜·卡鲁斯创伤定义的核心部分指义性断裂。凯茜·卡鲁斯在《创伤:探索记忆》中,把创伤的结构明确勾勒为"历史或时间的中断",并指出"创伤事件在它发生的时刻并没有被充分地体验和吸收,只能延迟地表现在它的持续和侵入式的返回上,因此按照通常途径不能记忆和解释创伤事件"(Cathy Caruth. *Trauma: Explorations in Memory*, 7)。不仅传统的叙事框架和认识论因为时间的延迟性受到挑战,卡鲁斯更着重指出再加上经验和理解固有的延迟性,简单明了的文本指义性观念也受到挑战。

奇普林旧居庭院之中的苹果树可以被视为指义性断裂的一个隐喻。在重返旧居之后,奇普林坦言:"很多年过后,那棵扭曲的苹果树在我的记忆中不断生长,扩展着自己,就像年轻人追寻目标一样。而现在,在我中年的萧瑟凄凉中,在我看来这棵树骨瘦如柴,凄凉而可笑,它没有了魔力,对我来说也没有了意义,只是一棵树而已。"(Tim O'Brien. *Tomcat in Love*, 254)对于受创的叙述者而言,在心理创伤言说的目的无法实现却又不得不言说的时刻他就会通过语言现象的变异来打破现实的连续性与统一性,利用重新组合和交接的关系来制造反讽的效果。

叙述之初,奇普林就开宗明义地表明自己的身份——语言学教授。这不仅表明语言在接下来的叙述中的重要性,也意味着奇普林将以语言的法则去寻求他所认定的秩序和真实的努力。小说 37 章节的题目以词典编撰的方式呈现,奇普林将经历过的事件缩减至一个词作为章节的名字,"郁金香""猫""丛林""十九""蜘蛛人"等。如此一来,标题与内容的意义建构不能按照传统的语义模式进行阐释,只有在阅读过后,我们才发现这些词语实际上是每一次创伤事件过后留存在奇普林心灵世界的经验凝结。换句话说,如果我们不了解奇普林的创伤经历的话也就无法理解题目与内容之间的意义关系。

在名为"玫瑰"的第四章中,奇普林就以脚注的方式对玫瑰一词给出了解释,象征着爱情与浪漫的玫瑰在奇普林的字典中变成了"因其背叛而令我反胃的词,在关于爱的词典中可怕的条目"(Tim O'Brien. *Tomcat in Love*, 25)。第十三章的"庞蒂亚克",不仅是汽车的品牌名称,对于十六岁的奇普林来说,自从开着这辆车在明尼苏达州南部的玉米地里与劳娜·苏发生关系后,庞蒂亚克就不仅仅再是父亲的那辆汽车,它也是奇普林与劳娜·苏婚姻波折的预言。在第九章"猫"这一章节中,奇普林向库肖夫夫人讲述自己的婚姻悲剧,将时间回溯到 1952 年明尼苏达州一个阳光明媚的早晨。奇普林讲述他、赫比与劳娜·苏捉鼠喂蛇的过程中因措手不及而导致一只叫维娜拉的猫失足而死的事情。为了保持自己在劳娜·苏心中的美好形象,奇普林谎称是那只猫咬了自己才让他一时手足无措的。在讲述的过程中,因为冗长的情节和明显的无意义,奇普林彻底激怒了库肖夫夫人,尽管库肖夫夫人再三表示猫的意外死亡与奇普林的婚姻悲剧没有必然的联系,但他仍然坚持认为发生的这件事情导致了一系列的连锁反应,并最终导致了自己后来的婚姻悲剧。这件事是一种无伤大雅的谎言的象征,与引发婚姻危机的床垫异曲同工。因为那天早晨的事件奠定了一种模式,关于"信任的问题,信仰的问题"。在奇普林与库肖夫夫人岐见百出的交谈中,我们看到对于库肖夫夫人的基本诉求,即简单直接地获取信息的要求,奇普林却从来没有给予正面回答。一方面是他认为语言本身因其脆弱性和善变性潜藏了背叛的可能。另一方面,奇普林认为虽然"两点之间直线距离最短,但人们必须认识我们的世界并不绝对地以直线的方式运行"(Tim O'Brien. *Tomcat in Love*,56)。所以,奇普林更愿意将事件的感受讲给库肖夫夫人,有时候根本不会在意细节的真实与因果的逻辑联系。事件是发生过的,因而具有某种程度的真实性,但又没有完全被吸收,因此不易受到传统的指义模式的影响。

奇普林疯狂的复仇行动构成了《恋爱中的雄猫》中连续不断的情节。一开始,奇普林只是在离婚后出于不平衡的心理而进行反击,但就在他从明尼苏达州飞往坦帕监视新婚的劳娜·苏夫妇并策划行动之前,他用英雄般的措辞掩饰了自己的"复仇"。"复仇"这一词来自于拉丁语"vindicare",在它最原始的词源中没有任何贬义的阴影,对古人来说它甚至并不排除对虚假指控者的残酷惩罚。所以,奇普林在解释他的"报复"时就认为它意味着高尚和英勇的品质,一种高尚的精神,一种随时准备反击虚伪和背叛的道德。实际上,奇普林所作的不过是把情趣内衣店的内衣放进地产大亨的奔驰车内,以此引起劳娜·苏对丈夫的怀疑,并捏造赫比和劳娜·苏之间的暧昧关系。毋庸置疑,创伤毁坏了奇普林用以认知内部自我与外部世界的图式,语言和日常事务也脱离了它们原有的意义，导致现实感也不断受到扭曲。

除此之外，奇普林持续不断地滑稽而粗俗地对接触到的女性在语言上进行挑逗，提醒我们不仅要关注他自我意识的严重匮乏和他谋求私利的修辞技巧，也需要关乎他作为叙述者的不可靠性。不可靠叙述并不是一个稳定的状态，在奇普林的叙事中，可靠叙述与不可靠叙述交替出现，并逐渐向可靠叙述靠拢。奇普林承认，他的搪塞只是单纯的保护。为了维持他人的爱，他需要掩盖或者编造自己的经历，这几乎使奇普林所有的自我吹捧、他的许多解释和变化，甚至他的事实描述都受到了质疑，这种不可靠性随着叙事的深入表现得尤为明显。

如果单纯地将那些研究不可靠叙述的分析框架和阐释工具降低为寻找不可靠性的记号，对文本的研究毫无裨益。在《恋爱中的雄猫》中，奥布莱恩有意将读者的注意力引导至叙述者的不可靠性上，进而去考察造成叙事断裂的原因。叙述之不可靠可能源于贪婪、智力障碍或者大量其他的原因。奇普林作为叙述者的不可靠性则直接源于他童年时期的经历和在越南战场的不幸遭遇。在越南战场执行任务时，他被自己的队友六个绿色贝雷帽丢弃在越南的丛林之中，迷失在丛林中三天三夜，当迷失变成一种思想的状态，"除了偶尔的哀诉外，我已经丧失了基本的语言能力……丧失了过去的我，我的名字和它的意义，也包括那些能与他人相区分的独特精神与个性"（Tim O'Brien. *Tomcat in Love*，149）。在第六章"丛林"中，奇普林在结尾之处特别强调越南的创伤经验带给他最重要的三个影响——对离弃的敏感、对背叛的恐惧和强制性复仇的持久倾向。直至后来，奇普林才不得不承认"坦白地说，事实是，我总是在真相上有麻烦"

(Tim O'Brien. ***Tomcat in Love***, 79)。越南的创伤变成了一个在《恋爱中的雄猫》中白痴讲述的自我怜悯，自我确认的故事。奇普林所制造的不可靠叙事反过来促使读者去思考究竟什么是真实的。尽管奇普林宣称自己是一名"战争英雄"，但他的英雄主义却让他睡不着觉，他的银星勋章是假的，最终他只能选择以暴力的方式来维护自己的身份。在这里，不可靠叙述作为一种叙述技巧，已经不仅仅是作为形式而存在，而是已经参与到文本关于创伤主题的建构之中。

不可靠叙述带来的最直接的后果就是奇普林不能再与周围的人进行有效的意义交流。在整部小说中，奇普林无休止的说教令人恼火，在喧嚣与骚动之中失去了虚构的听众。在第十九章中，当这位语言学教授向坦帕酒店的门房讲述他的越南经历时，他抱怨奇普林的故事似乎是一个白痴讲述的，最终门房在奇普林的喋喋不休中睡着了。同样，奇普林不厌其烦地讲述他与劳娜·苏的过往经历也激怒了库肖夫夫人，不仅因为他对劳娜·苏怀有的迷恋，更因为讲述的冗长的情节和明显的无意义。奇普林意图通过对创伤经验的碎片化处理和选择性表达，对文本和读者进行操控，从而达到他叙述的真实目的，然而在声泪俱下的控诉中，奇普林教授却没能创造出一种具有高度说服力的创伤叙事。

创伤表征之分裂的受述者

当阅读进入叙事文本的虚构契约之时，我们就会发现受述者的出现。在《叙事学词典》中，普林斯将"受叙者"定义为："文本中所刻画的叙述接受者。在每一叙述中至少有一个（或多或少会公开呈现）受叙者，与向他或她讲述的叙述者处于相同的故事层面。"（杰拉德·普林斯：《叙事学词典》，134）西蒙·查特曼在《故事与话语》中也将受述者定义为"由叙事本身所预设的受众"（西蒙·查特曼：《故事与话语——小说和电影的叙事结构》，134），他在"充分性格化的个体"到"无人"的范围间变动，甚至"叙事文本中所有那些不是完全的对话或纯粹的动作记录的部分，尤其是那些看起来是在解释什么的部分，都承担此种功能"（西蒙·查特曼：《故事与话语——小说和电影的叙事结构》，134）。完整的叙述对应着完整的受述者，而分裂的受述者则是破碎与分裂的叙事的重要表征。

在叙事中，叙述者奇普林所称呼的"你"不是别人，而是当"我"奇普林进入叙述的虚构契约之时，叙述者所呈现的另一个自我。那么，奇普林叙述中的真正受述者究竟是谁呢？"你"作为奇普林的另一个自我是叙事中真正的受述者。在奇普林的想象中，受述者"你"是一个与奇普林有着相似遭遇的女性形象。"你有名字吗？最好没有，你是唯一的，你代表了这个星球上每一个伤透了心的情人……"（Tim O'Brien. *Tomcat in Love*, 241）受述者也遭遇了与奇普林如出一辙的背叛——被丈夫抛弃后，丈夫与情人移居斐济，"当你的丈夫抛弃了你，当你得知那个廉价的女人叫桑德拉时，难道你没有感觉到就像站在舞台中央，在摄像机之前，满怀热情地扮演者不属于自己的角色"（Tim O'Brien. *Tomcat in Love*, 82）。"你"一直伴随着整个叙事过程，作为叙述者的奇普林可以随时跨越叙事的界限与其进行对话，直到小说的最后一段，奇普林才道明"你"存在的本质，"斐济,我迷失的公主,不过是一种思想的状态"(Tim O'Brien. *Tomcat in Love*,334)。由此,受述者的真正身份得以确立。

就叙事意义而言,在一个叙事框架内,受述者作为叙述者的听众既是叙述者可靠性之保证,同时也使各种各样的叙事修辞技巧得以实践。叙述者的评判与解释,因受述者之默认而得到强化,并且也可与其就价值与观点进行直接的交流。叙述者与受述者的关系不仅与叙述的事件保持一致,而且随着受述者身份之确定也会提供关于核心问题的答案。将另一个自我作为受述者的行为既是奇普林自我的分裂,也是自我的否定。毋庸置疑,分裂出另一个自我的根源在于根植记忆深处的创伤经验。创伤理论家朱迪安·赫尔曼进一步指出,创伤会撕裂精密复杂,原本应统合运作的自我保护系统,它会导致对基本人际关系的质疑,进而打破与他人关系形成和保持的自我建构。在叙事中,与赫比关系的决裂就象征了奇普林人生中一段亲密关系的终结。"某种意义上可以这么说,我的老伙计任性固执地将我,连带着我们共同的过去从他的记忆中抹掉了。"(Tim O'Brien. *Tomcat in Love*,29)对于赫比而言,奇普林的无足轻重甚至连鬼魂都算不上,加之劳娜·苏的"背叛"彻底将奇普林教授推向绝望的深渊。我们发现奇普林与劳娜·苏的关系不只是简单的婚姻关系,奇普林所组织的有关劳娜·苏的回忆是以宗教象征为原则的,奇普林曾经偕同库肖夫夫人去拜访劳娜·苏的亲人,在劳娜·苏的旧居里,他曾经见到这样一种场景令其感到深深的不安。"远处的墙上有一张黑白相片。相片中,劳娜·苏与赫比挽手并肩地站在一起,表情圣洁,互生爱慕。相框用缎带覆盖,下方的小桌子上还摆着两只蜡烛。(就像家族的神龛或者家族里圣洁的神坛……我的婚姻可能早已经危机四伏。)"（Tim O'Brien. *Tomcat in Love*，66）这就使劳娜·苏的形象不可避免地带有宗教般的神秘色彩，只不过奇普林最终与《北极光》中的保罗·佩里一样，拒绝以宗教的方式来与创伤进行和解，就如同劳娜·苏手心里那块永远不会消失的伤疤一样，历久弥新的伤疤的存在似乎也在预示着奇普林永远都无法和解的创伤。

虽然《恋爱中的雄猫》是继《北极光》以来最完整的国内小说，但越南战争却以黑色喜剧的形式回归。奇普林最终的自我辩护是以他作为"战争英雄"的身份而出现的，此时此刻他已经穿上了三十年之前的战斗服，要对泽尔斯特拉家族进行彻底的报复。现在，他脱下越战的战斗服，脱光衣服，在水盆里洗了洗手，抹去遮住脸的木炭，躺在草地上，仰望着夜晚和星星。"我就像个婴儿赤身裸体地站起来，让国庆日给我沐浴。我想，我们每个人都需要自己的幻想：死后的生活，行星的制造者。爱一个女人，恨一个男人。虽说是神圣的东西，但这是一种浪费。"（Tim O'Brien. *Tomcat in Love*，324）奇普林的洗礼更清晰地启示我们，我们所信仰的一切都是虚幻的。在意识到一些幻想不仅是不必要的，而且是有害的之后，奇普林走出了离婚和越战的创伤，请求库肖夫夫人嫁给他。

小说的结尾定义了一种比炸弹和银星勋章更有价值的勇气，一种比崇拜更治愈的爱。"斐济，我失去的公主，不过是一种精神状态。"（Tim O'Brien. *Tomcat in Love*，347）从傍晚，到深夜再到斐济，奇普林终于从痴迷的荒谬中恢复过来与库肖夫夫人开始了新的生活。

创伤经验所导致的各种关系的断裂导致了奇普林自我感的

基本框架受损而痛苦不堪，而且也失去了对自己、对他人和对上帝的信赖感。可以说，创伤是《恋爱中的雄猫》叙事力量的核心，通过叙事的策略，奥布莱恩明确提出了精神创伤的领域。在《恋爱中的雄猫》中，创伤一词和它的衍生品比任何一部小说文本都更加频繁的出现。尽管作品表面的主题是婚姻危机，但童年的创伤以及婚姻的悲剧却都在或隐或现地补充着越南的经验。尽管创伤产生了个人的生存危机，但奥布莱恩却不仅仅是在为个体创伤作见证，他意图促使我们去思考个体创伤之后的复杂社会问题——对受害者的最终责任，对暴力和不公正的致命漠视。在《恋爱中的雄猫》中，奥布莱恩通过托马斯·奇普林的行为来重新审视越南。所以，文本中所呈现的叙事策略，就不仅仅意味着形式上的突破，更具有了敏锐的历史意识。正如研究者马尔科姆·考利所指出的"《恋爱中的雄猫》无论表面上的意图是多么的狭窄，但是奇普林的失败多少还是反映了越战后走向新世纪的美国文化和政治中某种既荒唐又带有预见性的东西"（Mark A. Heberle. *A Trauma Artist*，262）。虽然小说将越战后美国的虚构探索延伸到了克林顿时代和后女权主义时代，但并没有完全将越南战争抛诸脑后。

越南是美国历史上最重大的公共政策的灾难之一，更为严重的是，它延伸到了战争之外，对公民的政治、历史和文化意识都产生了影响。奥布莱恩通过写作把越南定义为一场历史和文化的悲剧，以这样的方式朝向集体和文化的记忆。越南的重要性在于它不仅仅是文化的悲剧，而且也是精神状态的隐喻。在1992年的一次采访中，奥布莱恩就直言越南是"是一个必要的隐喻，或者，一个生命的隐喻"（Mark A. Heberle. *A Trauma*

Artist，18)。战争从历史上消失了，也必将会成为过去生活的一部分。否认、遗忘或者补偿性的幻想在心理上都是危险的，这种未解决的创伤症状在战后美国的政治神话中尤为明显。

参考文献：

1. Mark A. Heberle. *A Trauma Artist: Tim O'Brien and The Fiction of Vietnam.* Iowa City: University of Iowa Press (2001).
2. Tim O'Brien. *Tomcat in Love.* New York: Broadway Books (1998).
3. Cathy Caruth. Trauma: *Explorations in Memory*. Baltimore: The Johns Hopkins University Press (1995).
4. ［美］韦恩·布斯：《小说修辞学》，华明、胡晓苏、周宪译，北京：北京联合出版公司，2017 年版.
5. ［美］杰拉德·普林斯：《叙事学词典》，乔国强、李孝弟译，上海：上海译文出版社，2016 年版。
6. ［美］西蒙·查特曼：《故事与话语—小说和电影的叙事结构》，徐强译，北京：中国人民大学出版社，2013 年版。
7. ［美］朱迪斯·赫尔曼：《创伤与复原》，施宏达、陈文琪译，北京：机械工业出版社，2017 年版。

第十一章 时代的悲剧与个人的救赎——《七月，七月》

关于《七月，七月》的创作

2002 年出版的小说《七月，七月》的创作灵感来自《时尚先生 Esquire》的小说编辑发出的一份杂志写作任务的邀约，他邀请奥布莱恩为杂志上的新专题——一页纸的故事——写一篇短篇小说。奥布莱恩于是就写下了关于两个人在同学聚会上聊天的故事，始料未及的是这个故事鼓励了作者去构思他的第七部小说《七月，七月》。尽管这部小说在出版之后没有得到如《追寻卡西亚托》和《林中之湖》一般的关注，但这部由人物共同的经历拼接而成的故事在奥布莱恩的叙事形式上却形成了一种挑战，就像他曾经面对着《士兵的重负》和《核时代》一样。评论家艾伦·戴维斯称赞奥布莱恩在小插曲中具有强大的写作能力并断言"这些故事，有些令人难忘，有些荒唐，共同讲述了一个关于一代人的故事，他们时而理想主义，时而愚蠢到可笑"（Patrick A. Smith. *Tim O'Brien*, 148）。在谈到这个故事的讲述时，奥布莱恩也总结道："这是一个关于一群人在毕业三十年后重聚的故事。在我看来，这是一个有趣的山顶，站在那里你可以回顾过去，看到你曾经是什么样的人，现在是什么样的人，以及你可能会成为什么样的人。从那里开始，它开始调查十个我的重要角色和他们人生的转折点。对我来说，这本书更像是一本关于中年，关于人们所经历的失望和快乐的书，而这些东西通常与人们所说的 60 年代无关。它更像是对生活的审视以及生活带给这些人的东西。"（Patrick A. Smith. *Conversation with Tim O'Brien*，160）在奥布莱恩的叙事中，这十个从越南时代走过来的人由他们的过往经历及经验共同编织了美国当代社会的一幅图景，既包含着奥布莱恩对过去生活的思考也有着对未来的憧憬。

从《如果我在战区死去》到《七月，七月》，奥布莱恩带领着他的读者从越南回到了美国，尽管已经没有了《追寻卡西亚托》和《士兵的重负》那样令人惊叹的结构复杂性和强度，但奥布莱恩依旧在自己的能力范围内掌控着叙事的节奏。当被问到越南在这部小说中的存在感时，奥布莱恩回答道："越南确实出现在书中，但是间接的。书中有一个章节，但除此之外，它讲述了 60 年代和婴儿潮一代的背景。我很荣幸被成为越南作家，我不能也不想一遍又一遍的写同样的书。"（Patrick A. Smith. *Conversation with Tim O'Brien*，163）在奥布莱恩看来，《七月，七月》"更多的是关于讲故事，关于故事在我们生活中的作用。关于写作，关于记忆，关于现实。因此，即使是在《士兵的重负》中，越南也不是主要的话题——它设定在那里，但并不是对战斗中发生事情的重提"（Patrick A. Smith. *Conversation with Tim O'Brien*，164）。在《七月，七月》中越南已经不再是强大的背景或故事讲述的主要内容,它似乎已经融入了主要角色的生活之中,在潜移默化中构成人物的思想状态,而对这些人物思想状态的理解则构成了了解那个时代美国社会的关键。

小说的标题由两个"七月"构成,两个七月中间跨越三十年之久,构成故事发生的时间跨度,十个人物的故事与章节的交替,构成了小说最强有力的叙事结构。三十年间,由于社会的变迁和个人的境遇,他们都不同程度地暴露于生活的创伤之下。奔波在其间的人们大卫·托德、马拉·邓普西、简·休伯纳、艾米·罗宾逊、埃莉·艾伯特、比利·麦肯、多萝西·斯蒂尔、斯布克·斯皮内利、马夫·伯特尔和波莱特·哈斯洛以他们自己的方式演绎了真实的生活,并充满了死亡、疾病和背叛等各种创伤。《七月,七月》采用了类似于《核时代》的叙事结构,以达顿霍尔学院体育馆的聚会作为现在时,将人物过往的经历与叙事的现在交替融合,由 10 个主要人物讲述了十个不同的故事,讲述了每个主要人物从大学时代到现在的生活,呈现了一幅较为完整的画面。按照奥布莱恩讲故事的逻辑,其中任何一个有可能是完全真实的,有可能是完全虚构的,也有可能是现实与想象共同构建的。不管这些故事的真实性与否,通过这些故事,奥布莱恩阐明了记忆,特别是创伤记忆的重要性。

2000 年 7 月 7 日,星期五,一群昔日的老同学来到位于芝加哥郊外的达顿霍尔学院的体育馆参加他们的第三十次同学聚会,他们在毕业后的 30 年里经历了不同的生活,回来后交换着各自的感受,分享着彼此的故事。从整体上看,这些记忆定义了奥布莱恩一代人战后的生活,《七月,七月》则试图通过对个案的研究,从战争、童年的阴影以及失败婚姻的不同视角,呈现出一个尚未从战争事件中完全恢复过来的社会的总体情况。

　　小说中的聚会地点被安排在一个荒废的校园内，这个地方给人一种"凄凉、鬼魂出没的感觉,有许多回忆,许多幽灵"(Tim O'Brien. *July, July,* 4)。参加聚会的同学虽然政治观点、社会地位和生活经历各不相同,但奥布莱恩没有过多地着笔于此,而是更加关注主要人物的过去和现在的联系,正如小说中所言:"31 年前,在 1969 年那个残酷的春天,艾米·罗宾逊和其他许多人都超越了自己,被时代提升了。有善也有恶。有道德的热度。但在公元 2000 年,一个新的千年……傻瓜变成了百万富翁,流言蜚语是关于埃莉·艾伯特的抑郁症,多萝西·斯蒂尔的乳腺癌,斯布克·斯皮内利成功的双婚,以及她当晚似乎要和马夫·伯特尔或者比利·麦克曼来一场三倍的狂欢。"(Tim O'Brien. *July, July,* 8)故事的讲述从战争的结束开始:"战争结束了,激情变得毫无意义,乐队演奏了布法罗·斯普林菲尔德乐队一首老歌的缓慢、镂空版。每个人都有一种怀旧的感觉,因为当下流动的可能性。"(Tim O'Brien. *July, July,* 6)当朋友们聚在一起讨论各自的生活历程时,简·休伯纳和艾米·罗宾逊进行了一次对话,指出了他们对于第三十次聚会的态度。艾米为所有人的中年感到惋惜,她提醒简:"以前我们会谈论日内瓦协议、东京湾决议,现在只能靠谈论吸脂和前夫,难道超过六十岁的人就不再信任其他人了吗?"(Tim O'Brien. *July, July,* 18)这些故事的讲述最独特的地方就在于,当故事的主人公在与记忆对峙的最关键性的时刻,他们都有意识地想要从创伤中走出来。

大卫·托德与战争的创伤

　　奥布莱恩首先讲述了大卫·托德的故事,大卫作为小说中唯一参加过越南战争的老兵贯穿叙事的始终,而他和马拉·邓普西的故事也连接着小说中的其他故事的发展。大卫·托德曾经是达顿霍尔棒球队的明星游击手,在奔赴越南之前还曾经被几家大型俱乐部看中。在大学校园内,他与马拉·邓普西暗生情愫,并计划在他们大学毕业后,两人便步入婚姻的殿堂。在叙事中,托德对战争反复进行回忆,在他到达越南后的第十九天,大卫·托德与其他十六名美军士兵在执行任务时遭到突袭。整个排十七个人中,除了大卫·托德的一双脚被子弹击中幸免于难外,其余人全部死亡。奥布莱恩以类似于《追寻卡西亚托》的开场讲述了大卫·托德在越南战场的遭遇。"少尉大卫·托德躺在一条湍急的浅河边的草地上,这条河叫宋楚基河,他受了重伤……赫克托·奥尔蒂斯脸部中枪。男孩已经死了,或者似乎死了,但他的晶体管收音机仍然劈里啪啦地播放着来自岘港的晚间新闻。……文斯·马斯汀哭了,他的腹部中了枪。……巴迪·邦德河卡兹·梅普尔斯在第一声枪响中丧生。快乐的詹姆斯脖子也中枪了。帕拉迪诺医生则完全消失了。"(Tim O'Brien. *July, July,* 21)奥布莱恩还告诉我们,在四天之后,尼尔·阿姆斯特朗将会在月球上行走,在整个共和国,在明媚的夏日里,在大小城镇里,人们都会聚集在商店门前观看来自控制中心的最新消息,而四天之前楚莱河两岸的十六个人的死亡就只留在了大卫·托德的记忆里。在叙事中,两种不同时空的并置,似乎要将越南从历史的真空里抽离出来,令大卫·托德的创伤既司空见惯又显得与众不同。

当托德在稻田里等待死神来临的时候,眼看着一群蚂蚁在吞噬着自己双脚的伤口,耳听着楚莱以西的河边上身边的人垂死挣扎的呻吟,大卫只能靠注射吗啡来麻痹自己。"那一夜在雾中度过。有时他祈祷,有时他屈服于脚的疼痛。"(Tim O'Brien. *July, July*,24)当大卫在昏睡的状态中徘徊时,他几乎就是在与上帝关于生与死的问题进行讨价还价。在艰难地等待救援的过程中,大卫·托德一方面回忆着马拉·邓普西之前的生活点滴,他如何教她打棒球,他如何向她求婚;另一方面他还与奥尔蒂斯留下的晶体管收音机相依相伴,在巨大的精神压力面前甚至产生了与里面的播音员对话的幻觉,"文雅的德州声音"从收音机里传来与他进行着对话,当大卫由惊讶到害怕再到接受的过程中,他已经无法分辨出现实与幻想,并把这个声音命名为"约翰尼·契弗"。关于约翰尼·契弗的存在,奥布莱恩曾经说道:"我不确定约翰尼是天使还是魔鬼,还是良心的声音,或者只是一个奇怪的形而上的中间人……约翰尼的目的是让故事脱离时间,提醒人物和读者,人类在历史上经历过某些普遍的烦恼和快乐,并提醒我们,那些永恒的神秘和未知笼罩着所有的人类经验。"(Patrick A. Smith. *Tim O'Brien*,154)约翰尼·契弗甚至还以预言家的身份告知了大卫·托德未来将要发生的事情。"我可以为你播放未来的录像带,但我认为它可能会以非常非常令人沮丧的结尾结束。22岁,职业生涯结束,没有在乎你在战争中受的伤。你的泡泡糖卡片,大卫,卖不出好价钱。不管怎样,如果还不够,很快你就会开始做噩梦。十年,二十年过后,幸存者的罪恶感就会随之而来。"(Tim O'Brien. ***July, July,*** 32)尽管最后获得了及时的救援,挽救了大卫的生命,但作为排里唯一活着的士兵,留给他的不只有残缺的双腿和崩溃的精神,还有重温那场噩梦的充足的时间。

见证死亡这种灾难性的精神创伤在大卫归来之后的生活中表现出延续的创伤模式,高度警觉,焦虑的梦,还有对预期命运的恐惧。在珍妮特对于创伤记忆的定义中,她指出:"在极端的条件下,现有的意义图式可能完全无法容纳可怕的经历,这导致这些经历的记忆以不同的方式存储,在普通条件下无法检索,它与意识和自愿控制分离。当这种情况发生时,这些不完整的经历片段可能会在后来显示出记忆或行为,我们把它称为创伤记忆。"(Cathy Caruth. ***Trauma: Explorations in Memory,*** 160)在珍妮特的阐述中,创伤记忆还可以在特定条件下被唤起,它会在那些让人联想到最初的创伤情境中自动发生。对于大卫·托德来说,即使离开了战场,1969 年 7 月 16 日发生的事情已然成为他生命中难以磨灭的印记,在归来之后不断吞噬着他,似乎他的余生都被定格在那一天。大卫·托德的梦中经常会出现那条叫做宋楚基的河和死去的战友,在后来托德与马拉·邓普西九年的婚姻生活中,虽然生活相对简单。"他们在房车前吃饭,亲切地聊天,有时大笑,度假,计划扩建他们地房子,拜访朋友,戒烟,重新开始,庆祝生日和纪念日,听音乐,买雪佛兰,练瑜伽。"(Tim O'Brien. ***July, July,*** 294)但他们也很快意识到这些都不够,而这其中缺失的就是大卫·托德未曾向马拉·邓普西讲述的关于在战场上的遭遇。大卫的拒绝交流使得马拉只能够依靠大卫在梦中的喃喃自语去揣测在她缺席的时间里大卫究竟发生了什么事情。"在那不可思议的九年里,马拉常常躺在他们黑暗的卧室里,既害怕又好奇,听着他在梦中的喃喃而语——有时是猥琐下流的话,有时是祈求他的脚不要再疼了。"(Tim O'Brien. *July, July,* 40)马拉被托德在夜间关于战争的回忆吓坏了,她录下了托德与死去的士兵的对话并播放给他听,用来证明他的神经症有多严重,正如来自晶体管收音机里的警告,托德最终会被那些在越南死去的人拜访,他的余生将带着幸存者的负罪感度过。从创伤理论的角度来讲,幸存者的使命是要承担见证的责任,唯其如此才能够重新整合自我再次成为一个完整的人。

果不其然,这场婚姻如晶体管收音机里的播音员所料最终走到了尽头,马拉·邓普西和一个狡猾的股票经纪人骑着哈雷逃走了。简·休伯纳评论了托德和马拉·邓普西婚姻失败的原因,她认为托德早年接触了令人讨厌的事件,在早期失去纯真的过程中大卫·托德比他的同学走得更远,因为他参加了战争。所以,即使是在战争结束之后的三十年的聚会上,叙事中也对创伤进行了极为细致的描述,托德受伤的腿,他被毁掉的棒球生涯以及满目疮痍的战场。在小说即将结束之时,其他人都还沉浸在聊天和跳舞的氛围之中,托德的幻觉中出现了他自己沿着越南境内那条河畔行走的影像。奥布莱恩以大卫·托德的故事开始,又以他战后的生活状况作为人物故事的结尾部分,叙事的用意颇为明显,三十年间,从越南到美国,他将大卫·托德生活的细节与强大的现实背景相联系,证明了战争会以不同的方式影响着每一个人,而时间远远不能治愈这些创伤——死亡的恐惧、疼痛的痉挛以及无处诉说的孤独。在《七月,七月》中,奥布莱恩将讲故事作为一种叙事方式,融入自己和他人对过去的认知,将创伤转化为叙事记忆,使得故事得以用语言进行表达和交流,成为他笔下的受创人物走出创伤的必经之路。由此可见,叙事之于创伤的意义既是为了见证,也是为了治愈。

比利·麦克曼的道德选择困境

当朋友们重新聚在一起的时候,我们会发现不只是大卫·托德,他们中很多人的生活都有越南存在的影子。1968年是讨论战争最激烈的一年,这一年在达顿霍尔读大三的十个朋友在课堂内外都沉浸在质疑战争的新兴反主流文化中,也沉浸在反对的声音之中。在达顿霍尔毕业后的生活中,回忆起那段时光许多人仍然带着困惑、遗憾和持续的绝望感。即使那些没有亲身经历过战争的人,如逃兵比利·麦克曼和成为成功商人的马夫·伯特尔,也需要将自己的信仰和梦想与社会的现实进行协调。尽管他们尽了最大的努力不受当时社会的影响,但比利·麦克曼还是失去了与多萝西的关系,马夫·伯特尔也必须要正视自己的肥胖,并为自己的傲慢和欺骗付出代价。战争的幽灵伴随着它所产生的悄然蔓延的不安和时间流逝的感觉迫使他们在两难的时候要做出抉择。

奥布莱恩笔下的主人公如《追寻卡西亚托》中的保罗·柏林,《士兵的重负》中的士兵蒂姆·奥布莱恩等人都是被迫选择参加战争,而成功地逃离这场罪恶的战争是奥布莱恩力图让小说的主人公帮助他实现的梦想。除了《核时代》中的威廉·考林外,另一个实现奥布莱恩梦想的人就是《七月,七月》中的比利·

麦克曼。大学毕业前夕，比利也收到了征兵的通知。与大卫的选择不同的是，比利烧掉了自己的征兵卡，因为在比利看来，这场战争就是"聪明的人们为了冠冕堂皇的理由去杀死另外一些聪明的人"(Tim O'Brien. *July, July,* 116)，因而这样的牺牲是不值得的。所以，比利决定逃离这一切并说服了当时的女友多萝西与他一同逃亡加拿大。尽管多萝西最后失约了，但比利还是选择在大学毕业后的第十八天只身前往加拿大，成功地逃离了这场战争。

虽然比利成功地到达了加拿大并在那里定居了下来，但生活却并没有给比利带来预期的幸福，甚至还一度陷入了混乱。"美丽的城市，但温尼伯却在玩弄他的头脑，流亡的梦想，尼克松的穷追不舍，无数的警报声，探照灯和狂吠的狗。即使在白天，沿着河边散步或者独自坐在公园里，比利也会有一种感觉，仿佛有一个不知名的权威在关注着是非问题——也许是皇家骑警，或是他的母亲，或者是一个微笑的佛陀。"(Tim O'Brien. *July, July,* 114)强烈的情绪导致比利的精神一直处在崩溃的边缘，即使在获得加拿大的合法身份后，多萝西所造成的痛苦也依然无法消除，相反，它"硬化成怨恨，然后变成接近仇恨的东西"(Tim O'Brien. *July, July,* 117)。有时，一种毫无意义的愤怒还会席卷他的全身，一种是对多萝西的怨恨，一种是对这个国家的愤怒，还有一种是对那种想出聪明的理由去杀害其他人的愤怒。"有时，他会躺在妻子的床上，充满内疚和愤怒，想知道如果他去了战场，礼貌地死去，事情会变成什么样?"(Tim O'Brien. *July, July,* 117)30年过去了，比利的愤怒和怨恨依然存在，而奥布莱恩也在借由比利的愤怒表达着自己对越南战争的不满。

也许，比利会对最初的恐惧和焦虑感到厌烦。"这并不是说比利怀疑自己的判断。他做了正确的事情，或者说他认为是正确的事情。但是如果没有多萝西，正确的事情也会被认为是错误的。"(Tim O'Brien. *July, July*, 117)三十年过去了，比利对多萝西的爱中也掺杂着些许恨意，"爱与恨在他心里已经变得坚硬，一层一层地相互加强，就像一层一层的砖瓦和灰泥"(Tim O'Brien. *July, July*, 6)。最终，比利在加拿大取得了合法的身份，并拥有了自己的家庭和事业，但是他依旧要努力隐藏着自己的秘密，也依旧无法摆脱记忆的困扰。三十年来，痛苦和泪水一直陪伴着他。奥布莱恩以此来表达，这一代人似乎谁也无法逃脱以战争为核心的时代创伤，即使逃避战争可以挽救比利的生命，但也夺走了他的爱。

那么，我们要如何来理解构成比利创伤的那些事情呢？劳拉·布朗在谈到精神创伤的女权主义疗法时曾经指出："人格是在一个复杂的网络中发展的，这个网络是由个人内部的现象学经验和他所生活的外部社会环境相互作用而形成的。"(Cathy Caruth. *Trauma: Explorations in Memory*, 103)在我们理解比利创伤的意义时，这种内在和外在相互作用的关注尤为突出。当外在事件的发生迫使比利及其周围的人要做出选择时，这种特殊境遇下的选择往往无法与内在的灵魂驱力相匹配。同时，尽管这些痛苦的经历会渐渐淹没于比利的日常生活之中，但在淹没之中它也会变得越来越扭曲，这从比利对多萝西日复一日的怨恨中可见一斑。与此同时，比利也无法走出这种自我造成的情感禁锢，这一切都成为阻碍他继续生活的障碍。

琐碎的时代与简·休伯纳的悲剧

这一代人的生活不仅有战争,也有更多的细节,奥布莱恩通过简·休伯纳对1969年的朦胧记忆勾勒出他们生活的细节,并将这些细节与当时更大的现实背景联系起来。"这个国家的年轻人开始聚集在纽约伍德斯多克郊外的四十英亩农田上。莎伦·塔特去世不到一周。曼哈顿的环卫工人正在清理尼尔·阿姆斯特朗的宣传单。"(Tim O'Brien. *July, July,* 69)但对于简·休伯纳和其他大多数人来说,那年夏天后来让人想起的不是头条新闻,也不会让人想起全球政治,甚至不会让人想起一场战争,而是让人想起一些微不足道的小事。"皱皱的床,电话铃响,生日蛋糕,肮脏的图片和关于日常生活朗朗上口的曲调……小的,简单的事情,使得,但就像在一些伟大的全国暗室里一样,最普通的人类快照——音乐、行话、晚间新闻——也会被战争的酸性洗涤固定在记忆之中。"(Tim O'Brien. *July, July,* 74 - 75)生活中的点滴细节与宏大的时代背景经由简·休伯纳的生日渐融合在一起。

简·休伯纳似乎天生是一个小丑,看起来就很有趣,被认为具有喜剧方面的特殊天赋。她的母亲过去常常自夸"我的那个女孩,丑得像北达科他州,但我想向皮特发誓,她能把浸信会教徒逗笑"(Tim O'Brien. *July, July,* 59)。她曾经是达顿霍尔学院英语专业的一名学生,B级学生,宿舍辅导员,漂亮女孩的红颜知己,同时也是一个周六晚上爱打桥牌的人和一个烟鬼。在大四那年的春天,她和波莱特·哈斯洛、艾米·罗宾逊和比利·麦克曼成为了好朋友。从达顿霍尔毕业的简·休伯纳过着三重生活，"她仍然是剧团和反战运动的积极分子。而且，至少据她母亲所知，她在丁克镇做书店店员，朝九晚五，一直熬到九月中旬研究生院开学"（Tim O'Brien. *July, July*, 64）。在小说中，奥布莱恩揭示了简·休伯纳悲剧的原因。部分是因为寻找个人的存在感而徒劳的努力。"她将在 20 世纪剩下的时间里，成为一个被嘲笑和被肮脏照片所俘虏的人。她会住在伊甸草原一栋三居室的房子里。她会开一辆克莱斯勒轿车。她会看到丈夫在鸡尾酒会上调情。她会忍受整容手术的笑话，甚至自己也会开一些玩笑，并试图以小丑的方式走向幸福的结局。"（Tim O'Brien. *July, July*, 66）更重要的原因是这个混乱的时代所赋予简·休伯纳的一切，无论简·休伯纳如何努力去抗争，她似乎也无法改变这里的一切。"战争仍然在继续。人们吃着葡萄干。不断涌现新的孤儿、寡妇和金星母亲。那年夏天，3200名美军士兵阵亡，还有七千多名越南人阵亡。人们服用阿司匹林治疗头痛。人们在高级餐厅要求打包袋。陶氏化学大赚了一笔。从这片海到那片海，沿着乡村公路，在沉睡的大城市里，有琐碎的嫉妒、杂货清单、情色幻想和不安的胃。地球还在继续旋转。"（Tim O'Brien. *July, July*, 74）简·休伯纳年轻的理想主义即想要在混沌的时代中努力从原本的缺失中恢复调整过来的想法被现实击得粉碎。我们从多年时间的流逝中看到简·休伯纳的生活，也看到她为了证明自己还活着的努力。虽然生活远远不是年轻时自己设想的乌托邦，但简·休伯纳还是活了下来。在某种程度上，她的经历已经深深地印在了她的记忆之中。奥布莱恩这种被迫回忆和分享的行为，使得他的小说成为一代人的见证。

尽管马夫·伯特尔的故事不像大卫·托德那样英勇,也不像比利·麦克曼那样悲惨。但在某种程度上,也让人略感辛酸。多年来,马夫因为肥胖的原因而被身边的女性所忽视。马夫决定开始节食,进而重塑自我,他甚至还自称是一个隐居于此的世界著名作家。悲情的是,后来马夫的心脏搭桥手术没能获得成功。在聚会过后,马夫和斯布克·斯皮内利飞走了。事实证明,两人最终找到幸福的机会是非常渺茫的。后来,两人死于内布拉斯加州玉米地里的一场飞机失事,故事走向了必然的结局。

婚外的悲情与埃莉·艾伯特的创伤

埃莉·艾伯特,1969 年从学校毕业后便与男朋友哈蒙·奥斯特伯格分手。之后,她做过服务员,舞蹈教练,后来成为马克·艾伯特的妻子。但在同学聚会的前一年,她却与前男友哈蒙旧情复燃,而埃莉·艾伯特的创伤也正来自于与哈蒙·奥斯特伯格所开展的这段婚外情。在这段婚外情之中,从她对丈夫马克·艾伯特和哈蒙截然不同的态度可以看出她对自己的婚姻并不满意,她期望能从这段婚外情中获得在丈夫马克·艾伯特那里所缺失的安全感。从埃莉的角度讲,她与马克的生活方式完全不同,不仅对马克的生意毫无兴趣可言,更是对两人之间平淡的生活充满了厌倦。但当埃莉与哈蒙在一起时,她却可以将自己想象成一名大学生,永远年轻快乐的样子,永远不会被年龄和无聊的婚姻所困扰。不可置否的是,现实中的埃莉更多的是没有勇气面对婚姻中存在的问题并去解决它,哈蒙对于她而言,更多的是幻想和逃避。为了追求这种所谓爱情的圆满结局，埃莉决定和哈蒙私奔。

尽管此时埃莉意识到她和哈蒙在大学时代共同信奉的理想已经无法继续维持他们现在的关系。他们讨论了共同的未来，却发现"他们之间没有真正的浪漫，没有激情，但有爱、美好的幽默和彼此的信任。还有一段共同的历史——久远的理想和1969年的幻觉"(Tim O'Brien. *July, July,* 168)。他们在龙角度过的第五天早晨，哈蒙戏剧性地死去，埃莉目睹了他溺水的整个过程。"他高举双臂，晨光聚集在他的周围，他的双手握拳。他看了看天空，他下去，上来，然后就消失了。"(Tim O'Brien. *July, July,* 166)哈蒙临死前在水里挣扎的场景成为了埃莉永远的梦魇。哈蒙的死将埃莉重新拉回到生活的现实中，也给她带来了一定的后果——基本的信任消失了，世界的安全摧毁了，埃莉的自我意识也随之崩溃了，似乎整个世界似乎都在反对她。"她不确定自己是什么。一个淫妇？毫无疑问，她是一个说话者，一个骗子。"(Tim O'Brien. *July, July,* 166)一个终生都会因目睹情人死亡而被困扰的人。

如果说，大卫的噩梦和闪回是发生在梦中，而埃莉的噩梦却要发生在她清醒之时。哈蒙溺水挣扎的画面让她饱受折磨，每次想起哈蒙，她的眼前就会浮现出最后时刻的画面，随之而来的就是可怕情绪的蔓延。"这就像我内心的沉重，秘密。它有一吨重，我每天早晨都带着它。永远不能放松。我会一边看电视，一边吃晚餐，然后砰的一声，晚餐就不再是晚餐了，而是哈蒙，他快淹死了。"(Tim O'Brien. *July, July,* 181)就在埃莉纠结于她的情人溺水后她是否要向丈夫马克坦诚这段婚外情之时，马克发现了她的不忠并离开了她。后来,埃莉终于意识到她与哈蒙的婚外情其实"只是某种实验,是一种测试她的婚姻有多少幸福,有多少满足,有多少幸运的方法"(Tim O'Brien. *July, July,* 307)。由此可见,创伤性经历以如此彻底的方式深入到受影响的个体的内部,成为了受影响的个体的主导情绪。为了摆脱这种痛苦,她开始创造一些想象来抵抗现实的残酷,这种意识的改变将埃莉与现实的残酷暂时地隔绝开来。

童年的阴影与斯布克的悲伤

斯布克·斯皮内利本是一对双胞胎姐妹,不幸的是,她的妹妹在她六七岁的时候就过世了。故事中讲述斯布克原本是一个正常且开朗的女孩,她甚至是一个不想吓到任何人的善良女孩。只是后来,她却变成了彻头彻尾的叛逆者,与其他在婚姻中存在问题的女性不同的是,斯布克有两个丈夫,她的手上戴着两枚钻石结婚戒指,而这一切与她妹妹卡罗琳的死有很大的关系。

斯布克的妹妹卡罗琳长期患有肾脏疾病,在她去世后,斯布克明显地出现了创伤的征兆。不仅行为发生了改变,而且也无法清楚地表达自己。这种身体状况的明显改变一度被父母误以为是生病了,他们带着她去了医院,甚至找到了儿童心理学家,希望能够打破她的沉默,但到最后却发现"她的沉默似乎是有意的,不是疾病的产物,而是某种强烈的内在固执的产物"(Tim O'Brien. *July, July,* 96)。在这一年的哑然失声中,斯布克"被排除在幼儿园和一年级的大部分时间之外"(Tim O'Brien. *July, July,* 96)。出人意料的是,斯布克在七岁生日后便开始讲话,似乎渐渐好了起来。但实际上,她只是在这些假象的掩护下极力控制自己的情感而已。创伤理论认为,当人们暴露于创伤,即普通的人类经验之外的可怕事件时,他们会经历"无语的恐怖"。这种体验无法在语言层面上组织起来,当无法用文字和符号来安排记忆的情况下就只能在体感和符号层面上组织起来。从这个角度出发,我们就不难理解斯布克在叙事中所呈现出的身体与情感上的瘫痪感。

在斯布克12岁的时候,她在家中后院的一个浅坟里被发现"脸朝上躺在雨中,闭着眼睛,双手叉在腰间,湿透了,漂亮得像一幅画"(Tim O'Brien. *July, July,* 96)。然后,她又拒绝再次讲话,这一次的沉默持续了八个月之久。后来,当斯布克愿意讲话时,她又一次改变了自己的行为。在高中和大学时,斯布克同样以一种远离正常人的方式度过。几年后,她嫁给了林肯·哈伍德,然后是詹姆斯·温西普,三个人的关系一直维持得很好。

在叙事中,我们发现每当斯布克陷入沉默后,她的行为就会发生改变。显而易见,孪生妹妹的死是一个真正的创伤之源,而斯布克的沉默不语就像大卫·托德的吗啡一样,可以保护她免于痛苦记忆的折磨。斯布克也拒绝与任何人谈论她的感受,甚至也不愿意与她的心理医生进行交流。沉默让她与周围的人和周围的环境之间形成了一道屏障,别人无法走进去,她也无法走出来。正是因为她的这种超凡脱俗的感觉,她的父亲才给她起了这个绰号"斯布克",意为鬼魂或者幽灵。

斯布克沉默的背后是无法用言语表达的悲伤与恐惧。她将自己的整个生活构建成哀悼过去的替代品。随着卡罗琳的离世,双胞胎之间的联系被摧毁了,旧有的依恋关系也将不复存在,而她只能在想象之中构建出一个妹妹,听她的声音,与她进行对话,以此来弥补现实中的缺憾。事实上,斯布克从来没有在公开场合悼念过卡罗琳,她所有的感情都被她压制在潜意识里。她隐藏了所有关于妹妹死亡的感受,却向别人展示了他们想要的东西。即使她嫁给了两个丈夫,也仍然走不出自己的困境。五十二岁的她只不过是离死亡更进了一步。

讲述的力量与救赎的可能

在聚会上,奥布莱恩以不同的创伤视角——战争、婚姻和童年介入了主要人物的故事讲述。就小说的整体结构而言,奥布莱恩并没有采用之前在《追寻卡西亚托》和《士兵的重负》中所使用的复杂的叙事结构,而是以达顿霍尔学院体育馆的聚会作为叙事的现在时态,呈现主要人物的精神状态,并以其中十个人物的过往经历穿插其中,描述了这三十年间的生活,也为现实的情况做注脚。尽管没有多重的叙事线索以及现实与虚构的消弭等常见的叙事策略,但奥布莱恩却以十个人物故事的讲述突出了在《士兵的重负》中讲故事的主题。

在《士兵的重负》中,奥布莱恩掷地有声地告诉读者"请相信:故事可以拯救我们"(蒂姆·奥布莱恩:《士兵的重负》,178)。不仅因为在故事中死去的人可以被赋予生命的幻象,更重要的是在讲述故事的过程也是在重新整合的过程,其间记忆、想象和语言也会在此汇集。尽管本雅明的故事是以口传文学为核心的,但其中故事与经验和记忆的关系,以及故事讲述的价值和意义与奥布莱恩的叙事有着相同的契合点。1936年,本雅明在

《讲故事的人——尼古拉·列斯科夫作品随想录》中阐述了他关于讲故事这门艺术的看法。在他看来,故事是一种典型的经验交流方式,是与记忆和经验相伴共生的叙事模式。讲故事这门艺术与经验本身及我们经验传达的能力是成正比的,"人们口口相传的经验是所有讲故事的人都要汲取养分的源泉"(瓦尔特·本雅明:《本雅明文选》,305)。讲故事这门艺术的日薄西山则意味着经验的贬值,也就是说"经验的可交流性降低了"(瓦尔特·本雅明:《本雅明文选》,307)。从这个角度来说,本雅明提倡讲故事的人要利用各种可能性的手段,坚守故事本真的内核从而释放出其中救赎的力量。

创伤理论随后也认识到讲故事在创伤治愈中的重要作用。朱迪斯·赫尔曼在《创伤与复原》中也提出要用陈述事实的方法来重建创伤事件,从破碎的影像片段和僵化的感官知觉中将创伤的故事用言语表达出来。当将转化后的创伤故事呈现之际,人们会发现其中不再有屈辱和羞愧,而是有了尊严和美德。赫尔曼经过对临床经验的观察,认为:"患者原先在创伤记忆中所作的不正常加工处理,可经由一个处于安全可靠关系中'讲故事的行动'得到改变。……看来似乎是可以经由话语的运用而得到改善。"(朱迪思·赫尔曼:《创伤与复原》,172)通过受创人物对创伤故事的讲述,他们可以找回曾经失落的世界。

奥布莱恩在叙事中通过故事的讲述使得主要人物创伤的治愈成为可能。当每一个人将自己的故事娓娓道来之际,创伤记忆就转化为叙事记忆,在这个过程中,读者不仅可以解析其创伤故事,受创人物也可以在其中思考有关负罪感和责任感的道德问题,并与周围的人共同分担情感的重负。小说结尾写道:"那是 2000 年 7 月 9 日,星期天,凌晨 3 点 11 分,但在那荒凉燃烧的草原上,现在是七月,永远是七月。"(Tim O'Brien. ***July, July***,322)此时此刻,记忆与现实,过去与现实变得不可分割,也充满了救赎的力量,这是奥布莱恩的希望所在,也是经历过越南的整整一代人的希望所在。

参考文献:

1. Patrick A. Smith. ***Tim O'Brien: A Critical Companion.*** Westport: Greenwood Press (2005).
2. Patrick A. Smith. ***Conversation with Tim O'Brien.*** Jackson: University Press of Mississippi (2012).
3. Tim O'Brien. ***July, July.*** Boston: Houghton Mifflin (2002).
4. Cathy Caruth. ***Trauma: Explorations in Memory.*** Baltimore: The Johns Hopkins University Press (1995).
5. [美]蒂姆·奥布莱恩:《士兵的重负》,刘应诚丁建新译,上海译文出版社,2010 年版。
6. [德]瓦尔特·本雅明:《本雅明文选》,陈永国、马海良译,北京:中国社会科学出版社,1999 年版。
7. [美]朱迪思·赫尔曼:《创伤与复原》,施宏达、陈文琪译,北京:机械工业出版社,2017 年版。

结　语

　　奥布莱恩的创伤以越南为核心，围绕着童年、婚姻和战后生活等多重维度展开，以讲故事的方式交叠在我们感知和理解周围世界的尝试中。由此，奥布莱恩的叙事呈现出一种新的历史质感，他在其间进行复杂的个人探索，不仅寻求确立的哲学、精神或文学的标准来定义创伤，而且也在寻求一种稳定的叙事策略去救赎被放逐的创伤和历史。

　　在小说《士兵的重负》其中一个章节《重返故地》中，奥布莱恩带着虚构中的女儿，年仅十岁的凯瑟琳在战争结束的二十年之后重返越南。在这一段叙述中，奥布莱恩回想起自己的国家对这片土地和这里的人们无端施加的暴行而深感自责，也对战友基奥瓦的死充满愧疚。面对着这片曾经充斥着困惑、恐惧与死亡的土地，奥布莱恩自言自语道："这块小小的河滩已经吞噬了那么多东西，我最好的战友、我的骄傲、我作为多少具备尊严和勇气的男人的自信……我将自身的变化归咎于这个地方，将本来的我的消失归咎于它。"（蒂姆·奥布莱恩：《士兵的重负》，147 页）在即将要离开这片孤零零的空场时，奥布莱恩走下河滩来到河边的沼泽地带，脱掉鞋袜，趟进水中，在女儿凯瑟琳的不解和质疑之中,"我弯下身子,先是蹲着,然后坐下。那种旧日相识之感再度出现。河水升至胸前,深深的绿褐色,几乎是热的,水生小虫跳过水面——正是这里。我伏身入水,把鹿皮鞋斜着插入松软的河底,松开手,细小的水泡在水面绽开。我尽力地想,以便找出些合适的话说,一些意味深长,像样得体的话,可是,脑海里却一片空白"(蒂姆·奥布莱恩:《士兵的重负》,148页)。奥布莱恩采用了与基奥瓦牺牲时一样的方式沉入水底,既是对基奥瓦的悼念,也是对自己所犯下罪恶的洗涤。当他浮出水面与对面的越南农民互相凝望之时,尽管由于语言的障碍而无法沟通,但似乎有一种如释重负之感,"此刻,我感觉到心里有什么东西关闭,而同时又有什么东西打开"(蒂姆·奥布莱恩:《士兵的重负》,149页)。奥布莱恩也许在这种痛苦的仪式中找到了些许的救赎,但他所背负的愤怒、哀痛、自责和厌恶依然无法消除,没有答案更无处诉说。

接下来,奥布莱恩也表达了因为参加战争的经历而与女儿之间产生的隔膜。按照凯茜·卡鲁斯的观点,创伤至少有两种体验方式:一种是无法融入自身经历的记忆,另一种是无法与他人交流的灾难性知识。也就是说,创伤本身往往很难被完全描述和表达,甚至在很长时间都可能无法被理解清楚。但在叙事中,奥布莱恩却寄希望于能将创伤带来的禁忌与痛苦通过亲密关系和情感纽带得以传播,这也是他带着女儿重返越南的目的之一。"一开始,我就想带女儿到我作为士兵见过的地方去。我想给她看使我夜间惊醒的越南——美溪村外幽暗的小路,巴塔干半岛上污秽的旧猪圈。"(蒂姆·奥布莱恩:《士兵的重负》,146页)为此,奥布莱恩还在与凯瑟琳的交流中不断地重新组织叙事,用以引起情感上的共鸣。但对于没有经历过战争的凯瑟琳来说,接受并理解这段经历并不是一件容易的事情,她不明白奥布莱恩为什么要选择这样的地点。"这可是远离广义市两小时的艰难行程,颠簸的土路,八月的骄阳,最后来到一片孤零零的空场。"(蒂姆·奥布莱恩:《士兵的重负》,144 页)她同样不明白奥布莱恩为什么要来到这里参加战争,更不理解奥布莱恩为什么要将自己浸入在肮脏的沼泽之中。凯瑟琳的疑惑和不解既预示了受创主体奥布莱恩艰难的救赎之路,也恰如其分地说明了处理创伤经历的恢复需要大量的时间、精力、距离和自我意识。

这是一段奥布莱恩在小说《士兵的重负》中虚构的一段经历。在奥布莱恩的第五部小说《林中之湖》出版后,《纽约时报》杂志刊登了奥布莱恩的一篇自传体文章《越南在我心中》,文章讲述了奥布莱恩在 1994 年 2 月在伴侣凯特·菲利普斯的陪伴下重返越南的经历以及随后他对两人关系破裂的思考。

在《越南在我心中》一文中,奥布莱恩践行了他在《士兵的重负》中的假想之旅——重返越南。战争结束后的 25 年来,奥布莱恩是第一个重返战场的美国士兵,对于有着双重身份的奥布莱恩来说意义非凡。对于曾经作为士兵的奥布莱恩而言,重返越南是忏悔也是赎罪。对于作为小说家的奥布莱恩而言,重返越南也意味着他作为作家的回归,可以说这篇文章的出现延续了奥布莱恩的写作生涯。

《越南在我心中》是奥布莱恩在《如果我在战区死后》后出版的唯一一部明确性的自传作品,由 18 个独立的标题部分组成,其中 14 个部分由每个部分重新创建场景的地点和日期作为标题,如"1994 年 2 月","盖特登陆区","1994 年 6 月"和"越南"

等。其中的事件九例发生在越南，五例发生在剑桥。两个不同的时间和地点的并置，有意地将过去与现在，越南和美国，士兵与小说家的身份联系在一起。

《越南在我心中》生动地展示了一名越战老兵难以言喻的创伤。当奥布莱恩再次回到他曾经在广义省服役的战场时，与小说中的平静不同的是，他唤起了可怕的回忆——战斗的恐怖，士兵的死亡以及美军士兵所制造的暴行。奥布莱恩曾经在接受采访时声称，作为士兵的他在归国后并没有过多地经历战后的调整与适应的问题，很快就从战争中恢复过来了。但此时，奥布莱恩却在文章中将自己描述成深受战争困扰的人物，战后的一段时间里，他一直饱受噩梦的折磨，重返越南之后，这些噩梦再度被唤醒，加之后来凯特的离开，几乎让奥布莱恩到达了自我崩溃的顶点。尽管奥布莱恩因为在这篇文章中利用个人隐私而受到了诟病，但从创伤理论的视角来看，写作对于幸存者的治疗价值是不容忽视的，特别是奥布莱恩在叙事中对于原始场景和恐怖场景的再创造，可以说，《越南在我心中》扩展并复杂化了奥布莱恩的过往经历，他对这些经历的重新想象将创伤性侵入和重复表现得淋漓尽致。

关于战争所带来的创伤，在奥布莱恩之前的小说文本中曾经多次以不同的方式呈现。它既可以是奥布莱恩选择参加战争的道德困惑，也可以是哈维那只受伤的眼睛；它既可以是年轻士兵在面对死亡突然来袭之时的手足无措，也可以是压垮诺曼·鲍克的最后一根稻草；它既可以是时代的疯狂，也可以是个人的理智。但在《越南在我心中》之中，奥布莱恩似乎并不关心创伤以何种方式在叙事中呈现的策略，转而更关注于创伤如何被见证与传递的问题。在访问美河附近一个旧时的战场时，奥布莱恩试图向同行的凯特复述当年的细节，与凯瑟琳的困惑一样，奥布莱恩的尝试结果以失败而告终。"我怀疑凯特一个字都不记得了。也许她不应该。但我真希望她记得阳光照在那片稻田上的情景。我还希望她记得我们手指缠绕在一起的感觉。我还希望她记得我是如何在一段时间后陷入沉默，只是看着金色和黄色以及那些美好的阳光灿烂的时刻，那是属于我们的时刻。越南，从我的身上带走一点越南。"(Tim O'Brien. *The Vietnam in Me*，57)此时此刻，奥布莱恩通过想象将越南重新定义为一个精神范畴，从这个角度而言，"《越南在我心中》不仅仅是有力的自我揭示，而且还是有意而为之的创伤写作"（Mark A. Heberle. *A Trauma Artist*，29）。

　　在现实生活中，奥布莱恩的痛苦有很多来源，战友的死亡，在越南制造的暴行，越南人的痛苦，个人的内疚和自责，与同伴的疏远和分离。在所有这些凄凉的中心是他与凯特的美莱之行，对美莱大屠杀遗址的访问可以说是奥布莱恩由战争创伤走向家庭创伤的转折点。事实上，奥布莱恩本人并没有参与过美莱大屠杀。但通过想象，他却成了美莱大屠杀的参与者和见证者。在小说《林中之湖》中，奥布莱恩在文中的脚注中写道："我比约翰·韦德晚一年，也就是 1969 年来到这个国家……走着他走过的那条路，在平克维尔及周边地区，穿过了修延村、美溪村和科吕村。我知道那天发生了什么。我知道是怎么回事。我知道为什么。"(Tim O'Brien. *In The Lake of The Woods*，199)可以毫不夸张地说，约翰·韦德的创伤和奥布莱恩的创伤是密切相关的，奥布莱恩在回忆录中声称，他自己也感受到了导致美莱大屠杀的动机,当他们在美莱大屠杀遗址参观时,奥布莱恩表达了他的忏悔:"多年前,由于对大屠杀的一无所知,我讨厌这个地方,也讨厌类似的地方。在两英里外一个几乎一模一样的村子里,奇普被风吹到了竹篱里。往东一英里左右,罗伊·阿诺德被杀,而我则受了轻伤。再往东一点,一个叫做麦科哈尼的孩子也死了……我鄙视这里的一切——土壤、隧道、稻田、贫穷还有我自己……这并不是为这里发生的事情辩护。辩解是空洞的,令人发指的。更确切地说,我或多或少了解了1968年3月的那一天发生了什么,它是如何发生的……但我也觉得自己被背叛了,被一个对野蛮行为不顾一切的国家,一个将杀人犯和普通士兵混为一谈的军事司法系统背叛了。"(Tim O'Brien. *The Vietnam in Me*,53)尽管奥布莱恩将心中的内疚与自责向读者坦白,但却并没有向凯特和盘托出,美莱村的戏剧性情景也代表了创伤性的收缩。在越南的宴会上,当凯特敏捷地将一种当地的食物吐在纸巾上时,奥布莱恩却把它接了过来,仿佛是一场私人的忏悔仪式。"我们的主人就是这些残疾人、寡妇和孤儿,是那些被轰炸和再轰炸的人,白磷的受害者,坟墓的看守人。咽下去,他们说,上帝作证,我咽下去了。"(Tim O'Brien. *The Vietnam in Me*,50)作为一名战争被动的参与者与旁观者,奥布莱恩出于悔恨投身于拨乱反正之中,借由吞下食物直言不讳地表达,就越南战争的发动及其方式来说,美国政府难辞其咎。

在《越南在我心中》中,美莱从一个难以启齿的战争罪行成了恋人之间难以言说的焦虑。"内疚已经变成了灰色的、沉重的悲伤。我不得不告辞,但不知道如何告辞。过了一会儿,凯特走了过来,挽着我的胳膊,什么也没说,也没必要说,把我们带进了一个我知道对我们来说都是痛苦的未来。不同的半球，不同程度的暴行。我不希望发生这种事。我想把事情告诉她，让她理解我，从此过上幸福的生活。我想要奇迹，这是最后一种情感。"(Tim O'Brien. *The Vietnam in Me*, 53)然而，当奥布莱恩回忆起可怕的战场事件时，他不能也不敢向凯特透露这些秘密。在回到美国后，这种焦虑直接导致了他们在四个月后的分手，美莱大屠杀的遗址和美国正义的伪装成了他们之间关系的坟墓。

奥布莱恩对越南和美莱的重述代表了一种创伤的再现和传递的焦虑，这种再现直接影响了他与凯特之间的关系。在从越南返回之后，已经带来了他失去凯特的确定性，但也为奥布莱恩提供了走出创伤的决心。他写道："到目前为止，最难的部分是让糟糕的图片消失。在战争期间，世界就像一部漫长的恐怖电影，一个画面接着一个画面。如果它像越南一样，我这辈子都会在凌晨毛骨悚然。与此同时，我试图填补漏洞，并坚持一些个人决心。多年来，我一直生活在内疚、抑郁、恐惧、羞耻的麻痹状态中。而现在，要么行动，要么死亡。在过去的几周里，我付出了巨大的代价，在我的生活中采取的行动是任何公开记录都难以承受的痛苦。但至少这种不稳定的状态已经结束，我可以重新开始了。"(Tim O'Brien. *The Vietnam in Me*, 56)在文章的最后，美莱的名字已经更正为它本来的名字"顺安"，作为军事代号的"美莱"消失了，从正视这个地方的越南名字开始，奥布莱恩的忏悔和赎罪暂告一段落。

1978年在明尼苏达州的麦卡利斯特学院召开的越南战争作家的会议上，奥布莱恩就表达了他的这种忧虑，他担心美国会过快地遗忘掉越南战争或者过于简单地记录它。在1981年发表的一篇文章《创伤性的一代》中,奥布莱恩也指出:"在国内,不是有很多精神科医生、编剧和政治家告诉我们,至少暗示我们应该去寻求一些社会和心理上的调整吗?治疗创伤,恢复精神,我们已经做了这些。很大程度上,我们还获得了成功。然而,问题却在于我们调整得太好了……我们包括整个国家在内已经完全调整了过来,我担心的是我们会重蹈覆辙,我甚至希望我们的调整过程能真正有些困难。"(Don Ringnalda. *Fighting and Writing*, 91)事实上,与奥布莱恩的担忧相悖的是,在越南战争结束之后,美国主流媒体和民众压倒性的愿望却是在思想上远离这场战争,并否认越南战争作为美国历史的一部分。不同类型的叙事通过文献资料、学术研究、官方表述、文学作品以及大众传媒等不同方式抢夺着对历史和记忆的话语权。特别是对于一些没有经历过战争的人们来说,他们更愿意采取一种回避的态度,自然而然地拒绝承担战争的责任,并拒绝将历史的黑暗面纳入自己的文化记忆。不仅如此,很多民众甚至将美国侵略越南的不满情绪发泄到越战老兵身上。作为退伍士兵,他们对于媒体和民众的回应就是愤怒、暴力、毒品和酗酒。正如士兵作家菲利普·卡普托所言:"虽然我们又是平民了,但平民世界看起来与我们背道而驰,我们不属于这里就如同我们不属于我们曾经战斗过的地方一样,在那里我们的朋友都牺牲了。"(Tobey C. Herzog. *Vietnam War Stories*, 58)即使是全身而退的士兵也与他身后的社会形成了巨大的鸿沟,难以逾越。

在奥布莱恩的写作中,越南似乎提供了丰富的可能性,他的整个职业生涯,甚至包括他的战争回忆录都在把越南变成比个人经历或某一场特定战争的信息更重要的东西。当发动战争的责任被抽离或者悬置,当个体的牺牲被构建成整场战争的缩影,对于经历过这段历史的奥布莱恩来说,他并没有选择失忆,也没有选择去粉饰那些难以提及的东西,去忽视那些难以听取的内容,而是选择将个人的经历进行改造,将它们变成小说,进入一种文学的叙述和解释性的重构之中。奥布莱恩选择了直面美国作为施暴者的记忆,即美国在越南所实施的侵略及战争的罪行,从回忆录《如果我在战区死去》到《林中之湖》都可以被视作这种历史创伤的典型呈现。

奥布莱恩首先将战争的历史记忆视作应该由集体来承载的一种文化创伤。奥布莱恩的研究者马尔科姆·考利在谈及战后老兵的写作时曾说道:"许多老兵写作最深层的来源是致命的战斗的粉碎性体验以及随之而来的恐惧、悲伤、内疚和无助感。"(Mark A. Heberle. *A Trauma Artist*,16)他们对过去的惨痛经历充满怨恨,对自己在绝望时的自保行为十分愧疚,对自己的卑鄙行为感到羞耻,也对自己实施的暴力深感自责。当他们返回之际,在战后向平民生活的过渡中,更是遭遇各种艰难。他们的自我认同中充满了徒劳、无助、无能和绝望感。尽管他们所背负的个人历史需要修复和弥合,但却只能独自面对内心的伤痛、愧疚、愤怒和懊悔,缺乏能够消除这一切的必要的外在支持,而这样的创伤又因为这场战争的结果和国家后来的态度而变得复杂。特别是后来美国政府的冷漠、遗忘和无知都不能为他们创伤的解决提供令人满意的方案。因此,越南不仅是许多个人危机的源泉,群体的灾难,更是一个国家需要正视的创伤。

英国历史学家蒂莫西·阿什普兰特也强调"历史不会自动

代代相传，而是必须被积极主动地传递，这样后人才能将那段历史视为有意义的历史"（桥本明子：《漫长的战败》，156）。面对着这样的境遇，奥布莱恩开始撰写证言，不仅是为了谈论他们的罪责和责任，更是为了寻求意义和抚平创伤并在一个已不再重视他们战争经历的社会中寻求认可。他将自己的写作聚焦于自身的创伤和艰难的经历之上，为一场可怕的战争提供了连贯性和完整性，将创伤变成了意涵丰富的记忆。值得关注的是，奥布莱恩所要传达的是经过选择的记忆，它们并非对于现实的如实描述，而是经过重新组织的叙事。可以说，奥布莱恩的声音呈现了一个重要的创伤视角，平衡了媒体、历史学家、政府和国内民众的观点。

历史学家约翰·博德纳曾经指出记忆文化会制造出"错综复杂的视野，其中混杂着真正发生的事情，以及一种对之前的世界是什么样和能够再次成为什么样的虚构抱有希望的观点"（Jhon Bodnar, *The "Good War" in American Memory,* 3）。即使这样的写作无法完美地再现过去，但奥布莱恩还是对过去会对现在和将来产生什么样的影响寄予希望，希望美国社会在战后重建自我身份和建构历史叙事的过程中直面自己的罪恶，为自己的恶劣行径承担责任。

参考文献：

1. Tim O'Brien. *"The Vietnam in Me".* The New York Times Magazine. 2 October 1994.
2. Mark A. Heberle. *A Trauma Artist: Tim O'Brien and The Fiction of Vietnam.* Iowa City: University of Iowa Press（2001）.
3. Tim O'Brien. *In The Lake of The Woods.* Boston: Houghton Mifflin

(1994).

4. Don Ringnalda. *Fighting and Writing: the Vietnam War.* Jackson: University Press of Mississippi (1985).

5. Tobey C. Herzog. *Vietnam War Stories-Innocence Lost.* London and New York: Routledge. (1992).

6. Jhon Bodnar, *The "Good War" in American Memory.* Baltimore: Johns Hopkins University Press (2010).

7. [美]蒂姆·奥布莱恩:《士兵的重负》,刘应诚、丁建新译,上海译文出版社,2010 年版。

8. [美]桥本明子:《漫长的战败:日本的文化创伤、记忆与认同》,李鹏程译,上海:上海三联书店出版,2021 年 12 月版。